꿈을 찍는 사진사

박완서 소설집

꿈을 찍는 사진사
박완서 소설집

초판 1쇄 인쇄 2017년 10월 23일
초판 1쇄 발행 2017년 10월 31일

지은이 박완서
펴낸이 정중모
편집인 민병일
펴낸곳 문학판

기획 · 편집 · Book Design | Min, Byoung‒il
Book Design | Kwon, Soon‒young
편집진행 최은숙 | 홍보마케팅 김경훈 김정호 김계향
제작관리 박지희 윤준수 조아라 김다웅

등록 1980년 5월 19일(제406‒2000‒000204호)
주소 경기도 파주시 회동길 152
전화 031‒955‒0700 | 팩스 031‒955‒0661~2
홈페이지 www.yolimwon.com | 이메일 editor@yolimwon.com

Printed in Korea

ISBN 979‒11‒88047‒20‒8 03810

작가 사진 ⓒ구본창
표지 제목 글씨(Calligraphy) 민병일

책값은 뒤표지에 있습니다.
*박완서 작가의 캐리커처(caricature)를 그리신 화가 분을 확인하는 대로 저작권료를 지불하도록 하겠습니다.

문학판은 열림원의 문학 · 인문 · 예술 책을 전문으로 출판하는 브랜드입니다.

문학판의 심벌인 무당벌레는 유럽에서 신이 주신 좋은 벌레, 아름다운 벌레로
알려져 있으며, 독일인에게 행운을 의미합니다. 문학판은 내면과 외면이 아름다운 책을 통하여
독자들께 고귀한 미와 고요한 즐거움을 드리고자 합니다.

꿈을 찍는 사진사

박완서 소설집

문학판

창밖은 봄 11

꿈을 찍는 사진사 69

꼭두각시의 꿈 179

우리들의 부자 247

작가의 말

　　　　　　　　전통적인 문학수업을 받은 바
도 없이, 또 사사한 스승도, 영향을 주고받은 문우도, 피
나는 습작 시절조차 없이 어설프게 틈입자처럼 문단에 뛰
어들었다는 열등감과 소외감이 항상 나에겐 있다.

　　그러나 작가로서의 최소한의 조건, 사물의 허위에 속
지 않고 본질에 접근할 수 있는 직관의 눈과, 이 시대의
문학이 이 시대의 작가에게 지워준 짐이 아무리 벅차도
결코 그것을 피하거나 덜려고 잔꾀를 부리지 않을 성실성
만은 갖추었다는 자부심 역시 나는 갖고 있다. 물론 살을
깎고 피를 말리는 작업 끝에 내가 기껏 허명을 섬기기 위
해 그런 고역을 치렀구나 하고 뒤통수를 얻어맞은 것처럼
깨달을 때가 한두 번이 아니다. 내가 지금 도달해 버둥대
고 있는 위치가 누추한 허명의 함정 속인지도 모르겠다.
함정을 함정으로 철저하게 인식하는 것만이 그곳에 매몰
됨이 없이 성장의 한 과정을 삼는 길이라고 생각한다.

　　앞으로 대작을 쓸 자신은 왠지 없다. 그러나 늙을수록
조금씩 더 나은 작품을 쓸 자신이 있고, 여사 티 안 나게
조촐하고 다소곳이 늙을 자신도 있다.

창
밖
은

봄

길례하고 정 씨는 공교롭게도 같은 날 쫓겨났다.

같은 날 쫓겨날 수밖에 없는 게, 길례가 식모로 몸담고 있던 교수 댁 사모님은 길례를 내쫓고 나서, 한동안 여기저기 전화질을 하더니 쪼르르 물역상회(物役商會)로 가 물역상회 주인 여자를 충동질해서 정 씨까지 쫓아내게 한 것이다.

그러고 나서 교수 댁 사모님이 맛본 도덕적 쾌감은 대단한 것이었다.

길례가 정 씨를 알고 지내게 된 것은 교수 댁이 이곳 신흥주택가로 이사를 오면서 집의 잔손질을 할 때, 정 씨가 물역을 운반도 하고 수금도 하느라 드나들 때부터였으니 3년 가까이나 되는 셈이었다.

3년 가까이 밀회를 즐기느라니, 조년이 바람이 나도 단단히 났다고 의심도 여러 번 받았고, 어딜 쏘다니냐는 잔소리도 많이 들었지만 직접 꼬리가 잡히긴 이번이 처음이었다.

그것도 하필 중국집 후미진 뒷방에서 영양보충을 하고 나서 앞서거니 뒤서거니 기름진 입술을 손수건으로 누르며 슬리퍼를 꿰차다 말고, 웬 계집애를 데리고 역시 후미진 방을 찾아들던 교수 댁 장남과 맞닥뜨린 것이다.

길례하고 정 씨가 후미진 방에서 한 짓은 정말로 영양보충이 전부였다.

정 씨는 월급이라고 받을라치면 곧 길례한테 영양보충을 시키지 못해 했다. 정 씨는 자기나 길례처럼 몸 하나가 밑천인 인생에게 있어선 뭐니 뭐니 해도 영양보충이 제일이라고 믿고 있었고, 자신의 그 문제는 이 신흥주택가에 빈번히 있는 상량잔치에 부지런히 쫓아다니는 걸로 훌륭하게 해결을 하고 있었다. 한창 건설 붐이 일고 있는 변두리 물역상회 배달꾼이란 그의 위치 때문에, 술에 떡에 돼지고기를 배불리 얻어먹을 수 있는 상량식을 놓치는 일은 거의 없었다.

정 씨는 길례가 몸담고 있는 댁 주인의 직업이 교수라는 것을 하늘같이 존경했지만, 그 댁 부엌데기야 뭐 얻어먹을 게 있겠느냐는 그 나름의 편견을 교수직에 대해 갖고 있었다.

그래서 비쩍 마른 길례를 불러내어 기름진 중국음식을 두어 접시 시켜서 먹이는 걸 큰 낙으로 삼았다. 행여 딴생각이 있었다면 벼락을 맞을 노릇이었다.

번번이 후미진 방만 골라서 든 것도 엉큼한 속셈 때문이 아니라 아는 사람의 눈에라도 띄면 행여 길례한테 나쁜 소문이 날까봐서였다.

정 씨는 그만큼 길례를 아꼈다. 그렇다고 외로운 남남끼리이면서 아울러 육신이 멀쩡한 남자 여자끼리이기도 한 그들이 무슨 도사라고 남자 여자 문제를 아주 초월할 수 있었던 것은 아니다.

"길례, 내가 꼭 열 살만 젊었어도 그까짓 거 미친 척하고 길례한테 한번 청혼을 해보는 건데 말이야……."

정 씨가 은근히 숨이 가빠지면 길례는 얼굴이 홍당무가 되면서도 몸을 매섭게 사렸다.

"어머머…… 아저씨는 아무리 나이가 많아도 버젓한 총각이고, 저는 팔자 사나운 과분데 청혼이라니 될 뻔이나 한 소리예요?"

때로는 길례가 먼저 꼬리를 칠 때도 있었다.

"아저씨, 아저씬 제가 과부라고 정말 이렇게 무시하시기예요. 맨날 소 닭 보듯이 점잖게 바라다만 보시기냔 말예요."

그러면 정 씨는 쩔쩔매면서도 용케 엄격한 얼굴을 했다.

"길례, 길례는 앞길이 구만리 같은 청춘이고 난 길례 아버지뻘은 되는 늙은이야. 내가 벼락을 맞자고 길례 전정을 막는 짓을 하겠어?"

요컨대 그들은 서로 깊이 좋아하고 있었고, 좋아하기 때문에 스스로의 약점으로 상대방을 욕 주거나 폐 끼치게 할 수 없다는 순정에 철저했다.

상대방의 약점으로 자기의 약점을 비기게 할 수 있을 만큼만 약았더라도 그들의 결합은 훨씬 수월했을 것을.

그러나 그런 어리석은 순정 때문에 누가 보아도 만만하고 구질구질한 그들이었지만, 저희들끼리의 눈엔 서로 상대가 귀한 보석처럼 소중하고 빛나 보였던 것이다.

길례가 물역가게 정 씨하고 중국집 후미진 방에서 나오는 걸 봤다는 아들의 고자질을 들은 사모님은 당장 길례를 내쫓을 결단을 내릴 수 있었던 것은 아니었다. 그런 결단을 쉽게 내리기에는 사모님은 살림을 길례에게 너무 떠맡겨온 터였다.

그렇다고 덮어둘 아량도, 당분간은 관망을 할 여유도 없었다. 그녀는 교수의 사모님다운 체통을 TV 연속사극

중의 중전마마 체통 이상 가게 잘 지키며 살았지만, 남자 여자 문제에 얽힌 스캔들을 들었다 하면 들입다 풍기고 싶어 못 견디는 비속한 취미를 갖고 있었다. 사모님은 곧 그런 공통의 취미를 가진 친구한테 전화를 걸었다.

"아이고 속상해 죽겠다. 너 나보고 식모 복 있다고 늘 부러워하더니 말도 말아라 말도 말아. 우리 집 길례 그 못 생긴 게 글쎄 꼴값하느라고 바람이 났지 뭐니. 못생긴 게 눈깔까지 멀어서 동네 늙은 막벌이꾼하고. 하긴 제대로 된 놈팡이가 어디 계집이 없어 그깟 년을 건드리겠냐만, 그년이 나인 어려도 남자 맛을 아는 과부거든."

"아유 불결해라. 당장 내쫓아야 한다. 다 큰 아들 딸을 기르면서 그걸 어떻게 그냥 두고 보겠니? 제일 불결해서라도."

아들딸이 조숙해서 고등학교 적부터 이성 문제로 속을 썩인 경험이 있는 친구는 도둑이 제 발이 저려서인지 불결해라, 소리를 실로 실감나게 발음할 줄 알았다.

사모님은 친구의 불결해라에 당장 압도당하면서 공감했다. 자기가 먼저 길례를 불결해하지 못한 걸 수치스럽게 생각하기도 했다. 교수의 사모님다운 체통에 어긋나는 짓이 아니었나 하는 회의마저 품었다.

그녀는 재빨리 딴 친구한테 또 전화를 걸었다.

"글쎄 이럴 수가 있니. 아유 불결해. 생각할수록 불결해. 너무너무 불결해서 미치겠어."

그녀는 우선 먼저 친구의 말투를 그대로 흉내 내려고 애쓰면서 불결해를 남발했다.

길례를 불결해하는 걸로 자기의 아들딸에게 목욕이라도 시키고 있는 것처럼 그녀의 의식 속에서 아들딸들은 청결해지고 있었다.

한참 불결해만 남발하고 나서 길례가 바람난 얘기를 하고 아주 곁들여서 새 식모를 하나 구해줄 것까지 부탁했다.

"왜 내쫓으려고?"

"그럼 그걸 당장 내쫓아야지. 나도 천금 같은 아들딸을 기르는데 그걸 불결해서 어떻게 한 지붕 밑에서 재울 수가 있니. 순결 교육상 말도 안 되지."

"잘 생각했다. 그렇지만 고린전 한 푼 주어서 내쫓으면 못쓴다. 그년이 그렇게 바람을 피웠으면 그동안에 너의 집에 남아나는 게 뭐 있었겠니?"

"설마……."

"애 좀 봐, 아직도 정신 못 차리고 얼뜬 소리 하고 있어. 계집이고 놈팡이고 바람이 나면 눈에 보이는 게 있는 줄 아니? 생각해봐라. 요릿집은 거저 가고 여관엔 거저 가나. 이제라도 정신 차리고 이것저것 챙겨봐. 없어진 게 한두 가지가 아닐 테니."

못되게 둔 아들한테 패물을 몽땅 도둑맞은 일이 있는 두 번째 친구는 자신 있게 말했다.

사모님은 가슴이 덜컥 내려앉았다. 부랴부랴 패물상자부터 살펴보았으나 없어진 게 없었다. 하다못해 이미테이션 귀고리 하나쯤은 없어졌으면 좋았을 걸 모두 다 그대로 있었다. 사모님은 일단은 안심이 되면서도 뭔가 직성이 풀리지 않아 속이 부글댔다.

바람이 났으면 구구로 바람난 행세를 할 것이지, 같잖은 것 같으니라구, 같잖은 것 같으니라구…… 참 내 정신 좀 봐. 당장 도망을 갈 것도 아니겠다 긴 목으로 재미를 볼 작정이었을 텐데 패물부터 손댔을 리는 없지.

그러고 보니 매일 찬거리로 천원씩을 주었는데 실제로 식구가 얻어먹은 건 오백원어치밖에 안 됐으렷다 싶고, 쌀 한 가마 가지면 두 달은 먹어야 하는데 달 반밖에 못 먹은 것도 수상했다. 그뿐일까, 설탕은, 밀가루는, 깨소금은, 참기름은 또 얼마나 헤펐던가.

바람난 식모를 부리면 불결할 뿐 아니라 집에 남아나는 게 없다는 게 사실이었던 것이다.

사모님도 화도 나고 신도 나, 또 딴 친구한테 전화를 걸었다.

"애야 글쎄 이런 일도 있니. 믿는 도끼에 발등을 찍혀도 분수가 있지. 우리 길례년 말이다. 그년이 못생긴 것 하나만 믿고 살림을 온통 내맡기다시피 했더니 글쎄 웬 놈팡이하고 놀아나갖고, 반찬값은 반찬값대로 떼어먹고 쌀을 안 퍼냈나, 설탕을 안 퍼냈나, 심지어는 미원, 참기름까지 퍼냈으니, 아무리 서방에 눈깔이 뒤집혔어도 그래, 제년이 나한테 그럴 수가 있니? 바람난 놈팡이야 으레 그렇다고 쳐, 이건 계집 쪽에서 그 짓이니, 아무리 과부라지만."

"뭐 하는 놈팡인데?"

"순 건달이야. 게다가 나이는 제년의 애비뻘은 되고. 우리 동네 물역가게에서 숙직도 하고, 운반도 하고, 돈 셈도 하는."

"그게 왜 건달이니. 제법 월급쟁인데. 애 느이 집뿐 아니라, 그 물역가게도 거덜났겠다."

"앤, 그 물역가게가 왜 거덜이 나니."

"계집이 너희 집 거덜냈는데, 놈팡이라고 그 집을 거덜 안 냈을 성싶어? 그래도 명색이 놈팡인데 계집이 한 푼 쓰면 저는 두 푼 썼겠지."

"정말 그랬을까?"

"애 순진한 것 좀 봐. 그래도 일찌거니 들통이 나기가 다행이다. 참 너 계집년만 내쫓으면 안 된다."

"계집년만 내쫓지 않으면?"

"앤 그걸 몰라서 묻니? 빨리 물역가게에다 연통을 해서 놈팡이도 당장 밥줄을 끊어놓아야 한단 말야. 누구 좋은 일 하려고 한쪽만 내쫓니? 그런 것들은 그저 조석이 간데 없는 알거지가 돼봐야 정신을 차린다니까."

"참 그렇구나. 너 아니었더면 하마터면 길례 년이 가만히 앉아서 서방 밥 얻어먹는 꼴을 볼 뻔했잖아."

"오런 맹꽁이, 이제야 알아들었구나. 그러니까 사람 부리는 사람끼리는 서로서로 의리를 지켜가며, 정보를 교환해가며 드난꾼들을 다스려야 한다니까."

셋째 번 친구는 남편이 난봉꾼이었기 때문에 계집보다는 놈팡이 쪽에 더 관심이 많았고, 자기가 유도한 그런 결말을 통해 앙갚음의 쾌감 같은 걸 맛보고 있었다.

사모님은 물역가게 주인 내외를 경멸하고 있었다. 첫눈에 상종할 만한 값어치가 있는 인간이 아니었다. 자기네보다 돈은 더 많을지 몰라도 막벌이꾼 출신이라는 건 의심할 여지가 없었다. 여자 역시 솥뚜껑같이 크고 상스러운 손에, 늘 상소리가 주렁주렁 매달린 뻐드렁니의 커다란 입만 보아도 시골서 무작정 상경한 식모 출신 아니면 가변두리 은근짜 출신이 뻔했다. 박사 남편을 가진 신분하고 상종할 여자가 못 됐다.

그렇지만 셋째 번 친구가 말한 대로 치면, 같은 사람 부리는 처지끼리가 아닌가.

그때의 사모님의 즉흥적인 감정에 의할 것 같으면, 사람 부리는 처지끼리란 모든 타락과 싸워 끝내 도덕을 지키기 위해 단결해야 할 가장 고상한 공동운명체를 의미했다.

그래서 물역가게까지 손수 찾아가 그 입이 큰 여자를 상대로 길례하고 정 씨하고 놀아난 자초지종을 얘기하는 걸 조금도 교수 사모님 체통에 어긋난 일이라고 생각하지 않았다.

그 얘기를 시종 흥미진진하게 듣고 난 입이 큰 여자는 어깨를 육감적으로 흔들면서 킬킬댔다.

"아유 우스워 죽겠네. 댁의 식모하고 우리 집 정 씨하고 배가 맞았다구요? 세상에, 짚신짝도 짝이 있다더니 그 사람 생전 총각귀신 못 면할 줄 알았더니 그래도 어디서 짝을 찾았나뵈. 좀 좋아요. 실컷 놀아나라죠 뭐. 저나 사모님이나 굿이나 보고 떡이나 먹읍시다. 참 떡이 아니라 국수를 먹어얍죠. 안 그래요? 사모님."

과연 입이 큰 여자는 사모님이 그 출신을 짐작한 대로 남녀의 성도덕에 대해 대단히 너그러운 데가 있었다.

그러나 사모님은 이에 굴하지 않았다.

"참, 딱도 하십니다. 딱도 하셔."

"딱하다니요?"

사모님은 그들이 요릿집으로 여관으로 다닌 비용을 마련하느라 집에서 돈 될 만한 걸 얼마나 많이 빼돌렸나를 실감나게 설명했다.

계집도 서방에 눈이 어두우면 그렇게 되거든 서방 쪽은 오죽했겠느냐는 걸 눈치 못 챌 여자가 아니었다.

모자라는 듯하면서도 잇속에 밝은 눈이 한꺼번에 몰려든 의혹으로 복잡하게 번들댔다.

창고에 쌓인 양회, 한데 쌓인 벽돌 블록, 기와, 슬레이트, 시새, 진흙……. 그저 힘들여 장소만 옮겨놓으면 현금 될 것 천지였다. 그뿐인가. 믿거라 하고 맡겨놓은 미수금 장부는 또 어떡허고……. 여지껏 도둑놈에게 광 열쇠를 맡겨놓고 산 꼴이 됐으니. 여자는 뻐드렁니를 무섭게 갈았다.

그날로 정 씨와 길례는 알몸으로 쫓겨났다. 네 죄를 네가 알렸다, 하는 주인의 서슬 푸른 호통에 밀린 월급, 맡겨놓은 돈을 달라고 할 엄두도 못 내고 눈물을 머금고 쫓겨났다.

물역가게 여자는 일부러 사모님을 찾아와 도둑놈을 귀띔을 해주어서 고맙다는 인사까지 치르고 갔다.

"밀요. 피차 사람 부리는 처지인걸요."

사모님은 일의 결과에 만족했다. 그것은 사람 부리는 처지끼리의 단결의 승리일 뿐 아니라 사필귀정이기도 했기 때문이다.

사모님은 한동안 이런 도덕적 쾌감에 도취해서 식모 없이 사는 게 고된 줄도 모를 지경이었다.

무일푼으로 쫓겨난 정 씨는 그래도 매달 월급이랍시고 몇 푼씩 타다 쓴 게 있으니 도둑 누명 외에는 그닥 억울할 것도 없지만, 길례는 사모님이 월급 대신 계를 부어주고 있었는데, 그간 빼돌린 건 다 어떡허고 감히 그 돈을 물어달래느냐고 호통만 맞았다. 그녀는 너무 억울해 엉엉 울면서 쫓겨났다.

눈이 퉁퉁 부은 길례를 본 정 씨는 자기가 당한 수모를 잊고 순전히 길례가 당한 억울함에 분노했다.

그는 다시는 길례가 식모살이를 해서는 안 된다고 생각했다. 다시는, 다시는.

길례에게 다시는 식모살이를 시키지 않기 위해서라도 그는 용감해지지 않으면 안 되었다.

정 씨는 우선 길례를 값싼 여인숙으로 데리고 갔다.

"아저씨, 미안해요. 아저씬 어엿한 총각인데 전 과부라 미안해요."

정 씨의 품안에서 길례는 흐느꼈다.

"미안하긴. 되레 나한테 길례는 너무 과분해. 길례는 이 렇게 앳된데 내가 너무 늙어서……."

그들은 여지껏 움켜쥐고 있던 그들의 약점을 스스럼없 이 상대방에게 다 내맡겼고, 상대방은 그것을 소중하게 거두었다. 그래서 그들은 비로소 그들이 지닌 열등감으로 부터 놓여났다.

그들의 첫 결합은 누추한 여인숙에서 이루어졌지만 황 홀한 것이었다.

다음 날 정 씨는 길례 혼자 여인숙에 남겨놓고 막벌이 라도 얻기 위해 밖으로 나갔다.

물역가게에 있었으니만큼 막벌이를 얻을 수 있는 연줄 을 만나기는 어렵지 않을 것 같았다.

"미안해요. 저 때문에 그 좋은 월급 자리를 내놓게 돼 서."

길례는 정 씨가 얼마나 오랫동안 불안정한 막벌이로 전 전하다가 겨우 물역가게에서 안정을 얻을 수 있었나를 알 고 있기 때문에 또다시 고달픈 막벌이를 나가는 정 씨가 안쓰러워서 바로 보지를 못한다.

"바아보, 월급 자리 대신 길례 남편 자리를 얻었잖아."

아닌 게 아니라 정 씨는 생전 처음 얻어 가진 한 여자의 남편 자리가 꿈처럼 즐겁다. 어린 아내를 위해 막벌이를 얻으러 나가는 그의 발밑에서 땅바닥조차 매트리스처럼 기분 좋게 출렁인다. 그래서 그는 나잇값도 못하고 아녀석처럼 우쭐우쭐 걷는다.

그날, 저녁때도 되기 전에 정 씨는 나갈 때보다 더 우쭐우쭐 돌아왔다.

"월급 자리를 얻었어. 월급 자리를."

온종일 불안에 떨었을 길례의 마음에 월급 자리라는 말이 얼마나 큰 위안이 되리라는 걸 알고 있기 때문에 정 씨는 다짜고짜 그 소리 먼저 외쳤다.

"월급 자리요? 정말?"

"그럼 정말이고말고. 사람이 죽으란 법은 없다지만 우린 그 정도가 아냐. 우린 금시발복을 했다구. 알겠어? 월급 자리 생기고, 집 생기고. 길례, 아마 당신이 복이 많은가 봐."

정 씨의 억센 포옹 속에서 길례는 거의 숨이 끊어질 것처럼 황홀해서 헛소리처럼 지껄였다.

"집까지요? 거짓말, 거짓말."

"정말이야."

"그래도 누가 아저씨한테 월급 자린 또 몰라도 단박 사택까지 준대요?"

"사택? 아 참, 사택이고말고. 사택이고말고."

정 씨는 길례를 안은 채 방바닥을 데굴데굴 구르며 즐거워한다.

"아저씨 제발 바른대로 말해줘요. 어떤 월급자린데 사택까지 주나."

"우리 물역가게 단골이던 큰 집장수로 황 사장이라고 있거든. 글쎄, 그 황 사장이 내가 쫓겨났단 소리를 듣고 나를 찾는다지 뭐야. 그래서 현장으로 달려가봤더니 아, 글쎄 나더러 야방을 봐달라지 뭐야. 내가 그렇게 쫓겨났는데도 말야. 야방이 그게 어떤 자리라고 글쎄 나더러 야방을 봐달래더군."

"야방이 뭔데요?"

"이런 바보, 야방도 몰라. 집 짓는 현장을 밤이나 낮이나 지켜주는 걸 야방이라고 하지. 집 하나 질려면 드는 게 좀 많아. 철근도 집 더미만큼, 벽돌도 집 더미만큼, 양회도 집 더미만큼, 재목도 집 더미만큼, 기와도 집 더미만큼, 시새도 집 더미만큼 있어야 집이 한 채 들어서거든. 그런 물자를 현장에다 쟁여놓으면 알게 모르게 도둑을 좀 많이 맞나. 그래서 두는 게 야방이니까 야방이야말로 주인이 믿거라 하는 사람 아니면 안 되지. 월급 자리도 월급 자리지만 난 그게 기뻐. 내가 도둑 누명 쓰고 쫓겨났는데도, 아무도 날 도둑 취급 안 하는 걸 알게 된 게."

"그러문요. 아저씨 고지식한 건 세상 사람들이 다 아는 걸요. 그건 그렇고 참 월급은 얼마나 준대요?"

"자그만치 육만원썩이나 준다지 않아? 밤잠 좀 덜 자고 낮엔 그저 허드렛일이나 거들어주는 것 갖고."

"그러니까 사택은 거짓말이었군요?"

"거짓말은. 사택도 있지. 헌다허는 벽돌집으로 말야."

아닌 게 아니라 기초 파고 양회 바르고 쌓지는 않았을 망정 벽돌집은 벽돌집이었다.

고만고만한 집이 네 채 나란히 들어서게 돼 있는 집터 한 구석에 벽돌을 두 겹으로 쌓고 창구멍도 하나 있고 비를 막게 슬레이트를 덮은 오두막에서 그들은 신혼 사흘째를 맞이했다.

"이 집은 참 좋아요."

"마음에 들어? 하루 꼬박 걸려 나 혼자서 지은 집이야."

"그럼 헐어버리는 데도 하루밖에 안 걸리겠네요."

"뭘 하루씩이나, 반나절이면 족하지."

길례는 나직이 한숨을 쉬었다.

"왜 섭섭해? 그렇지만 야방 보는 집인 걸 별수 없잖아. 저 집들이 완공되는 대로 우리 집은 헐어낼 수밖에."

"저 집들이 늦게 늦게 됐으면 좋겠어요."

"큰일 날 소리. 일꾼들이 말썽 안 부리고 날씨 좋아, 남이 두 달에 질 거면 우린 한 달에 짓게 해달라고 황 사장이 쓱쓱 빌면서 고사까지 지냈는데, 그런 방정맞은 소리가 어디 있어?"

"우리 집 때문에 그러죠, 뭐."

"걱정 마. 우리 동네엔 빈터가 얼마든지 있고, 황 사장은 우리 동네에서도 제일 실력 있는 집장수야. 내가 황 사장한테 신용을 잃지 않는 한 야방 일은 그치지 않을 거야."

"아저씨, 신용 떨어지는 짓 하면 안 돼요."

"장가까지 들었는데 신용 떨어지는 짓 할 게 뭐가 있겠어. 길례는 아무 걱정 말고 그저 두 달에 한 번씩 이사 다닐 걱정만 하면 되는 거야."

"두 달 아니라 한 달에 한 번 다녀도 좋아요. 집이 있고 살림이 있으니까 이사도 다닐 수 있는 거니까. 그렇지만 이 동네에 다 새 집이 들어서고 나면 그땐 어떡허죠?"

"바보, 그동안에 우리도 돈을 모으면 되잖아. 참 황 사장이 그러는데 당신더러 일꾼들한테 밥을 해서 팔게 하면 어떻겠냐는 거야. 워낙 일꾼들이란 양이 커서 밥집에서 사 먹는 게 신에 붙지 않는 모양이야. 그렇지만 난 승낙하지 않았어. 당신한테 그런 고생까지 시킬 수 없잖아?"

"어머머, 이 아저씨 좀 봐? 어쩌면 굴러들어온 복을 그렇게 내칠 수가 있어요? 누구 맘대로……."

길례는 암팡지고 안타까운 얼굴이 돼서 발을 동동 구른다.

"내일이라도 승낙하면 돼. 의논해보겠다고 했으니까."

"의논 안 하셔도 되는데."

"나는 뭐든지 당신하고 의논하는 게 좋아. 장가들어 좋은 게 뭐겠어. 바로 그런 거지. 그럼 힘들겠지만 밥장사를 해보겠어?"

"해보다마다요. 잘해보겠어요. 황 사장이 집장사 하는 동안은 계속해서 해먹을 수 있게 잘할 거예요. 아저씨, 우린 정말 앞으로 운수가 트이려나봐요."

"그게 다 당신 복이라니까."

길례는 정말 자기가 복이 많은 여자가 된 것처럼 느꼈다. 자기를, 둘레에 행복을 끼칠 수 있는 소중한 것으로 자각하는 것, 그것은 그녀가 평생 처음 느껴본 느낌이었기 때문에, 마치 새로 태어나 새 세상을 보는 것처럼 전율했다. 또한 정 씨의 애무를 기죽을 펴고 받아들일 수가 있었고, 사랑의 행위에 거침없이 기쁨을 느낄 수가 있었다.

정 씨는 곧 황 사장한테 밥장사를 할 뜻을 밝히고, 거기 소용되는 기물을 사기 위해 한 달 치 월급을 가불해

왔다.

길례는 밥장사도 밥장사지만, 남편이 벌어온 돈을 쓰는 게 좋아서 어쩔 줄을 몰랐다. 그녀는 신바람이 나서 솥도 사고 그릇도 사고 주전자도 사고 숟가락도 사고 아주 캐시밀론 이불도 한 채 샀다.

그러나 정 씨는 세퍼드처럼 밤새 사로잠을 자며 물역을 지키고, 낮에는 온갖 허드렛일을 거들고, 길례는 밥장사 하는 행복한 나날은 두 달밖에 가지 않았다.

네 채의 집이 완공되고 황 사장이 새로운 집터를 물색 하는 동안 겨울이 왔기 때문이다.

겨울은 눈 깜박할 새에 왔다. 겨울치고도 대단한 추위 였다. 30년 만의 추위라커니 관상대 생긴 이래의 혹한이라 커니 했다.

황 사장도 집터만 사놓고 내년 봄을 기약하고 손을 떼 었다.

비둘기장처럼 예쁘게 완공된 네 채의 새 집은 곧 작자 를 만나 팔렸으니 새 집 마당에 위치한 길례네 오두막도 철거를 하지 않으면 안 되었다.

그래도 인정 많은 황 사장은 그가 새로 사놓은 집터에 오두막을 옮겨 지어도 좋다는 허락을 해주었다. 내년에 야 방을 볼 때면 어차피 지어야 할 거 미리 짓는 셈만 치지 조금도 어려워 말라는 위로의 말까지 해주었다.

그러나 아무리 마음씨 좋은 황 사장이기로서니 땅덩이를 누가 들어 갈 것도 아닌데, 빈 땅만 지키는 정 씨에게 월급을 줄 리는 없었다. 길례도, 정 씨도 겨울 동안 놀고 먹을 일이 난감했다.

길례가 밥장사 해서는 겨우 두 식구 밥이나 얻어먹은 게 고작이었고, 월급은 한 달 치는 미리 타서 기물을 사는 데 쓰고, 긴긴 겨울을 앞두고 손에 남은 건 한 달 치 월급이 고작이었다.

새 집에 이삿짐이 들어오는 날, 그들은 말없이 집을 옮겨 지었다. 길례는 집을 허물고 정 씨는 그것을 옮겨다 새 집을 지었다. 다시 두 겹으로 벽돌을 쌓고 액자만 한 틀을 끼워 창문도 만들고 기둥을 세워 문도 만들었다. 사면의 벽이 생기자 슬레이트를 얹고 날아가지 않게 남은 벽돌이랑 돌멩이로 눌렀다.

둘이서 짓는 데도 하루가 꼬박 걸렸다. 해도 짧았지만 신명이 나지 않아서였다. 한 달 치 월급으로 나기에는 겨울이 너무 길었고, 길례는 아기를 가지고 있었다.

온돌이 없이 널빤지를 깔았을 뿐인 오두막에서 겨울을 나려면 연탄도 있어야 하고 난로도 있어야 하고 두둑한 이부자리도 있어야 하고 따뜻한 겨울옷도 있어야 했다.

옷가지 하나 변변히 못 가지고 맨몸으로 쫓겨난 게 새삼 억울했지만 지금 어디 가서 하소연할 길이 있는 것도 아니었다.

시멘트도 바르지 않고 그냥 쌓아올린 벽돌집은 모진 겨울바람에 불안정하기도 했지만 틈서리로 바람이 사정없이 들어와 한데 같았다. 정 씨는 열심히 공사판을 돌아다니며 널빤지를 주워다가 바람막이를 쳤지만 바늘구멍으로 황소바람이란 말도 있듯이 오두막 속엔 늘 풍구가 돌았다.

정 씨는 홀몸이 아닌 길례에게 두툼하고 폭신한 겨울옷을 사 입히고 싶었지만 길례는 돈주머니를 꽉 움켜쥐고 내놓을 척도 안 했다. 그 작은 돈을 갖고 겨울을 굶어 죽지도 않고, 거지 짓도 안 하고 나려면 절대로 헤프게 써서는 안 된다는 거였다.

정 씨는 버럭 화를 냈다.

"이 바보야, 굶어 죽는 것만 죽는 건 줄 알아. 얼어 죽는 건 어떡허고. 돈주머니 움켜쥐고 얼어 죽어 봤댔자 누가 불쌍해하지도 않아."

"세상에 굶어 죽은 귀신은 있어도 얼어 죽은 귀신은 없대요."

길례는 자신 있게 말대답을 했다. 얼어 죽은 것 같아도 실은 굶어 죽은 것이지, 배부르게 먹기만 하면 사람이 얼어 죽진 않는다는 게 길레의 확고부동한 월동 철학이었다.

이렇게 한 푼에 치를 떨면서도 길레는 정 씨를 위해선 내복도 사고 싸구려나마 속에 밍크털이 달린 잠바도 사왔다.

막벌이꾼에게 겨울은 길고도 길었다. 정 씨는 밤마다 길레를 가슴에 품고 속삭였다.

"길레, 조금만 더 참으라구. 봄만 되면 야방 자리는 떼어놓은 당상이니까."

"아저씨, 미안해요. 저 때문에 그 좋은 월급 자리까지 빼앗기고 이 고생을 하시게 해서."

"왜 야방은 뭐 그만 못한 월급 자린가 뭐."

"그래두요. 야방은 겨울을 타지 않아요? 아마 여름 장마도 탈걸요."

"마찬가지야. 물역가게도 겨울 타고 장마 타긴 매일반이야. 겨우내 눈칫밥이나 얻어먹는 게 고작이지 어디 월급이나 제대로 주는 줄 알아?"

"그래도 눈칫밥이 어디예요. 그리고 그땐 혹이 없었잖아요?"

"혹이라니?"

"저 말예요. 그땐 홀가분한 홀몸이셨잖냐 말예요."

"난 홀몸은 싫어. 생각만 해도 지긋지긋해."

"저도요."

두 사람은 기갈 들린 것처럼 홀몸이 아니란 사실을 확인하고 또 확인하려 들었다. 홀몸이 아니란 사실만이 그들을 녹여주는 유일한 열원이었다.

밖에선 여전히 혹한이 계속됐다. 천심도 삼한사온이란 자비로운 질서를 망각하고 한 달이 넘게 영하 15도의 강추위를 고집하고 있었다. 거지 빨래한다고 예로부터 일컬어지는 눈 오는 날조차 없었다.

거지보다 더 가진 거라곤, 어떡하든 거지 짓은 안 해야겠다는 손톱만 한 자존심밖에 없는 정 씨와 길례는 오두막집에서의 첫 추위를 이겨내고 봄까지 살아남기 위해 안간힘을 썼다.

정 씨는 매일 오두막을 나서서 안면이 있는 막벌이꾼들을 찾아다녔다. 겨울에도 막벌이가 아주 없으란 법은 없으니까 누구든지 한 건 걸릴 눈치면 염치 불고하고 한 다리 낄 작정이었다. 막벌이꾼의 세계란 가긍한 세계였으나 아직 그만한 인정이 남아 있는 유일한 세계이기도 했다.

그러나 워낙 지독한 추위라 연탄아궁이 손보는 정도의 일조차 얻어걸리지 않았다. 막벌이꾼들의 겨우살이란 너

나없이 궁색한 것이었으나 그런대로 겨울을 위한 저축을 갖고 있거나, 겨울을 타지 않는 딴 벌이를 가진 여편네나 자식들을 갖고 있어, 굶어 죽거나 얼어 죽지 않을 만큼은 지내고 있었다.

내년 겨울만 돼도 우리도 그렇게 지낼 수 있을 거야. 우리가 지난 봄에만 만났어도 올 겨울이 지내기가 이렇게 어렵지는 않았으련만⋯⋯.

정 씨는 길례의 깡마른 몸을 안고 녹여주면서 길례를 진작 못 만난 걸 한탄할지언정, 만난 걸 후회하는 마음은 조금도 없었다.

강추위는 한 달을 넘고 두 달째로 접어들었다.

신문의 만화란에선 삼한사온을, 석 달 춥고 넉 달 따뜻하기로 새롭게 풀이했다. 이런 방정맞은 말장난은 뜨뜻한 구들목에서 자고 난 사람들이나 읽고 좋아할 것이지 신문을 보지 않는 정 씨나 길례하곤 상관없는 일이었다.

자고 깨면 춥고, 자고 깨면 여전히 춥건만 설마 내일은 풀리겠지, 설마 겨울 다음엔 봄 안 올까, 하는 끈질긴 낙천성만이 그들의 것이었다.

신문에는 또 시내 곳곳에서 수도관이 동파되어 물난리를 겪고 있단 보도와 함께 수도국에선 쇄도하는 고장 신고의 반의 반도 나와 봐주지 못할뿐더러, 기껏 나와봤댔자, 한다는 소리가 봄을 기다리는 하느님 같은 소리가 고작이라는 비꼬는 기사도 났다.

그러나 신문을 보지 않는 정 씨나 길례가 알 바 아니었다.

어느 날 밤에 나간 정 씨는 어두워서야 돌아왔다. 정 씨의 손엔 보기에도 따뜻한 털스웨터와 솜을 둬서 누빈 월남치마와 동태가 두 마리 들려 있었다. 희색이 만면했다.

"여보, 사람이 죽으란 법은 없나봐. 추울수록 잘되는 막벌이가 있을 줄이야."

"아저씨 그럼 이걸 다 오늘 벌어서 사 오셨단 말예요?"

"그럼, 벌어서 사 왔잖음, 어디서 도둑질이라도 했을까봐?"

"사흘 굶어 도둑질 안 하는 사람 없대요."

"우리가 언제 사흘을 굶었나. 단 한 끼도 안 굶었는데. 다 길례 알뜰한 덕택이지만 말야."

정 씨는 여유 있게 능글댄다.

"어떻게 돈을 벌었나 그거나 빨리 말해줘요."

"얼어붙은 수도를 녹여주고 번 돈이야. 요새 사방에서 수도가 얼어붙어 법석들이거든. 오늘 마침 안면이 있는 수도 기술자를 만났는데, 공 기사라고, 그 친구 아주 그 길로 나섰더군. 나를 보더니 반색을 하며 같이 일하재잖아. 일거린 얼마든지 있다는 거야. 오늘도 몇 건을 했는지. 여봐 손 부르튼 거. 그새 놀았다고 손바닥이 여자처럼 얇아졌으니 내 한심해서."

길례는 정 씨의 부르튼 손바닥에 호호 입김을 불어넣는다.

"그렇지만 당신이 수도에 대해 뭘 안다고 어떻게 수도를 녹여요?"

"난 순전히 땅만 파주고 기술은 공 기사가 부리는 거야. 땅을 파서 아직 얼지 않은 본선을 찾아내면 그 친구가 전깃줄을 갖고 전봇대에 올라가 한 가닥을 언 수도꼭지에 대고 한 가닥은 본선에다 대고 나서 트랜스를 갖고 전기를 흐르게 하면 한참 있다가 콸콸 수돗물이 나오는 거야. 생각만 해봐. 얼마나 좋은 일인가. 오천원이고 만원이고 달라는 게 값이라니까. 힘이야 내가 더 많이 들지만 정작 기술은 그 친구가 부리니까. 그 친구는 3분의 2를 먹고 나는 그 나머질 먹기로 약조를 했지. 길례, 오늘 내가 얼마 번 줄 알아? 글쎄 거진 큰 거 한 장이 내 몫으로 돌아오더라니까. 당신 이제 봄이 오기만을 축수 안 해도 돼. 이제부터 연탄도 하루 두 장씩 때라구. 아니 석 장은 때야 좀 훈훈할 거야. 그래봤댔자 연탄 값이 하루 백원밖에 더 되냐 말야."

"아저씨 어째 무서워요."

"뭐가?"

"우리 아저씨가 돈을 너무 많이 버는 게."

"이런 바보 같으니라구."

정 씨는 길례를 안았다. 갈비뼈가 앙상한 작은 가슴이 놀란 참새처럼 심하게 할딱이고 있었다. 바보, 바보, 정 씨는 더욱 세차게 길례를 안았다.

강추위는 계속되고 길례의 오두막은 하루하루 아늑해졌다. 연탄도 석 장썩이나 때고, 비닐을 필로 사다가 벽에다 방장처럼 둘러 외풍도 없어졌다.

연탄난로 위에선 밤이나 낮이나 물이 끓어 즐거운 소리를 냈고 작은 창에 아름다운 성에를 수놓았다. 어디메쯤 봄이 왔나 그게 궁금해 손톱으로 성에를 긁고 밖을 내다보는 짓을 길례는 다시는 하지 않았다. 정 씨는 야방 보고 자기는 밥장사 할 때보다 몸은 몇 배 편한데도 돈은 더 잘 모이는 게 신기해서 죽을 지경이었다.

정 씨는 길례를 안을 때마다 아직은 홀쭉한 배를 더듬으며 말했다.

"여보, 이 속에 있는 녀석이 복뎅인가봐."

길례는 자기보고 복뎅이라고 할 때보다 더 기뻤다.

뱃속의 복뎅이가 소중하다보니 자기 몸이 소중하고 그래서 생전 처음 누리는 놀고 등 따숩고 배부른 생활이 조금도 과람하지 않고 당연했다.

길례는 밤이면 정 씨의 팔을 베고 누워서 가만가만 노래를 불렀다. 밤, 밤, 겨울밤은 추워도 우, 우 우리들은 즐거워…….

추위가 석 달째로 접어들었다. 아무도 겨울 다음엔 봄이라는 걸 믿으려 들지 않았다.

수도관은 사방에서 매일매일 얼어 터지고, 수도국만이 봄에의 믿음으로 겨우겨우 그 체면을 유지하려 들었다.

어느 날 정 씨는 길례에게 그동안 모아놓은 돈 중에서 오만원만 달라고 했다.

"트랜스를 하나 사야겠어. 굵은 전깃줄하고……."

"그건 뭘 하시게요?"

"나도 이제 죽도록 땅만 파고, 남 좋은 일만 시키긴 싫어. 내가 직접 수도관을 녹이는 일을 해야겠어."

"당신이 어떻게……, 기술도 없으면서."

"흥, 기술? 알고 보면 그까짓 거 기술이랄 것도 없어. 전기를 쇼트시켜 높은 열만 내게 하면 되는 일이니까 누워서 떡 먹기야. 오샌 글쎄 내가 땅 파고, 내가 전기 일까지 한다니까. 그동안 공 기산지 공가 녀석인지는 양지짝에 앉아서 담배나 빨다가, 수금은 제가 해갖고 나한텐 제 몫의 반을 떼어 주는데, 내 아니꼽고 드러워서. 그러니까 그게 기술 값도 아니고 순전히 연장 값이라구. 그까짓 연장 누군 못 살 줄 알구."

"여보 그렇지만 그렇게 되면 그 사람하고 웬수 지는 게 아뉴? 사람이 어떻게 은혜를 웬수로 갚아요?"

"듣기 싫어. 그까짓 게 은혜랄 건 뭐 있구 원수 질 건 또 뭐 있다구. 얼어 터진 수도는 쌔고 쌔버렸어. 우리 같은 기술자를 몇천 명 양성해서 서울 장안에 뿌려도 다 제 밥 벌이는 할걸. 생각해봐. 적선 중에도 물 적선이 제일이라는데 꽉 막힌 수도에서 물이 콸콸 흐르게 하는 일이 얼마나 좋은 일이야. 달래는 게 돈이라구."

"암튼 원수만 지지 말아요. 누구도 당신한테 앙심 먹는 거 나 싫단 말예요."

"나도 다 생각이 있어. 그 작자가 다니는 동네는 안 다닐 테니까. 서울은 넓고도 넓어. 벌써 내 시중 들어줄 데 모도까지 구했으니까 내일부턴 몸은 편해지고 돈은 곱절이 들어올 판이지. 아무리 생각해도 우리 아기가 복뎅인가봐."

우리 애기가 복뎅이란 바람에 길례는 슬그머니 돈주머니를 풀었다.

정 씨가 목돈을 갖고 나간 날 길례는 낮잠을 자다가 정 씨가 전봇대에 매달려 새카맣게 타 죽는 꿈을 꾸다가 소스라쳐 깨어났다.

그녀는 황급히 손톱으로 창의 성에를 긁어내고 밖을 내다보며 정 씨가 돌아오길 기다렸다. 어지간히 추운 날이었다. 성에는 긁어내기가 무섭게 다시 앉아 시야를 흐려놓았다.

집보다 빈터가 더 많은 신흥주택가. 널찍널찍한 골목엔 사람의 그림자라곤 없었다. 불길한 예감이 그녀의 작은 가슴을 옥죄었다.

날이 어두워도 정 씨는 돌아오지 않았다. 돈 많이 벌어 돼지고기 사가지고 오마던 정 씨는 돼지고기 굽기 좋으라고 점심 먹고 미리 갈아 넣은 연탄이 다 사위어 다시 갈게 될 때까지 돌아오지 않았다.

다음 날도, 또 다음 날도 돌아오지 않았다. 어디 가서 알아볼 만한 친척도 의논할 친구도 길례는 알고 있지 못했다. 그는 오로지 공중전화통보다 약간 큰 오두막집에만 뿌리를 내리고 있었던 것이다.

전봇대에 매달려 새카맣게 타 죽지 않고는 이럴 수는 없는 일이었다.

길례는 남편에 대해 타 죽었다는 상상밖에 할 수 없는 것에 절망했다. 여자라면 누구나 할 수 있는 상상, 어디 딴 계집에 미쳐서 돈을 들어내가지고 가서 안 들어온다고 생각할 수 있었으면 얼마나 좋았을까.

그러나 그들의 사랑은 그런 배신의 여지를 둘 수 없는 완벽한 것이었기에 길례의 절망 역시 완벽했다. 그녀는 낮이면 전봇대만 쳐다보며 거리를 정처없이 헤매다가 밤이면 오두막으로 돌아와 새우잠을 잤다.

그녀는 고독했다. 아무도 그녀의 절망에 대해 알고 있지 못했고 따라서 아무도 그녀를 위로하지 않았다. 정 씨의 행방에 대해 아무도 알고 있지 못하는 것처럼.

사흘 동안 실성한 여자처럼 거리를 헤맨 끝에 길례는 스스로 한 가닥 희망을 찾아냈다. 그것은 그녀의 의지의 힘이라기보다는 목숨을 부지하기 위한 인체의 자동장치 같은 거였다.

용한 점쟁이한테 가서 점을 쳐보리라. 그녀가 교수 댁에 있을 때 사모님이 친구들과 제일 정열적으로 주고받던 얘기는 서울의 용한 점쟁이에 관한 얘기였다.

그래서 길례는 서울 장안엔 얼마나 신통한 점쟁이가 많다는 것에 대해서 제법 알고 있었다.

학교 점을 잘 치는 점쟁이, 궁합을 잘 보는 점쟁이, 시앗을 족집게처럼 집어내는 점쟁이, 천리안을 갖고 있어서 앉아서 점치러 온 사람 집안의 장독대의 항아리 수효로부터 부엌의 냄비 수효까지 알아맞히는 점쟁이, 별의별 점쟁이에 대해 알고 있었다.

그중 사모님이 홀딱 반해서 단골로 다니며 친구마다 소개해준 대학까지 나왔다는 청년 점쟁이, 백봉선생의 운명철학관은 길례도 사모님 따라 한 번 가본 일이 있었다.

백봉선생은 앞일을 귀신같이 맞힐 뿐 아니라, 길흉을 마음대로 조절할 수 있는 여러 가지 묘방을 알고 있어 더욱 인기였다. 그에겐 정해진 복채가 따로 없고 형편대로 내면 되는데, 행운의 점괘를 뽑은 부자는 만원, 십만원 아까운 줄 모른다는 소문도 있었다. 그 역시 배짱이 대단해서 아무리 많은 복채를 내도 외눈 하나 까딱 안 하지만, 낼 만한 사람이 인색하게 굴면 여러 사람 앞에서 망신을 톡톡히 줘서 내쫓지만, 불쌍한 사람이나 점괘가 안 좋은 사람에겐 복채를 한 푼도 안 받는 인정스러운 면도 있다는 것이다. 그런 기벽에 의해 그는 자꾸만 더 유명해지고 있었다.

길례는 또 백봉선생이 오전 중만 손님을 받는다는 걸 알고 있었지만 그 으리으리한 응접실에서 폭신한 밍크 슬리퍼를 신고 소파에 앉아 잡담을 주고받는 귀부인들하고 섞여서 차례를 기다릴 자신이 도저히 없었다. 생각만 해도 주눅부터 들었다.

그렇지만 정 씨가 죽었나 살았나를 백봉선생한테 묻고

싶은 걸 단념할 수는 없었다. 인력을 초월한 신령의 힘에 의하지 않고 정 씨를 찾아내기엔 길례에게 도시는 너무 거대하고 켯속이 복잡했다.

그녀는 일부러 오후 늦은 시간에 백봉선생의 운명철학관을 찾아갔다.

손님을 안내하던 소녀까지 퇴근하고, 홀로 이글이글 닳는 오일 스토브 옆에서 주간지를 뒤적이고 있던 백봉선생은, 고관대작이 청을 해도 절대로 점을 보는 시간이 아님에도 불구하고 그녀를 내쫓지 못한다.

그의 손님답지 않은 남루한 차림도 차림이려니와, 그렇게 무욕하고 순한 눈을 가진 여자는 생전 처음 보는 것처럼 느낀다.

그러나 그 무욕하고 순한 눈엔 애처롭게도 절망이 하나 가득 넘치고 있다.

가엾어라……. 백봉선생은 생각한다. 점쟁이는 고객의 문제를 끄집어내면 그만이지 가엾어한다는 건 주제넘은 짓이다. 명점쟁이답게 주제넘은 짓 같은 건 절대 안 하던 백봉선생이건만 무심결에 그 짓을 하고 만다.

길례가 담배개비처럼 돌돌 만 천원짜리를 펴더니 그의 앞에 밀어놓았다.

"너무 적어요. 그리고 지금 쉬시는 시간이라는 것도 알고 있어요. 용서해주세요. 눈에 뵈는 게 없어 뛰어들었어요."

백봉선생은 탓하지 않는다. 마치 물에 빠진 사람 우선 건져놓고 봐야겠다는 것만큼이나 다급하게 어서어서 그녀의 눈에 넘치는 절망을 덜어주고 싶다.

그러나 그녀의 절망에 대해 질문하면 안 된다는 점쟁이로서의 직업의식이 곧 발동한다. 몇만원짜리 손님이건 공짜 손님이건 똑같이 손님이 원하는 건, 자기가 지닌 고통을 점쟁이가 콕 집어내서 자기에게 다시 보여주는 거다.

무엇 때문에 이 여자는 절망하고 있을까. 계가 깨지거나 돈을 뜯기고 저렇게 절망하는 여자를 흔히 봐왔다. 그러나 그런 절망과는 인연이 멀게 이 여자의 눈은 무욕하다. 그걸 빼놓으면 문제는 한결 간단해진다.

이 여자는 지금 누군가의 생사에 관한 근심을 하고 있다. 누군가는 부모일까? 애인이나 남편일까? 자식일까?

그것까지 알아맞히려 들면 현명한 점쟁이가 못 된다. 그런 것은 본인의 입을 통해 불게 해야 비로소 현명한 점쟁이인 것이다.

"안 죽었다. 걱정 마라."

백봉선생은 퉁명스럽게 한마디 한다. 퉁명스럽고도 간결한 점괘야말로 실로 백봉선생의 백봉선생다움이다.

백봉선생은 고관의 부인, 재벌의 부인, 학자의 부인 등 수많은 귀부인을 단골로 갖고 있지만 점을 볼 때는 공평하게 퉁명스럽고, 깍듯이 해라를 한다. 그리고 절대 긴말을 안 한다.

딱 한마디로 손님이 가슴 깊이 품고 온 문제성을 명중시킨다. 명중시키기만 하면 문제성은 저절로 와해되어, 손님의 입을 통해 그 앞에 쏟아진다.

수다는 고객의 것이지 결코 점쟁이의 것이 아니다. 그 요령만 잘 알고 지키면 명점쟁이요, 그렇지 못하면 돌팔이일 뿐이다.

아니나 다를까 길례의 눈에서 눈물이 철철 흐르면서 순식간에 절망이 씻겨내리는가 했더니, 줄줄이 불기 시작했다.

"정말 그인 살았을까요? 전봇대에서 전기를 잘못 끌다 꼭 타죽은 줄 안 그이가 살아 있다니, 선생님은 정말이지 그이의 생명의 은인이십니다. 그인 죽었어요. 근데 살았다니, 정말 고맙습니다……."

이렇게 시작해서 그녀는 정 씨하고 어떻게 연애를 하다가, 어떤 누명을 쓰고 쫓겨나서 어떻게 재미나게 살다가, 어떤 고생을 하고, 다시 새로운 벌이를 시작해서 살 만하다가 이렇게 되고 만 경위를 소상하게 불었다.

길례의 말을 다 듣고 난 백봉선생은 정 씨가 술을 과하게 하고 통금에 걸렸거나, 수도 고친다고 불법적인 일을 서툴게 하다가 경찰 신세를 지고 있는 게 아닌가 하는 심증을 얻는다.

"정말 그인 안 죽었을까요?"

"난 여러 말은 안 해."

"그럼 틀림없이 살아 있단 말씀입죠. 근데 왜 안 들어올까요? 그인 집밖엔 올데갈데없는 외로운 사람이에요."

"관재구설이 끼었구먼."

"관재구설이라뇨?"

"관청 신세를 질 액도 몰라?"

"막벌이꾼이 무슨 관청 신세를……."

길례는 쉽사리 믿지 못하면서도 역력한 공포가 떠오른다.

"그걸 내가 아나. 난 관재구설괘가 나오니 나온달밖에."

백봉선생은 핀잔을 준다. 백봉선생은 길례뿐 아니라 어떤 귀부인한테도 핀잔을 잘 주기로도 유명하다. 그는 이런 적절한 핀잔으로 명백한 회답을 해야 할 고비를 교묘하게 피할 줄 알았다. 그러나 그의 단골들은 그것조차 명점쟁이의 기벽쯤으로 이해하고 되레 좋아했고, 그를 더욱 유명하게 해주었다.

"그럼 어떡하죠. 선생님 제발 그 구설 좀 빨리 면하게 해주세요. 네? 선생님. 선생님은 하실 수 있잖아요? 은혜는 두고두고 갚을게요."

"제장, 물에 빠진 놈 건져주니까 보따리 내놓으란 격이
군."

"네?"

"그렇잖아. 당장 죽어가는 사람 살려줬잖아."

"그러문입쇼. 그러문입쇼. 여부가 있나요."

"그런데 또 구설수까지 면하게 해달라고? 딴 구설도 아
니고 관재구설을?"

"전 홀몸이 아녜요. 제발 두 사람 목숨을 더 구해주시
는 셈치고 예방을 가르쳐주세요."

"욕심도, 한 사람을 기껏 살려주니까 두 사람을 더?"

백봉선생은 길례의 무욕한 눈을 지그시 바라보며 푸듯
이 뇌까린다. 그는 자기가 영한 점괘보다, 액운을 물리치
는 예방을 잘해주는 것으로 더 잘 알려진 걸 알고 있다.
그러나 특별한 보안 조치를 한 바도 없건만 구체적으로
어떤 비법을 그가 써먹고 있는지는 전혀 알려지고 있지
않았다.

그도 그럴 것이 그의 비방은 미신적인 예방도 있었지만,
대개는 남이 못되게 비는 방자의 술과 관계되는 것이었기
때문에 그걸 써먹은 사람이 남에게 풍길 리가 없었기 때
문이다.

물론 처음부터 남 못되게 하는 방자를 배워 가려고 점치러 오는 사람은 없었다.

　　언제 부자가 되나, 언제 승진을 하나, 이번엔 당선이 될까, 이번엔 합격이 될까 대개 이런 문제들을 안고 온다.

　　그러나 경쟁사회에서 남보다 빨리 돈을 벌거나 빨리 출세하고픈 욕망을 채우기 위해선 자기하고 대등하거나, 자기보다 우월한 경쟁자를 무슨 수를 써서라도 앞질러야 한다. 이 무슨 수를 써서라도, 라는 비장한 각오야말로 경쟁자를 감쪽같이 해치고 싶은 해악의 의지라는 걸 백봉선생은 알고 있었다. 그거야말로 백봉선생의 인간에 대한 해석의 정답이요, 결론이었다.

　　어떤 고상한 귀부인도 뱃속에 똥집이 있는 것처럼 마음속엔 해악의 의지가 있다. 욕심과 해악의 의지는 같은 심장을 가지고 숨 쉬고 있다. 그것이 백봉선생의 철학의 핵심이었다.

　　그는 그의 이런 철학을 끊임없이 그의 단골들한테 시험해봄으로써 날로 자신을 얻어가고 있었다.

　　특히 도덕적으로 고상해 보이는 손님만 보면 자기의 이런 개똥철학으로 장난질을 해보고 싶은 충동을 억제하지 못했다.

　　이번에 승진 발령이 날까 말까, 이번에 막대한 이권이

굴러떨어질까 말까, 이런 조바심에는 반드시 승진과 이권을 에워싼 라이벌이 있게 마련이었다.

그 라이벌네 집 대문에다 보기에도 흉칙한 제웅을 만들어다 걸어놓으라든가, 라이벌의 신을 훔쳐다가 삶아 먹으라든가, 이런 방자술을 가르쳐주는 것이었다.

그런 방자술을 감지덕지 전수받은 귀부인의 얼굴이라니. 산해진미에 물린 고상한 부인이 단박 남의 신발 삶은 국물이 먹고 싶어 군침을 삼키는 모습을 보며 느끼는 백봉선생의 쾌감은 짓궂다 못해 차라리 천진한 것이었다.

그는 모든 직업인들이 그 직업의 권태로운 반복에 넌더리를 내는 것만큼, 그의 점치는 일을 혐오했다.

모든 직업인들이 심한 음주나, 아니꼬운 취미 생활로 직업적인 권태로부터의 일탈을 꾀하는 것처럼 그 역시 그런 못된 장난질로 그의 직업적인 권태에 반항을 시도하고 있다고 그는 스스로 변명한다.

가끔 이런 재미도 없이 무슨 맛에 이 짓을 해먹는담. 그는 이렇게 가볍게 생각한다.

그러나 그에겐 자기가 이 사회의 욕망의 질서로부터 소외된 위치에 있다는 아웃사이더로서의 열등감이 지글대고 있고, 이런 열등감은 그따위 악희(惡戲)가 되어 그가 참여 못한 욕망의 질서를 조소하고, 더러운 욕망을 포장한 도덕적인 얼굴을 능멸하는 것으로 복수를 꾀하고 있는 것이다.

"제발 선생님."

비법을 가르쳐주기를 계속 조르는 길례의 간절한 시선을 피하면서 백봉선생은 비법에 대한 영감은커녕 자기의 직업에 가책 같은 걸 느낀다. 그건 아주 고약한 느낌이었다. 그러나 거절하진 못한다.

"대주가 몇 살이지?"

"마흔세 살이요."

"그럼 백지에다 사람 얼굴을 그리고 거기다가 바늘을 마흔세 개를 꽂아서 하룻밤 하루낮을 집에 두었다가, 집에서 서쪽 방향에 있는 나뭇가지에다 갖다 걸어. 걸어놓고 뒤도 돌아보지 말고 집으로 오면 돼."

"그럼 그 액을 면할까요?'

"해보면 알 게 아냐."

"고맙습니다. 고맙습니다. 우리 그이가 무사하게 돼서 다시 돈벌이를 하게 되면 꼭 선생님 은혜 갚으러 올 겁니다."

"안 와도 좋아."

백봉선생은 자기의 엉터리에 몰래 넌더리를 내면서 씁어뱉듯이 말한다.

길례는 집으로 돌아오는 길에 백지도 사고, 먹글씨처럼 써지는 사인펜도 사고, 바늘도 샀다.

백지에 정성껏 얼굴을 그린다. 크게 동그라미를 그리고 눈, 코, 입, 귀를 그리고 머리털을 그린다. 3학년까지 다녀 본 국민학교 때 그려보고 처음 그려보는 그림이다.

백봉선생이 일러준 건 아니지만 길례는 어쩐지 얼굴을 흉하게 그려야 할 것 같다. 액을 담아 갈 얼굴이니까.

그러나 그려놓고 보니 어딘지 정 씨를 닮은 것 같다. 모진 구석이라곤 하나도 없는 어리숙한 얼굴이다. 거기다 바늘을 꽂는 일은 차마 못 할 것 같다. 그렇지만 비방을 하다 말면, 더 큰 벌을 받을지 누가 아나.

길례는 살아 있는 사람의 얼굴에 바늘을 꽂는 것만큼이나 마음 독하게 먹고 바늘을 꽂는다. 진땀까지 흘려가며 마흔세 개의 바늘을 꽂는다.

과연 바늘을 다 꽂고 나니 그림의 얼굴은 이 세상의 온갖 액운이 옮아 붙은 것처럼 무시무시한 얼굴이 된다. 길례는 새삼 백봉선생이 영검한 것에 감탄을 한다.

귀신과 더불어 지새우는 것처럼 전전긍긍한 하룻밤을 지새우고 하루낮을 보낸다. 그리고 어둑어둑해지기 시작할 무렵 집을 나서서 서쪽을 향해 걷는다.

그 끔찍한 액운을 어서어서 갖다 버려야 하는 것이다.

그걸 버리고 돌아설 생각만 해도 날듯이 가볍다. 어쩌면 그걸 버리고 집에 오면 정 씨가 돌아와 있을지도 모르겠다. 가슴이 두근댄다.

다행히 집에서 서쪽엔 나무가 많은 동네다. 여름엔 빨갛고 파란 지붕들이 우거진 녹음 사이로 드문드문 보일 만큼 나무가 많은 동네다.

길례는 그 동네를 향해 걷는다. 그러나 좀처럼 그 흉악한 것을 걸 나무를 찾아내지 못한다. 모든 나무들은 담 속에 서 있지 길에 서 있지 않았기 때문이다. 모두 임자 있는 나무뿐이지 임자 없는 나무가 없었기 때문이다. 어쩌면 단 한 그루도 임자 없는 나무를 만나지 못했다.

그녀는 모진 추위에 떨면서 골목골목을 헤맨다. 그래도 길에 서 있는 나무를 찾아내지 못한다. 가장귀는 길로 뻗었어도 기둥은 담 속에 있다. 그녀는 몇 번이나 그 액운이 담긴 물건을 남의 집 나무에라도 걸까 싶었으나 차마 못한다. 나무 임자가 그걸 보고 놀랄 생각을 하고, 그녀가 먼저 깜짝 놀란다.

길례는 그녀를 내쫓은 교수 댁 앞도 지났다. 교수 댁 마당에도 나무가 많다. 길로 가지를 뻗은 나무도 있다. 그녀는 교수 댁 나무에 걸고 싶을까봐 빨리빨리 그 앞을 지나간다.

평지가 끝나고 길이 오르막길이 된다. 그녀는 춥고 배고 프다. 그러나 희망을 잃지 않는다. 언덕 위 꼭대기에 나무 가 있는 것을 그녀는 멀리서 본 것 같다. 그 꼭대기의 나 무들이야 설마 임자 없는 나무겠지.

언덕 중턱까지는 나무 한 그루 없는 작은 집들이고 정 상에 드디어 나무가 있다. 길례는 비로소 안도의 숨을 내 쉰다.

푸른 달빛 속에 어린 나무들이 유치원 학생들처럼 서툴 게 줄을 맞춰 서 있다. 너무 어려 살아 있는 나무 같지를 않고 가장귀를 언 땅에 꽂아놓은 것 같다.

그녀는 아무 나무에나 그 끔찍한 걸 걸까 하다가 화들 짝 놀란다. 그곳의 어린 나무도 결코 임자 없는 나무가 아 니란 걸 깨달았기 때문이다.

꼭대기에 다닥다닥 붙어 있는 사람 사는 집들을 나라 에서 철거하고 그 자리에 심은 나무들이다. 철거당하는 사람들은 억울해서 울고불고했지만, 나라에서는 적지 않 은 돈을 들여서 그 일을 했다. 그리고 대신 나무를 심었 다. 그러니까 나라 나무다. 나라 나무에다 그런 걸 걸었다 가 무슨 화가 미칠지 그녀는 겁이 더럭 난 것이다.

그녀는 어린 나무 사이를 그대로 지나 산을 넘는다. 다 시 집들이 나오고 나무가 나왔지만, 나무는 다시 임자 있

는 나무다. 어두운 겨울밤, 담 밖으로 뻗은 나뭇가지에 그
걸 건대도 누가 볼 사람은 없다. 그런데도 그녀는 그 짓을
못한다. 그 끔찍한 액을 남에게 떠맡긴다는 것은 나쁜 짓이
이고, 나쁜 짓을 해서 입을 화가 비방을 안 써서 입을 화
보다 그녀는 더 두렵다.

결국 길례는 임자 없는 나무를 찾지 못하고 오두막으로
돌아온다. 돌아오면서 몇 번이고 추위와 굶주림과 낙담으
로 길바닥에 무릎을 꿇을 뻔한다.

가까스로 당도한 오두막 앞에서 그녀는 그 끔찍한 걸
집으로 가지고 들어갈 수밖에 없다는 데 새로운 공포와
절망을 느낀다. 액 때우려고 만든 물건이 천근의 액이 되
어 그녀를 짓누른다. 그녀는 지칠 대로 지쳤다. 도저히 그
녀 혼자의 힘으로 액을 벗어날 기력이 없다.

그녀는 그것을 들고 다시 방황한 끝에 자기도 모르게
백봉선생의 운명철학관 앞에 와 있었다.

깊은 잠이 든 백봉선생은 가냘프지만 필사적인 비명 소
리에 잠이 깼다. 그 소리는 문밖에서 들리고 있었다. 문을
여니 조그만 여자가 꺾이듯이 무릎을 꿇는다. 얼떨결에 여
자를 일으켰다. 여자의 몸은 가볍고도 차가웠다. 우선 방
으로 끌어들였다. 급히 오일 스토브에 불을 켰다. 여자는
어제 점을 치러 왔던 여자였고, 무수한 바늘이 꽂힌 끔찍

한 얼굴이 그려진 백지를 받쳐 들고 울고 있었다.

"선생님, 제가 죽을죄를 지었어요. 어떡하면 좋죠."

"무슨 죄?"

"이걸 걸 나무가 없었어요."

"나무가 없다니?"

"우리 집에서 서쪽으로 아무리 가도, 집 속에 있는 나무밖에 임자 없는 나무는 없었어요."

"누가 꼭 임자 없는 나무라야 된다 했나. 아무 나무라면 어때서."

"그래도……."

"그래도라니?"

"차마 그 짓은 할 수가 없었어요. 액을 나무나 돌한테 떠맡기는 짓은 할 수 있어도, 그 짓은 사람한테 떠맡기는 짓 같아 차마 못 했어요."

"그러니 나더러 어쩌란 말인가?"

"이걸 어떻게 처분해야 될지 몰라서."

그녀는 말끝을 흐리고 추위 때문인지 두려움 때문인지 아직도 떨고 있다.

"놓고 가. 놓고 가면 될 거 아냐."

백봉선생은 자기가 들어도 깜짝 놀라게 큰 소리를 지른다.

그는 처음으로 상대해본 밑바닥 인생에 측은함을 지나 분노를 느낀다. 밑바닥 인생이 왜 죽도록 밑바닥 인생일 수밖에 없나, 그 운명적인 결함을 들여다본 느낌이다. 그런 의미로도 사람이 어느 만큼 잘사느냐는 각자가 지닌 타인에 대한 해악의 의지의 강도에 달렸다는 그의 철학을 역으로 증명한 셈도 되었다.

이런 착잡한 백봉선생의 속을 알 리 없는 길례는 그저 놓고 가란 소리만 반가워 감지덕지한다.

"고맙습니다, 선생님. 고맙습니다. 선생님이 하도 인자하시니까 염치없는 말씀 하나만 더 드리겠는데, 제발 딴 예방을 하나만 더 가르쳐주세요. 이것보다 덜 신통해도 좋으니까 이것보다 덜 어려운 걸로, 제발 우리 집 그이가 관재구설수를 면하게만 해주세요."

"가만 있어도 풀릴 테니까 염려 말아. 좀 늦긴 하겠지만."

"늦으면 언제쯤에요?"

"봄이면 풀려."

그는 봄이면 얼음이 풀린다는 예언만큼이나 자신 있게 말했기 때문에 길례의 얼굴에 비로소 화색이 돈다.

길례가 백 배 사례하고 떠나간 후 백봉선생은 그녀가 놓고 간 걸 펴놓고 자세히 본다.

거의 유아의 그림처럼 단순한 선으로 된 얼굴에 꽂힌 마흔세 개의 바늘이 섬찟하다. 어릴 때, 지옥에 있다는 바늘산 얘기를 들으며 맛본 원시적인 공포를 다시 한 번 맛본다.

그는 그것을 방 속의 쓰레기통에 던지고 자리에 눕는다. 잠이 오지 않는다. 그의 의식 속에서 그놈의 것은 그렇게 간단히 처리가 되지 않는다. 그놈의 걸 어디다 멀리 갖다 버리고 와야 잠이 올 것 같다. 그러나 다시 일어나서 밖으로 나가긴 싫다.

그러면서 계속 그놈의 것에 대한 불안스러운 혐오감에 시달린다. 마치 마흔세 개의 바늘이 그의 잠자리에 꽂혀 있는 것처럼 이렇게 누워도 불안하고, 저렇게 누워도 거북하다.

그러나 그런 불안이 전혀 새로운 것은 아니다. 그는 알고 있다. 그의 이런 불안이 결코 잠자리에 대한 불안이 아니라 그의 직업에 대한 불안이라는 것을.

그는 과거에도 종종 이와 비슷한 고약한 불안감에 시달린 경험이 있다. 다만 길례의 경우와 달리, 그의 손님이 너무 그의 말을 잘 들었을 때 그런 느낌은 왔었다.

이런 일도 있었다. 그의 단골손님 중 벼락부자의 부인이 있었는데, 그녀는 남편이 돈을 왕창왕창 버는 것을 순

전혀 백봉선생이 가르쳐준 방자의 덕인 걸로 믿고 있었다.

하루는 그녀가 와서 임신을 했다면서 아들을 낳을 수 있는 비법을 가르쳐달라고 했다. 뉘집에도 한 가지 근심은 있으란 법인가. 그녀는 딸만 있어 어떡하든 아들을 갖기가 소원이었고 그 소원을 백봉선생이 풀어줄 수 있을 것을 믿어 의심치 않고 있었다.

이런 일은 남을 해치는 방자의 술을 쓸 일도 아니었다. 결과가 빤한 일에 황당한 비법을 가르칠 백봉선생이 아니었다. 백봉선생이 그랬더라면 백봉선생은 이미 명점쟁이가 아니었을 것이다. 그러나 이런 일을 서툴게 피해도 명점쟁이는 못 된다.

그는 그가 심심할 때면 들여다보는 만방비법이란 책에서 읽은 여태가 남태되는 법을 생각해냈다. 모든 비법이 다 그렇듯이 그 비법 역시 황당한 것이었으나, 도저히 실행 불가능한 것이었다.

그 비법은 가라사대, '호랑이 코를 베어다가 임부가 드나드는 방문에 걸어놓을지어다'로 되어 있었다.

여태가 남태되기는 불가능하다는 소리를 조금도 야박하지 않게, 한 가닥 숨구멍을 터놓는 유머를 보이며 말하고 있었다.

백봉선생은 외눈 하나 까딱 안 하고 그 소리를 그 부인에게 했던 것이다. 부인이 실망을 하든지 하다못해 얼떨떨한 얼굴이라도 할 줄 알았는데 뜻밖에 희색이 만면해서 믿을 수 없을 만큼 두둑한 복채를 놓고 갔다. 백봉선생은 부인의 뒤통수에다 대고 고양이 코가 아니라 호랑이 코라는 소리를 비명처럼 복창했다.

그리고 일 년쯤 지나 그 부인은 떡두꺼비 같은 아들을 안고 왔다. 선생님이 가르쳐준 비방을 써서 얻은 아들이라고 좋아하면서 두둑한 사례금까지 갖고.

그런 일을 통해, 그가 있는 사람들 사회의 막강한 실력에 압도당하는 거나, 지금 길례를 통해 밑바닥 인생의 무공에 압도당하는 거나 거의 비슷하게, 자기의 직업에 대한 불안스러운 혐오감을 후유증으로 남기는 건 참 이상한 일이었다.

그런 직업적인 불안을 느낄 때마다 그는 내일이라도 당장 이 짓을 그만둬야지 하고 별렀지만 내일 내일이야말로 가장 가까운 것 같으면서도 영원한 유예였다

그러나 지금의 그는 그런 한가한 유예를 하고 있을 기분이 아니었다. 마치 길례가 놓고 간 그 끔찍한 게 지닌 액이 그의 직업에 옮아붙은 것처럼 그는 그의 직업을 팽개치고 싶었다.

올봄엔 이 짓에서 손을 떼리라. 그는 단호히 마음을 굳

혔다. 손을 떼고 무엇을 할 수 있으리란 구체적인 생각까진 없었지만 아웃사이더는 면할 수 있을 것 같았다. 언 땅처럼 저희끼리만 단단히 뭉쳐 그를 따돌리던 끼리끼리의 질서 속으로 온몸을 곡괭이 삼아 파고들 결심을 했다. 길례도 정 씨도 밑바닥이나마 그 질서에 끼어서 살고 있지 않은가.

올봄엔 손을 떼자. 올봄은 내일보다는 멀지만 착실히 다가오고 있다. 내일처럼 영원히 도망치지는 못한다.

그는 그의 직업에서 손을 떼는 게 실상은 두려웠지만, 미신적인 믿음으로 이제부터 점쟁이 짓에는 재수 옴 붙을 것처럼 느꼈기 때문에 계속하는 건 더 두려웠다.

올봄엔 손을 떼리라. 그 느낌은 섭섭하고도 상쾌했다.

길례는 백봉선생의 말을 신앙처럼 믿으며 조용히 봄을 기다렸다. 어느 날부터인가 길례의 창에 성에가 안 끼더니 창밖에 저만치 봄이 오고 있었다.

정 씨 역시 길례가 있는 오두막과는 정반대의 도시 가변두리 땅에서 봄을 기다리고 있었다.

정 씨가 처음으로 새로 장만한 공구를 갖고 데모도까지 한 사람 대동하고 언 수도를 녹여주는 일을 맡으러 나간 날, 그래도 의리상 공 기사가 다니던 구역을 피해 낯선 동네로 갔다. 추위는 전국적이었으니 같은 도시에서 이 동네 저 동네 가릴 게 없었다.

"얼어붙은 수도 고치려. 얼어붙은 수도 고치려."

정 씨는 복음이라도 전도하듯이 의젓하게 외쳤다.

아침나절에 벌써 한 건수가 걸려 그는 전에 공 기사가 하듯이 유유히 담배를 빨고 데모도 혼자서 땅을 팠다.

땅은 바위처럼 단단히 언 데다가 데모도는 기운이 시원치 않아 좀처럼 수도관은 나타나지 않았다. 참다 못한 그가 합세해서 뿔괭이를 힘껏 내려친 찰나 수도관이 파열하며 물기둥이 솟았다. 한아름도 넘는 본선은 하필 PVC 수도관이었던 것이다. PVC 수도관이 묻힌 동네는 전기로 녹일 수 없다는 것도, 어느 동네는 그게 묻혔다는 것도 그는 몰랐던 것이다.

삽시간에 물은 온 동네로 범람하면서 비스듬한 비탈길을 따라 은백색의 빙하를 이루었다.

공사를 맡긴 주인은 물론 동네 사람들이 뛰어나왔다.

정 씨의 판단력으로 알 수 있는 건 수습할 수 없는 큰일을 저질렀다는 것뿐이었다.

"저놈을 잡아라."

누군가가 성난 소리로 외쳤다. 정 씨는 괭이나 삽은 내

던지고 값나가는 트랜스만 갖고 뛰기 시작했다. 데모도는 벌써 없어진 뒤였다.

뛰고 뛰고 또 뛰어, 겨우 저놈 잡아라 하는 고함 소리가 미치지 못하는 지점까지 와서 숨을 돌리자마자, 그를 엄습한 건 성난 사람들로부터 쫓기는 몸이 됐다는 엄청난 두려움이었다.

겁에 질린 그의 의식 속에서 성난 사람들은 법, 경찰 그런 걸로 비약했다.

법에 쫓기는 일이 감히 자기에게 일어나리라곤 일찍이 상상도 해본 적이 없기 때문에 백주에 호랑이에게 쫓기고 있는 것만큼이나 어처구니없는 공포감을 느꼈다. 꿈이었으면, 꿈이었으면⋯⋯. 그는 가위에 눌린 것처럼 괴롭게 신음했다.

가위눌린 것 같은 의식 속에서 그가 겨우 생각해낼 수 있었던 것은 염치 불고하고 공 기사한테 찾아가 의논해보리라는 거였다. 공 기사는 그런 일을 오래 해왔으니 그런 유의 사고가 어떤 죄가 되는지 알고 있을 것이다. 또 공 기사를 배반한 천벌을 받고 있다는 순진한 죄의식은 더욱 공 기사를 만나 사과하고 싶은 마음을 다급하게 했다.

정 씨의 배반 소식을 듣고 괘씸하게 여기고 있던 공 기사는 당일로 초주검이 되어 자기 앞으로 기어든 정 씨를 보자 회심의 미소를 지었다.

"쯧쯧, 일은 컸구먼, 일은 컸어. 어쩌다 그런 일을. 보나마나 본선을 터뜨렸을 테니 수도국에서 고발해서 구속영장이 떨어졌을걸. 당분간 우리 집에 숨어 있게. 자네 한짓을 봐선 내가 나서서 고발을 하고 싶지만 난 자네 같잖아서 그래도 의리라는 걸 알거든. 어떡허겠나. 내가 나서서 교제를 해서 자네 일을 잘 무마시켜줄 수밖에. 나란 놈은 이렇게 의리에 약해 탈이란 말야."

공 기사는 자기를 배신하고, 영업을 훼방 놓으려던 괘씸한 작자를 톡톡히 골려주기로 마음먹었다.

우선 교제비 조로 트랜스 먼저 빼앗았다. 그러고는 멀리 떨어진 가변두리에서 연탄가게를 하는 형한테로 정 씨를 보냈다. 형은 마침 배달꾼이 나가 쩔쩔매던 중이라 밥이나 먹이고 부려먹으란 소리에 좋아했고, 정 씨 역시 공밥을 먹지 않아도 되는 걸 좋아했다.

다만 집에 잠깐 들러 길례를 한 번 만나보고 떠나길 소원했지만, 공 기사는 자기가 안부 전하고 안심시킬 테니 그냥 떠나라고 했다. 경찰이 집 근처에 잠복해 있을지 누가 아느냐는 거였다. 정 씨는 더욱더 자기를 대역 죄인처럼 느낄밖에 없었고 공 기사가 지옥에서 만난 부처님처럼 고마웠다.

공 기사도 정 씨를 봄까지만 골려먹을 작정이었다. 봄이면 언 수도 녹이는 일거리도 끊길 테고, 또 아무리 어리숙한 정 씨지만 그만한 일로 더 오래 속여먹일 수는 없을 것 같아서였다.

연탄가게에서 일하고 있는 정 씨에게 어느 날 공 기사로부터 희소식이 왔다.

길례도 잘 있고, 교제하는 일도 잘돼서 흐지부지 덮어두기로 합의를 보았지만, 남의 눈도 있고 하니 봄까지는 숨어 있는 게 좋겠다고 하더라는.

정 씨는 고개를 갸우뚱하며, 자기가 남들이 알아줄 만큼 큰 죄를 정말 저질렀을까 하고 의심하는 마음이 비로소 생겼지만 연탄 구루마 밑에서 땅이 이미 해토를 시작하고 있었기 때문에 탓하지 않기로 했다.

길례는 밥장사하고 자기는 야방 보는 즐거운 시절이 다시 오고 있다고 생각하며 그는 소년처럼 설렜다.

꿈을 찍는 사진사

전화를 받는 건 급사인 미스 백이지만 전화기가 놓인 곳은 교감선생의 책상이다.

교사들이 전화를 걸거나 받을 때는, 특히 시시껄렁한 수작을 오래 주고받고 나서는 암만해도 교감한테 눈치가 보이나보다. 괜히 얼굴이 빨개져가지고 뒷걸음질쳐 물러나는 젊은 교사가 있는가 하면, 딴전 보고 있는 교감의 대머리에다 대고 서너 번쯤 머리를 조아리고 물러나는 중년 교사가 있고, 전화 받을 때 아예 바닥에 무릎을 꿇고 받는 여교사도 있었다.

이런 교무실 풍속에 익숙해짐에 따라 나는 옥순이한테 학교 전화번호를 일러준 걸 후회하고 있었다.

곧 상경한다는 편지에, 상경하는 대로 학교로 전화 걸라고 답장에다 전화번호를 적어 보냈던 것이다.

그 눈치코치 없는 철부지가 내 목소리를 들으면 반가운 김에 얼마나 한없이 조잘대려 들까.

나는 옥순이가 새처럼 즐거운 소리로 한없이 조잘대는 걸 듣기를 좋아했지만, 대머리 교감 입회하에 그 소리를 듣는다는 건 생각만 해도 등에서 식은땀이 흘렀다.

그러면서도 나는 미스 백이 전화기에다 대고 날카로운 소리로 "김 선생님이요? 우리 학교엔 김 선생님이 자그마치 여덟 분이나 계신데요, 어느 김 선생님을 찾으시죠?" 하고 짜증을 부릴 때마다 다음 호명이 혹시나 나한테로 떨어질지도 모른다는 즐거운 기대로 가슴을 죄었다.

그러나 미스 백이 "김영길 선생님 전화 받으세요" 한 적이 한 번도 없이 부임한 지 20여 일을 넘겼다. 그때까지도 내가 학교 전화번호를 가르쳐준 건 옥순이뿐이었다.

드디어 어느 날, 미스 백이 "김영길 선생님 전화 받으세요" 했다. 나는 옥순이가 이제야 상경했구나, 와락 반가우면서도 짐짓 떨떠름한 얼굴로 뒤적이고 있던 가정환경 조사서를 서너 장쯤 더 뒤적이고 일어섰다.

나의 이런 거짓을 야유하는 것처럼 미스 백이 "여자예요" 하면서 한쪽 눈을 찡긋했다. 어린 나이에 안 어울리는 이런 능숙한 윙크에 나는 울컥 불결감을 느꼈다.

단상에 올라가자마자 우선 태극기에게 경례 먼저 하는

연사처럼 나는 잔뜩 긴장해서 공손하게 교감에게 허리를 굽히고 나서 수화기를 받았다.

"전화 바꿨습니다. 김영길입니다."

교감을 지나치게 의식한 나머지 너무 격식대로 스스럽게 전화를 받았나보다.

"저어, 제가 찾는 김영길 선생님은 ××에서 올라오신……."

옥순이는 내 목소리를 못 알아듣고 미아처럼 울먹이고 있었다. 늘씬하고 풍만한 몸매에 안 어울리게 생전 애송이 티를 벗을 것 같지 않은 가련한 얼굴에서 당장 굵은 눈물방울을 뚝뚝 떠는 것을 보는 것처럼 나는 어쩔 줄을 몰랐다. 대머리 눈치 같은 것 살필 계제가 아니었다. 나는 다급하게 악을 썼다.

"나야 나, 바보 같으니라구, 그새 벌써 내 목소리까지 잊어먹었어?"

"몰라, 몰라. 누가 선생님 아니랄까봐, 티를 내느라구 어울리지도 않게 점잖은 빼가지고 남 골 올리고 있어."

"그래그래 미안하다. 언제 올라왔어?"

"어제."

"근데 인제 신고하기야?"

"어젯밤에 도착한걸. 아침엔 늦잠 자고."

"그래 언니 집이 있을 만하겠어?"

"대환영이야. 언니는 물론 조카들까지."

"부엌데기 삼으려고 그러는 거 아냐?"

"아냐. 형부 대신 삼으려고 그러나봐."

그녀의 형부는 중동에 기술자로 파견돼 집을 비우고 있었다.

"형부 대신? 네까짓 걸?"

나는 거침없이 낄낄댔다. 옥순이도 낄낄댔다. 대머리는 딴전을 보고 있었다. 대머리엔 털도 없지만 표정도 없으니 얼마나 다행인가.

웃음이 뚝 그쳤다. 나도 낄낄대기를 그만두고 숨을 죽였다. 젖비린내처럼 간지러운 입김을 쐴 수 있을 것처럼 그녀의 숨결이 가깝게 느껴졌기 때문이다.

"이렇게 빨리 영길 씨 가깝게 올 수 있을 줄은 몰랐어. 엄마 속 안 썩이고 순리로……."

그녀의 목소리가 비로소 차분해지고 성숙한 여인다운 정감이 담겼다. 옥순이와 나는 아직 정식 약혼은 안 했지만 양가의 부모가 거의 허락해준 사이였다. 그렇지만 지방에선 행세깨나 하는 집안에서 딸을 성례하기 전 남자 곁으로 무작정 보낼 리는 없었다.

그녀는 편지할 때마다 그까짓 거 가출이나 할까봐, 하

고 응석을 부렸었고, 나는 엄마 속 썩이지 말고 신부 수업이나 착실히 하고 있으라고 달랬었다. 그런데 뜻밖에 그녀의 큰언니가 집이 적적하니 그녀를 좀 올려보내 달라고 친정에 부탁을 한 모양이다. 우린 다시 만나고 싶으면 언제든지 만날 수 있는 가까운 곳에 살게 된 것이다.

"우리 일이 너무 순조로워 약간 켕기는데."

내가 말한 우리 일엔 그녀가 내 곁으로 오게 된 것은 물론, 지방의 시시한 대학 출신으로 쉽게 서울에서 일자리를 얻게 된 것 등, 근래의 나의 이런저런 신변 변화가 모두 포함되어 있었다. 나는 내가 얻은 K중학교 사회 교사직에 지극히 만족하고 있었다.

"켕길 것 없어. 영길 씨가 좋은 사람이라 일이 잘되는 거니까."

"아냐, 네가 착한 애니까 일이 잘 풀리나봐."

"아냐, 영길 씨 때문이래두."

"글쎄 너 때문이래두."

"글쎄 영길 씨 때문이라니까."

"글쎄 너 때문이라니까."

쓰으, 쓰으, 소리가 나고는 전화가 끊겼다. 아마 공중전화가보다.

나는 나쁜 수를 놓는 것처럼 아쉽게 아껴가며 수화기

를 놓았다.

미처 내가 자리로 돌아오기도 전에 다시 전화벨이 울렸다. 나는 뛰어갔다. 미스 백과 나는 동시에 수화기를 잡았다.

"내 전활 거야."

필요 이상으로 단호하고 험악하게 말하고 수화기를 빼앗았다. 미스 백이 '팽' 하고 코 푸는 소리를 내고는 돌아섰다.

"저어 김영길 선생님 좀⋯⋯."

"옥순이지? 나야."

"싸움은 됐다 하고 빨리 용건 먼저 말해야 할까봐. 나 이게 마지막 동전이거들랑."

"뭐라구? 그렇게 돈이 없어?"

"동전이 마지막이랬지, 누가 돈이 마지막이랬어. 종이돈은 있어. 많아. 그러니까 바꾸면 되지만 암것도 안 사고 돈만 바꾸려면 미안하잖아. 빨리빨리 말할게, 빨리빨리 대답해야 돼."

"어서 말해봐."

"보고 싶어. 지금 학교로 찾아갈까?"

"학교로?"

나는 대답을 망설였다. 그렸다 만나면 다짜고짜 가슴을

쾅쾅 두들겨본다든가, 귀를 잡아당겨본다든가, 코를 비틀어본다든가 하는 그녀의 고약한 버릇을 알고 있었기 때문이다. 그녀도 나의 이런 망설임을 눈치챘는지 단도직입적으로 말했다.

"교무실까지 들어가진 않을게. 교문 밖에서 기다리고 있으면 되잖아?"

창밖의 햇살은 도타웠지만 황사까지 몰고 온 꽃샘바람은 어제는 교실 유리창을 깨뜨렸고, 오늘은 동해 해상에 폭풍주의보를 내리고 있었다. 흉흉한 날씨였다.

"그러지 말고 하숙에서 기다려. 그러는 게 좋겠어. 내가 하숙집 아주머니한테 전화 걸어놓을 테니까."

"하숙을 알아야지."

"지금부터 가르쳐줄 테니까 잘 들어. 눈 감고 내가 말하는 대로 따라오는 거야. 알았지?"

"응, 알았어."

"몇 번 버스 타면 우리 학교까지 온다는 건 알지? 하숙도 그 버스 타면 돼. 그렇지만 학교 앞이라는 정류장에서 내리지 말고 종점에서 내려, 종점…… 사람들이 다 내리는 데 말야."

"누굴 어린앤 줄 알아. 빨리빨리 그 다음이나 말해."

"종점은 골짜기야. 양쪽이 산이거든. 양쪽 산이 지금은

다 동네야. 한쪽은 남향의 밝은 동네고, 한쪽은 북향의 어두운 동네야. 우리 하숙은 남향의 밝은 동네에 있어. 그러니 종점에서 내려서 오른쪽 동네가 우리 동네야. 듣고 있는 거야?"

"듣기만 하는 줄 알아. 눈 감고 따라가고 있단 말야."

"좋았어. 오른쪽 동네로 들어오는데 어느 골목으로 들어오느냐 하면 꽃가게 골목으로 들어와. 아주 큰 꽃가게야. 한길까지 묘목이랑 꽃모종을 늘어놓고 유리창 속엔 영산홍이 만발해 있어. 분홍, 노랑, 하양 영산홍이……."

"거짓말. 노랑, 하양 영산홍이 어디 있어?"

"있던데."

"없어."

"난 봤다니까, 있다면 있는 줄 알아."

"없다니까."

"요게 그냥…… 마지막 동전이라면서 아직도 고집을 피우고 있어."

"그래그래, 나중에 보면 되니까. 어서 집이나 가르쳐줘봐."

"꽃가게 골목으로 해서 주택가로 오십 미터쯤 들어가면 네거리가 나와. 그리고 어마어마하게 큰 집이 보이지. 대문은 쇠대문인데 늘 굳게 닫혔고. 담은 높고 긴데 창 같은 쇠꼬챙이가 하늘과 안과 밖을 향해 촘촘히 꽂혀 있는 대궐 같은 집이야."

"그러니까 그 집이 영길 씨 하숙집이란 말이지?"

"아냐, 그 집을 끼고 오른쪽으로 방향을 바꾸란 말야."

"아이고 살았다. 난 또 그 집이 영길 씨 하숙집이면 어쩌나 해서 가슴이 다 두근두근했잖아."

"바보. 거기서 방향을 바꾸어서 다시 오십 미터쯤 가면 또 네거리가 나오지. 그리고 벽은 대리석이고 지붕은 파랗고, 창마다 완자무늬 창살이 달린 집이 보여. 그 집 근처에서 인기척만 났다 하면 즉각 안에서 무서운 셰퍼드 짖는 소리가 날 테니까 조심해야 돼."

"그러니까 그 집이 영길 씨 하숙집이란 말이지?"

"이런 겁쟁이. 누가 거기랬어. 그 집을 끼고 이번엔 왼쪽으로 꺾으란 말야. 왼쪽으로 꺾어서 오십 미터쯤 가면 아주 마음에 쏙 드는 2층 양옥집이 나오지. 그 집엔 창에 창살도 없고 담에 꼬챙이도 없어. 벽도 창도 새하얀 집이야. 아주 찾기 쉬워. 바로 그 집이야. 문패는 편지 겉봉대로니까 곧 찾을 수 있을 거야."

"그 집 지붕이 하얗지? 그치?"

"글쎄 잘 모르겠는데. 그렇지만 지붕까지 하얀 집이 어디 있을라구?"

"있어. 바로 그 집이야."

"언제 나 몰래 와본 것 같구먼."

"안 가봐도 알아."

그녀는 즐거운 듯이 자신 있게 단정을 했다. 나는 별로 놀라지 않았다. 그녀에겐 좀 그런 데가 있었다. 어린애 같은 몽상과 현실을 아무런 망설임도 없이 제멋대로 혼동하는 유아스러운 데가.

다시 쓰으, 쓰으, 소리가 나더니 전화가 끊겼다.

나는 그 자리에서 아주 하숙집에다 전화를 걸어, 나한테 오는 시골 손님한테 친절하게 해줄 것을 부탁했다.

나의 하숙집은 직업적인 하숙집이 아니라 내가 담임 맡고 있는 부반장네 집이었다. 하숙집을 구해서 복덕방 영감님하고 그 동네를 오르락내리락하다가 석민이 어머니를 만나 얼떨결에 석민이네 집에 들게 되어 과분한 대접을 받고 있었다.

"어머머, 하숙을 구하신다구요? 그럼 선생님은 서울이 객지시로군요. 그럼 저희 집에 와 계시면 어떻겠어요? 가족적인 분위기에서 석민이 공부도 좀 봐주시고 버릇도 좀 가르쳐주시고, 애가 워낙 어려운 사람 없이 귀엽게만 자라나서……"

석민이 어머니는 누님처럼 붙임성 있게 말했고, 온종일

하숙을 구해 쏘다니느라 지친 몸에 가족적인 분위기란 통속적인 말이 각별한 매력을 지니고 어필해왔다.

나는 내 자리로 돌아와 다시 가정환경 조사서를 뒤적이기 시작했다.

똑같이 빡빡대가리에 까마귀 같은 제복을 입고 있지만 환경의 격차가 심했고, 담임으로서 아이들의 이름과 함께 그것을 정확하게 파악하고 있을 필요가 있다고 나는 생각했다.

수업시간에 꾸벅꾸벅 조는 애 중에는 간밤에 과외 공부에 시달려 조는 애가 있는가 하면, 꼭두새벽에 신문 배달을 하고 등교해서 조는 애가 있었다. 조는 모습이 똑같다고 해서 똑같이 다룰 수는 없는 일이었다.

그러나 무엇 때문인지 담임의 가정방문은 엄격하게 금지되어 있었다. 환경조사서가 유일한 단서였다.

옥순이에게 일러준 대로 K중학은, 마주 보고 있는 두 개의 고지대 사이의 협곡에 자리잡고 있었다. 남향의 밝고 아름다운 고급 주택가와 북향의 더럽고 음산한 판자촌 사이에 자리 잡은 특수한 입지적 조건은 자연히 수용한 아이들의 환경의 격차로 나타났다.

아직 2학년인데 벌써부터 어마어마한 고액의 과외 공부에 동분서주하는 아이가 3분의 1이 된다면, 신문 배달하

는 아이도 3분의 1은 되었다

석민이 환경조사서가 나왔다. 외아들에 양친이 다 대졸의 학력이고, 아버지는 사장이고, 없는 게 없는 좋은 환경이다. 같이 살면서 보고 느낀 대로다.

그런데 부모의 나이 차이가 20년이 넘는다. 그러니까 석민이 아버지는 시골의 나의 아버지보다 열 살은 더한 셈이다. 아직 소녀같이 앳된 석민이 엄마의 남편이 머리가 희끗희끗한 나의 어머니의 남편보다 열 살이나 더 먹은 노인이라는 게 나는 상상이 안 된다.

그러나 나의 이런 궁금증을 풀 기회는 오지 않았다. 석민이네 집에 있게 된 지도 일주일이 넘었지만 아직 한 번도 석민이 아버지를 본 적이 없다. 그렇다고 가장이 집을 잠시 비운 집다운 기다리는 낌새나 허전한 눈치도 없었다.

아버지는 어디 가셨느냐는 물음조차 거부하는, 아버지를 제외한 질서가 확고하게 자리잡혀 있음을 느낄 수 있을 뿐이었다.

교무실의 점심시간은 전화 러시의 시간이다. 간단없이 전화벨이 울렸다. 나는 이제 거기 신경 쓸 필요가 없었다.

그러나 미스 백이 표독한 소리로 또 한 번 나를 불렀다.

"김영길 선생님, 전화예요. 아까 그 여자예요."

아까 그 여자란 소리에 교무실의 시선이 일제히 나에게

집중된 것처럼 느꼈다. 나는 전화기 앞으로 가면서도 내 뒤통수가 갑자기 대머리가 진 것처럼 민감하게 여러 시선을 받아들이고 있었다.

"나야. 할 이야기가 있으면 이따 만나서 하면 될 걸 왜 또 전화는 걸고 있어. 동전도 없다더니만."

"바꿔 왔어. 껌 한 통 사고 동전을 한 주먹이나 바꿨단 말야."

정말 방금 어디서 급히 달려온 것처럼 그녀는 숨차 하고 있었다.

"맙소사. 그래 동전 한 주먹을 다 전화를 걸겠단 말이지?"

"아냐, 꼭 한마디만 하면 돼."

"말해봐, 어서."

나는 약간 짜증스럽게 말했다.

"하얀 집 말야……"

"하얀 집이라니?"

"영길 씨 하숙집 말야. 그 집은 꿈을 찍는 사진관이야."

"꿈을 찍는 사진관?"

"응, 꿈을 찍는 사진관. 그러니까 영길 씨는 꿈을 찍는 사진사지. 안 그래?"

"무슨 잠꼬대야? 정말 꿈꾸고 있어?"

"잠꼬댄. 그 집 가는 길은 꿈을 찍는 사진관 가는 길하고 똑같아. 아까 영길 씨가 집 가르쳐줄 때 눈 감고 따라가면서 보니까 어느 틈에 꿈을 찍는 사진관 가는 길이 되잖아. 아아, 멋있어."

그녀는 새소리처럼 즐겁게 조잘댔다.

"그게 도대체 어디 있는 사진관인데?"

"강소천의 동화 속에 있는 사진관이야. 아주 아름다운 동화야."

나는 맥도 풀리고 짜증도 나고 기분이 엉망이 되었다. 장차 장모 될 분이 가끔 혀를 차며 한 말이 불현듯 생각났다.

"자네도 참 딱하네, 딱해. 언제 저 철부지를 길러서 색시를 삼으려고 그러나?"

길러서 색시를 삼는다는 말이 새삼 난감한 일로 실감됐다.

나는 나의 이런 낭패감이 솔직히 드러난, 축 처진 불친절한 소리로 핀잔을 주었다.

"옥순아, 너도 이제 철날 때가 됐잖니. 부모님 슬하도 떠났겠다."

"어머머, 그게 철하고 무슨 상관이야? 그럼 이따 하얀 집에서 만나. 참 하늘빛 가운을 입고 있을래?"

"하늘빛 가운은 또 왜?"

"그 동화 속에 나오는 꿈을 찍는 사진사의 복장이야."

"이제 잠꼬댄 그만해둬. 하늘빛 가운도 없지만……."

나는 내가 정말 화났다는 걸 보여주기 위해 내 쪽에서 전화를 끊었다.

그러나 자리로 돌아온 나는 혼자 빙글대고 있었다. 누가 보면 미친 놈이랄까봐 고개를 깊게 숙이고 빙글댔다.

어머머, 저 아저씬 해적 후크 같아. 어머머, 저 개구쟁이는 영락없이 피노키오야. 영길 씨는 왕자님, 잠자는 공주님의 왕자님, 신데렐라의 왕자님, 나의 왕자님……. 옥순이의 이런 천진한 동화적인 시선이 나의 하숙집을 그냥 평범한 하숙집으로 놓아둘 리가 없었다. 덕택에 나는 왕자님에서 꿈을 찍는 사진사로 강등이 됐지만, 이런 옥순이에게 마음으로부터 화가 나지는 않았다.

"김영길 선생님, 수업에 안 들어가십니까?"

어느 틈에 오후 수업이 시작된 뒤였다. 나는 교감으로부터 주의를 받았다. 출석부를 빼어 들면서 무안한 김에 여지껏 맞장구를 쳐주고 때로는 귀여워서 부추기기도 한 옥순이의, 동화적인 몽상과 현실을 함부로 혼동하는 버릇을 앞으로는 엄히 다스려야겠다고 마음먹었다.

하숙집 지붕은 초록색이었다. 나는 그걸 처음으로 확인

한 것이다. 그러면 그렇지 하얀 지붕이 어디 있담, 싶으면
서도 옥순이가 실망했을 것 같아 나도 가볍게 실망했다.

"시골 손님 왔니?"

대문을 열러 나온 심부름하는 소녀에게 우선 그것부터
물었다. 소녀는 괜히 뾰로통해서 눈을 곱잖게 떴다.

"선생님도 여간 아니셔. 시골 손님, 시골 손님 하시길래
두루마기 입은 시골 영감인 줄 알았더니 너무나 멋쟁이
아가씨데요."

시샘이 다분히 섞인 소녀의 이런 태도도 싫지 않았다.

나는 폭발할 것 같은 기쁨을 안고 계단을 두 층씩 뛰어
올라 2층 내 방문을 열었다.

흰 스웨터 위로 노란 바바리코트를 어깨에 걸치고 앉아
책을 읽고 있는 그녀는 물기가 채 마르지 않은 수채화처
럼 밝고 싱그럽고 전체적으로 촉촉이 젖어 있는 것처럼 보
였다.

그녀는 나를 보자마자 발딱 일어나 두 팔로 내 목을 감
았다. 어깨에서 노란 바바리가 방바닥으로 스스로 미끄러
져 떨어졌다.

희고 상큼한 목에 비스듬히 맨 하늘색의 작은 머플러
가 마치 커다란 나비가 앉은 것처럼 보였다. 나는 또 하나
의 나비가 되어 그곳에 코를 묻었다. 꽃가루 냄새가 났다.

나는 그녀의 유연한 허리를 안았다. 품안 가득 그녀의 풍만한 가슴이 파도처럼 부딪쳐 왔다. 나는 참을 수 없는 기분으로 그녀의 입술을 덮쳤다.

그러나 그녀의 입술은 익을 날이 아직아직 먼 자두처럼 떫고 미숙했다. 그리고 건강하고 새하얀 이빨은 단단하게 닫혀 있었다.

그녀는 한 번도 나의 입술을 거부한 적이 없었지만 늘 그 모양이었다. 단단하게 맞물린 그녀의 이빨은 나에게 미제 지퍼를 연상시켰다.

어렸을 때 내 싸구려 잠바의 앞지퍼는 자주 고장을 일으켜 잠갔는데도 열려 있기가 일쑤였다. 이런 나를 얕보듯이 내 짝은 자기 잠바의 지퍼는 얼마나 유연하게 오르내린다는 것과, 또 한번 잠그면 아무리 양쪽에서 잡아당겨도 절대로 벌어지지 않는다는 것을 시험해 보여주고 나서는 으스대며 덧붙였었다.

"내 잠바 지퍼는 미이제거든."

그녀의 견고하게 맞물린 이빨이야말로 미제 지퍼였다. 나는 한 번도 그녀의 미제 지퍼를 돌파해본 적이 없었다. 나는 이 미제 지퍼의 저지에 부딪힐 때마다 내 품속에 던져진 유연하고 성숙한 육체가 아직은 그 쾌락을 굳게굳게 단속하고 있음을 느꼈다. 그러나 그것은 결코 기분 나쁜 느낌은 아니었다.

나는 아기 달래듯이 부드럽게 그녀의 등을 토닥거렸다. 실은 그런 몸짓을 통해 나 자신의 욕정을 달래고 있었다.

"어머머, 신사복 입고 넥타이까지 매고 있잖아."

그녀는 나를 밀치더니 넥타이도 잡아당겨보고 신사복 깃도 쓰다듬어보는 것이었다.

"그럼 어엿한 선생님인데."

"어색하지 않아. 하나도 안 어색하고 아주 잘 어울려."

"미안해, 하늘색 가운을 입고 있지 않아서."

"그래도 영길 씨는 내 꿈을 찍는 사진사야."

"네 꿈은 뭐니?"

"영길 씨가 이 세상에서 제일 훌륭한 선생님이 되는 것, 만약 영길 씨가 딴 학교로 갈려 가면 아이들이 엉엉 울면서 십리는 따라올 만큼 좋은 선생님이 되는 것. 그리고 나는 좋은 사모님이 되는 것. 선생님한테 아침저녁 맛있고 영양 많은 것을 해주고, 제일 맛있는 도시락도 싸주고, 그리고 밤에는 선생님이 그 다음 날 아이들에게 들려줄 재미있는 동화를 밤새도록 들려주는 좋은 사모님이……."

"바보, 난 국민학교나 유치원 선생님이 아냐. 지금 한창 여드름이 꽃망울지기 시작하는 중학교 선생님이야."

"암튼."

그런 말을 할 때의 그녀의 얼굴은 선생님은 똥도 안 눈다고 믿는 일곱 살짜리 시골 국민학교 신입생과 완벽하게 닮아 있었고 그러면서도 잘 발달한 아름다운 몸매와도 썩 잘 어울렸다.

나는 그런 그녀의 모습에서 아, 하고 신음소리라도 낼 것 같은 고통스러운 감동을 맛보았다. 그리고 우울해졌다.

마치 그런 그녀의 모습이 새로운 조명이라도 되는 것처럼, 내가 교사가 되고 나서 무심히 겪은 어떤 일들이, 훌륭한 선생님 상에 선명한 먹칠을 하며 비쳐졌기 때문이다.

신학기가 되어서 그런지 인사 오는 학부모들이 거의 매일 한두 명씩은 있었다. 아버지는 어쩌다 있고 대개 어머니들이었다. 어머니들은 인사 이상의 긴 이야기를 하려 들었고, 이야기 중간이나 끝나갈 무렵에, 아부와 경멸이 반반씩 섞인 야릇한 미소가 스치는가 하면 영락없이 촌지라는 걸 밀어 넣었다.

엄마들이 그것을—반으로 접은 흰 봉투— 핸드백에서 꺼내서 내 주머니나 서랍, 혹은 책갈피에 밀어 넣는 동작은 어쩌나 민첩하고 전혀 소리가 없는지, 눈 깜빡하면서 본 백주의 환각 같았다.

어쩐지 나는 흰 꽃을 문 뱀의 환상 같은 어머니들의 이런 절묘한 손놀림에 대해 알은체해서는 안 될 것 같았다.

그래서 나는 모르는 척하고 하던 얘기를 계속하고 어머니들도 언제 그녀의 손이 한 마리의 간사한 뱀이 되었더냐 싶게 점잖고 진지하게 우리 애는 머리는 좋은데 노력을 안 해서 탈이라든가, 우리 애는 IQ는 높은데 등수가 안 나와서 걱정이라든가 하는 알쏭달쏭한 불평을 계속했다.

그중에는 서투른 어머니가 아주 없는 것도 아니었다. 비슷한 이야기를 두어 번도 더 되풀이하고, 다음 수업시간 시작 종이 날 때까지도 봉투를 들이밀 마땅한 기회를 못 잡아, 똥 마려운 얼굴로 쩔쩔매는 순진한 어머니인 경우 나는 도와주고 싶은 마음이 저절로 생겼다. 그래서 별로 찾아낼 것도 없는 서랍을 열고 괜히 헛손질을 하고 있으면 영락없이 흰 봉투가 서랍 속으로 날쌔게 날아들었다.

나는 어느 틈에 학부모와의 이런 면담을 좋아하고 있었다.

길을 혼자 걸을 때나, 방에 혼자 심심하게 앉아 있을 때, 흰 꽃을 문 유연하고 민첩한 뱀의 환각은 항상 나를 즐겁게 했다. 그것 때문에 혼자서 벙실벙실 웃을 때도 있고, 배꼽을 쥐고 데굴데굴 구를 때도 있었다.

거기 대해서 아무런 가책도 없었고, 수치감도 없었다. 다만 즐거웠다.

나는 다만 학부모와의 면담의 클라이맥스를 이루는 절

묘한 주고받음의 미학을 사랑했을 뿐, 촌지의 액수엔 그다지 큰 관심이 없었다. 더군다나 그것을 어떻게 써야겠다는 것을 생각해본 적은 한 번도 없었다. 아직 나는 그 촌지를 한 푼도 축내지 않고 있었다.

거기까지는 정말 부끄러울 건 하나도 없었다. 큰 소리로 옥순이에게 그 얘기를 들려주고 같이 재미나 하고 싶을 지경이었다.

그러나 그 다음이 문제였다.

그런 주고받음이 감쪽같이 이루어진 후, 학부모와 헤어질 때라든가 그 후 다시 새롭게 만났을 때라든가 학부모의 얼굴엔 새로운 표정이 있었고, 그 새로운 표정은 말없이 그러나 강력하게 나를 압박했다.

그것은 그런 주고받음이 있기 전엔 없었던 전혀 새로운 표정이었으니, 학부모의 표정이라기보다는 그런 주고받음의 일반적인 흔적 같은 거였다.

그 새로운 표정은 자기가 주었다는 사실을 주장하고 확인하고픈 당당하고도 성급한 표정이었다.

그러니까 그들은 당연한 권리처럼 나에게 영수증을 요구하고 있었다. 내가 온몸으로 영수증이 되기를 바라고 있었다.

나는 어쩔 수 없는 의무처럼 영수증 같은 얼굴, 영수증 같은 태도를 갖지 않으면 안 되었다.

학부모뿐이 아니었다. 그런 학부모의 아들인 우리 반 애도 문득문득 나에게 영수증을 요구하는 태도를 취할 때가 있었다.

공평하게 벌을 받을 때라든가 공평하게 혼식 도시락이나 빡빡대가리 검사를 받아야 할 때, 이런 영수증 제시를 요구하는 당돌한 태도와 만나면 나는 별수 없이 은밀히 영수증을 내밀어 보일 수밖에 없었다.

그뿐이 아니었다. 나는 자신이 좀 더 정확한 영수증이 되기 위해 촌지의 액수를 세어보고 그것을 개별적으로 기억하기에 힘쓰기조차 했다.

나의 영수증 같은 얼굴은 어떤 모습일까? 무엇을 닮았을까? 아직 나는 거울로 그걸 확인해보진 않았지만 똥 묻은 개 같은 얼굴일지도 모르겠다.

아무튼 훌륭한 선생님의 얼굴이 아닌 것만은 확실하지 않은가.

옥순이와 나 사이의 침묵이 탁해졌다. 나는 서둘러 담배 연기를 비벼 껐다. 그러나 그녀와 나 사이를 감도는 탁한 것은 담배 연기만이 아니었다. 그것은 나의 탁한 상념이 우러난 것이었다. 훌륭한 선생님 상에 떨어진 오점이 우러난 것이었다.

나는 그녀에게 내가 받은 촌지에 대해 당분간은 말하지 않기로 했다.

하숙집 소녀가 커피하고 과일을 들여왔다.

"뭘 이런 것까지……."

나는 엉덩이를 반쯤 들고 두 손을 비비며 미안해했다.

"아주머니가 올려 보내시는 거예요."

소녀는 아직도 뽀로통해서 옥순이를 힐끔 곁눈질해 보며 말했다.

"잘 먹겠습니다고 여쭤요."

나는 돌아서 나가는 소녀에게 이런 인사치레를 했다. 소녀는 돌아보지도 않고 대답도 안 했다. 소녀의 뒤통수에 난 가랑머리를 위한 흰 가르마가 삐뚤삐뚤한 게 문득 안쓰러웠다.

커피잔은 크고 두툼하고, 과일은 깎지 않고 알째 작은 소쿠리에 담고, 과도가 곁들여져 있었다. 나는 이런 소탈한 대접을 해주는 석민이 엄마에게 처음으로 친밀감을 느끼면서, 처음 만난 날 그녀가 말한 가족적인 분위기라는 것이 바로 이거로구나 생각했다.

실상 그녀는 가족적인 분위기라는 말로 나를 꼬셨겠지만 내가 이리로 오고 나서 한 번도 그 가족적인 분위기란 것을 맛보게 해주지는 않았었다.

과분하게 융숭한 대접을 해주었지만 손님과 주인이라는 예절에서 한 치도 어긋나지 않는 냉담한 대접이기도 했다.

나는 흐뭇한 마음으로 빛깔 고운 홍옥을 바지에 쓱쓱 문질러서 윤을 내가지고 옥순이에게 내밀었다.

미제 지퍼처럼 단단히 맞물렸던 옥니가 새빨간 사과에 흠집을 내는 감각적인 소리를 듣고 싶었다.

그러나 옥순이는 두 손으로 뒷짐까지 지면서 막무가내 사과를 받지 않았다.

"싫어, 안 먹을래."

"왜, 사과 좋아하잖아."

"사관 좋아하지만 이 집 주인아줌마가 기분 나빠서 싫단 말야."

"왜, 옥순이한테 뭐라고 그랬게?"

"뭐라고 그러긴, 아무 소리도 안 하고 아래위로 한 번 쩍 쩨려보는데 꼭 찬물을 끼얹는 것처럼 소름이 끼쳤어."

"별 소릴 다 듣겠네."

"정말이야. 그 여잔 첫눈에 날 싫어하던데."

"싫어하고 좋아하고가 없잖아. 오늘이 초면인데."

"그러니까 기분 나쁘지."

"뭐가 기분 나뻐? 어서 기분 풀고 사과나 먹어."

"안 먹을 거야, 절대로."

"사과가 무슨 죄니. 백설공주 꾀는 마귀할멈의 사과도 아니겠다."

"아첨 떨지 마. 징그러워."

그녀는 내가 그녀의 흉내를 내 동화나 옛날얘기를 우리들의 화제에 끌어들이는 걸 질색을 했다. 그녀에게 아첨을 떤다는 거였다.

나는 일부러 맛있음을 과장하면서 사과를 혼자서 두어 개 먹었다. 커피도 두 잔을 다 내가 마셨다.

"차라리 처음 네거리의 그 대궐 같은 집이었으면 오죽이나 좋아. 아무리 높은 담에 쇠꼬챙이가 산지사방으로 뻗쳤어도 이 집보다는 나을걸."

"그런 어마어마한 집에서 하숙을 쳐야 말이지."

"그럼 다음 네거리의 대리석 벽에 창마다 완자무늬 창살이 달리고 인기척만 났다 하면 무서운 셰퍼드가 짖는 집으로 하든지."

"너는 셰퍼드를 제일 싫어하잖아."

"아무리 셰퍼드가 싫어도 이 집 주인 여자보다 덜 싫어."

"오오라, 이제 보니까 주인아줌마가 옥순일 첫눈에 싫어한 게 아니라, 옥순이가 주인아줌마를 첫눈에 싫어했구

나. 그지?"

"동시에 싫어했을 거야. 동시에, 운명적으로."

"뭘 운명씩이나 갖다 붙이니, 이제 그만 그 여자에 대해선 잊어버려. 나는 우리 옥순이가 일껏 우리 하숙에 고운 이름을 붙여줘서 좋아했었는데."

"꿈을 찍는 사진관? 참, 마음에 들어?"

"들고말고. 꿈을 찍는 사진사도. 나는 네 꿈만 찍을 거야. 그러니까 너의 전속 사진사지."

"또 아첨 떤다. 꿈을 찍는 사진관이 뭐 하는 덴지도 모르면서."

그러면서도 그녀는 배시시 웃었다. 이렇게 겨우겨우 그녀를 달래가지고 저녁은 밖에서 먹기로 했다.

모든 살림을 소녀에게 맡기다시피 한 석민이 엄마는 사람이 드나드는 데도 전혀 무관심했었는데 어쩐 일인지 대문 밖까지 배웅을 나왔다. 야한 빛깔의 한복에 곱게 화장을 한 얼굴 가득히 잔물결 같은 미소를 떠고.

"아유 귀한 손님이 이렇게 섭섭하게 가시면 어떡허나. 지금 부랴부랴 저녁 준비를 시키고 있는데 저녁 드시고 가시지 않고……"

"귀한 손님은요. 앞으로 귀찮을 만큼 자주 올걸요."

옥순이 역시 내가 한 번도 본 적이 없는 사교적인 웃음을 만면에 띠고 능숙하게 받았다.

"하루 열 번을 와도 귀한 손님은 귀한 손님이죠. 우리 김 선생님한테 귀한 손님은 저한테도 역시 귀한 손님이니까요. 안 그래요, 김 선생님?"

"아아, 네."

나는 돌연 나에게로 겨냥한 화살을 어떻게 받아넘겨야 할지를 몰랐다. 괜히 얼굴이 화끈했다.

이런 나에게 아랑곳없이 석민이 엄마와 옥순이는 몇 마디 더 정다운 말을 주고받았다.

석민이 엄마는 마지막으로 옥순이의 바바리에 묻은 실밥을 한 오라기 떼어내주고 목에 맨 하늘색 머플러를 더 예쁘게 보이도록 고쳐 매주었다. 이런 손길이 막냇동생을 향한 큰언니의 손길처럼 자연스럽고 다정했다.

옥순이의 말을 액면 그대로 받아들였던 것은 아니지만, 동시에 운명적으로 미워하기 시작한 여자끼리답지 않은 이런 친절한 모습에 나는 안도의 숨을 내쉬었다.

"어때, 이제 오해는 풀린 거지?"

골목을 빠져나오면서 나는 옥순이에게 자신 있게 물었다.

"무슨 오해?"

"그 여자가 너를 첫눈에 싫어했다는 오해."

"천만에 더욱 확신을 얻었을 뿐이야. 그 여잔 보통내기가 아냐."

그녀는 이를 악물면서 방금 석민이 엄마가 고쳐 매준 머플러를 풀어, 코라도 풀어버릴 듯이 구겼다가 다시 아무렇게나 맸다. 그런 동작이 거칠고 표독했다.

"나는 둘이서 하도 정답게 굴길래 화해한 걸로 알았는데……."

"화해? 어림도 없는 소리 말아. 우린 서로 죽도록 미워할걸."

"맙소사. 아무리 여자이지만 어떻게 그렇게 생글대며 미워할 수가 있니?"

"우린 둘 다 보통내기가 아니니까. 왜, 정떨어져?"

"아니."

나는 애서 부인하며 문득 여자들의 이런 괴상한 미움의 관계에 내가 개입된 것처럼 느꼈다. 그런 느낌은 야릇한 흥분과 쾌감을 동반했다. 옥순이의 새로운 얼굴을 보는 것도 즐거웠다.

그러나 짐짓 떨떠름한 얼굴을 하고 택시를 잡았다. 옥순이는 내가 밀어 넣는 대로 순순히 택시를 타면서 종알댔다.

"이 동네에서 짜장면이나 한 그릇 사주잖구."

"한턱내고 싶어. 취직도 했겠다. 너도 내 곁으로 왔겠다.

앞으로 우리에겐 좋은 일만 있을 것 같지 않아? 자축을 해야지."

"벌써 월급 탔어?"

"응, 아니. 아무튼 돈은 있으니까 염려 말어."

나는 내 가난에만 너무 익숙해진 옥순이의 검고 맑은 눈을 지그시 바라보며 제법 부자처럼 의젓하고 기름진 목소리로 속삭였다.

내 안주머니엔 오늘 받은 촌지가 들어 있었다. 나는 아직 반으로 접은 하얀 봉투 속의 내용물을 꺼내보진 않았지만 알고 있었다.

얄팍하면서도 뼈대는 못 속일 것 같은 기품 있는 감촉으로 봐서 틀림없이 큰 거 한 장은 들어 있을 터였다.

그거 한 장만 가지면 깨끗하고 조촐한 집에서 양식을 먹고 맥주 두어 병쯤 마시고 나면 아마 택시비 정도는 떨어질까 몰라. 우리의 오붓한 자축을 위해 넘치지도 모자라지도 않는 맞춤한 액수였다.

촌지를 간직하고 있는 앞가슴이 풍선처럼 부풀었다.

사랑하는 여자를 데리고 읍의 더러운 중국집이 아닌, 분위기가 있는 도회의 양식집에서 고상한 음악을 들으며 식사를 한다는 건 얼마나 즐거운 일이 될 것인가?

문득 촌지를 받아보긴 여러 번이지만 지금 처음으로 소

비하려고 하고 있다는 데 생각이 미쳤다.

촌지를 어떻게 써야겠다고 구체적으로 계획하고 있는 건 없지만 이렇게 써서는 안 될 것 같았다.

물론 그것을 받았다는 것부터가 결코 떳떳한 일이 아니라는 것도 처음부터 알고 있었다. 그러나 교무실 분위기나 딴 교사들의 거동으로 미루어 짐작건대 그것을 사양해 봤댔자 우스꽝스러운 쇼로 비쳐질 건 뻔했다. 마치 조화(弔花) 사절이라고 써 붙인 상갓집처럼.

요컨대 나는 뱀처럼 민첩하고 소리 없는 손길을 보고도 못 본 척할 수밖에 없었던 것이다. 이왕 그걸 거절하지 못한 바에야 좋은 일에 씀으로써 그 떳떳지 못함을 정화할 궁리나 하는 게 상책이었다. 다만 아직은 그 좋은 일을 발견 못 한 것뿐이었다.

그렇다고 이렇게 쓰는 것을 변명할 수는 없으렷다. 내 속의 준엄한 목소리가 나무랐다.

그까짓 거 월급 타서 보충해놓으면 될 거 아냐? 간교한 목소리가 부추겼다.

나는 어느 틈에 간교한 목소리의 편이 되어 사랑하는 여자를 데리고 저녁 식사를 하러 가는 행복에 거리낌 없이 도취했다.

나도 옥순이도 서울의 번화가엔 서툴렀기 때문에 몇 번

이 집 저 집을 기웃대다가 너무 크지도 너무 작지도 않은 양식집을 택했다.

분위기가 깔끔하고 식탁으로 늘어진 등이 은은하고 아름다운 집이었다. 무엇보다도 그런 도회적인 분위기하고 썩 잘 어울리는 옥순이가 나를 즐겁게 했다.

나는 편안했고 행복했다. 옥순이는 우리 고장에선 행세깨나 하는 유복한 집의 막내딸이었고, 언니 오빠가 모두 도회에 나가 자리잡고 사느니만큼 그 고장에선 파격적인 멋쟁이였다.

그런 멋쟁이 아가씨에게 나는 그 고장에서도 제일 더럽고 값싼 중국집에서 짜장면 사주기를 좋아했었다. 그건 학대의 쾌감 같은 거였다. 동시에 그런 학대에 고분고분 순종하는 모습을 통해 그녀의 사랑을 확인하고, 내 열등감을 무마시켰던 것이다.

그러나 이제 그럴 필요는 없다. 그녀와 나는 동등하다. 나도 행복했지만 그녀도 행복해 보였다.

우리는 거품이 넘치는 맥주잔을 짤깍 부딪치면서 피차의 가슴속에서 사는 기쁨이 거품을 일으키며 팽배하는 걸 느꼈다.

내가 한 병 넘어, 옥순이가 반 병 넘어, 아마 그런 비율로 마셨을 게다.

"한 병 더 할까?"

"아니, 그만. 지금이 딱 알맞아."

"딱 한 병만 더."

"안 된대도."

그녀는 상냥하게 그러나 단호하게 말했다. 벌써 여편네 티를 낸다고 나는 생각했다. 속으로만 그렇게 생각했다.

그녀의 볼은 정말 딱 알맞게 상기해 있었고, 나 역시 약간 모자라는 듯한, 그 감칠맛 있는 상태를 아끼고 싶었다.

포크로 비프스테이크를 품위 있게 집어 먹는 그녀의 입은 정말 아름다웠다. 껄끄러운 나무젓가락으로 짜장면을 꾸역꾸역 먹는 입보다 훨씬 보기 좋았다.

나는 그녀에게 다시 뽀뽀하고 싶었다. 그 바람은 상당히 절실해서 온몸이 비틀리는 것 같았다. 하숙방에서 뽀뽀한 지 세 시간도 안 됐지만 그동안 그녀의 입술의 떫은 맛이 새콤한 맛으로 익어 있을 것 같고, 미제 지퍼처럼 단단하게 맞물린 이빨도 국산 지퍼처럼 헐거워져 있을지도 모른다는 생각도 들었다.

"언제 저 철부지를 길러서 색시를 삼으려고 그러나?" 하고 장차의 장모는 나를 딱해했지만 옥순인 이제 어린애가 아니다. 아니 진작부터 어른이 되어 있었던 것이다.

다만 상당히 어려운 어른의 책을 읽으면서도 아직은 거

기에 대해 알은체하기를 꺼리고, 이미 안 읽은 지 오래된 동화의 세계에만 집착하는 그녀 나름의 고집, 아니 어른 세계에 대한 망설임이 있을 뿐이다.

그러나 그녀에게서 그런 망설임을 떨구게 하는 것은 앞으로 시간 문제라는 자신이 생겼다.

"일쩍 가야 돼."

그녀가 냅킨으로 입 언저리를 닦으면서 미안한 듯이 말했다. 시골에서 짜장면 먹고 한 소리와 똑같은 소리에 똑같은 표정이었다.

"시골 집에서보다 조금쯤 자유로워져 있을 줄 알았는데."

"안 그래. 언니가 엄마보다 더 까다롭게 굴어. 나는 홀몸으로 온 게 아니거든."

"홀몸이 아니라니?"

"엄마가 만지장서(滿紙長書)를 딸려 보냈어. 만지장서가 나한테 딸린 건지, 내가 만지장서한테 딸린 건지 하여튼 당분간은 그 위력이 대단할 모양이야."

"무슨 만지장서인데."

"온통 안 된다 만지장서야. 큰 제목이 서울 계집애 본뜨면 안 된다고, 그 밑에 소제목은 밤늦게 다니면 안 된다, 영길 씨 하숙에 자주 드나들면 안 된다, 취직하면 안 된다 등등 열 가지도 넘어. 그리고 그 숱한 안 된다를 잘 지키도록 언니가 철저히 감시하지 않으면 안 된다가 결론이야."

그녀는 불평스럽게 말했지만 나는 나의 장모 될 분의 안 된다에는 대체로 동의했으므로 그녀를 일찌거니 그녀의 언니네까지 바래다주기로 했다.

"여기까지 온 김에 아주 언니한테 인사하고 갈까?"

"나중에 해."

"왜?"

"언니는 너무 고독하거들랑. 형부가 너무 오래 집을 비우고 있어서. 우린 지금 행복하고. 언니가 우릴 질투하면 어떡해."

"그럼 생전 인사도 못 하게?"

"우리가 좀 덜 행복한 날 해. 어느 날 불쑥 혼자 와서 하든지."

"인사 한번 하기 되게 까다롭네."

그녀의 뽀뽀가 떫은 맛에서 새콤한 맛으로 변해 있을 것 같은 예감을 적중시키고 싶었지만 참았다. 앞으로도 기회는 얼마든지 있을 테니까.

하숙집에선 심부름하는 소녀가 아닌, 석민이 엄마가 직접 문을 열어줬다. 처음 당하는 일이었다.

방금 감은 듯 촉촉이 젖은 머리를 길게 늘어뜨리고 화려한 홈웨어를 입고 있는 그녀는 덥고 숨 막히는 훈향을 지니고 있었다. 나는 당황했다.

"미안합니다, 늦어서. 아가씬 벌써 자나보죠?"

나는 심부름하는 소녀를 아가씨라 부르고 있었다.

"아아뇨, 드릴 말씀이 있어서 일부러 기다리고 있었어요."

그러면서 그녀는 이층 내 방까지 따라 들어왔다.

"재미 좋으셨어요?"

"아, 네."

"아주 예쁜 아가씨던데요."

"아, 네, 뭘요."

나는 소년처럼 뒤통수를 긁적거렸다.

"약혼한 사이신가요?"

"아직은, 그러나 한 거나 마찬가집니다. 양가의 어른들께서도 허락해주신 사이니까요."

나는 왠지 단호해야 될 것 같아 그렇게 말했다.

"대학은 나왔나요?"

"아아뇨, 시골 고등학교 출신입니다."

"그래요……."

석민 엄마는 필요 이상으로 심각하게 고개를 끄덕였다.

나는 모욕감 비슷한 걸 느꼈다. 앞으로 자주 드나들게 될 옥순이가 행여 그런 일로 이 여자로부터 무시당하면 안 된다고 생각했다. 그래서 정색을 하고 묻지도 않는 말을 덧붙였다.

"우리 고장에선 알아주는 토박이 부잣집 막내딸이죠. 시골 토박이들에겐 아직도 구습이 많이 남아 있어서요. 그 집에서도 아들들은 지방 대학이건 서울의 대학이건 제 가겠다는 데까지 다 보냈는데, 딸들은 고등학교까지만 가르쳐서 집에서 살림 익히게 한 뒤 시집보내는 걸 원칙으로 삼고 있죠. 저도 쩨쩨하게 여자의 학벌 같은 걸 문제 삼을 마음은 없구요."

"그야, 지금은 없으시겠죠."

"네?"

"아녜요. 그저 사람의 마음이란 살아가노라면 변할 수도 있다, 이 말씀이죠. 참, 내 정신 좀 봐. 중요한 의논을 드리러 들어와갖고 쓸데없는 소리만 하고 있네. 우리 석민이 말예요. 우리 석민이를 앞으로 선생님이 좀 돌봐주셔야겠어요."

"글쎄올시다. 처음에 하신 말씀도 있고 해서 저도 그런 각오를 안 한 건 아니었는데요, 막상 같이 지내고 보니까 석민이가 저보다 훨씬 더 바쁘더군요. 걔가 과외 공부 마치고 집에 오는 시간은 제가 잠들려는 시간이니. 그렇다고 제가 꼭 그 시간에 자야겠다는 소리가 아닙니다. 그 시간에 또 뭘 시킨다는 게 아이한테 너무 잔인하다 이 말씀이죠. 더군다나 제 과목은 사생(社生)인데 사생까지 과외 공부를 할 것까지야……."

"그러니까 꼭 사생 아니더라도 그냥 후뚜루 봐주십시사는 거죠."

"후뚜루라뇨?"

"과외 숙제가 여간 많아야죠. 과외 갔다 와서 숙제하려면 어쩌나 꾸벅꾸벅 조는지. 또 학교 공부 예습 복습도 해야죠. 옆에서 애처로워서 못 본다니까요. 그러니 선생님이 옆에서 말동무도 좀 해주시고, 모르는 것도 가르쳐주시고, 아무짝에도 쓸데없는 참고서 베끼기 숙제 같은 건 대신 해주시기도 하고……. 선생님 과목 아니라도 그쯤은 해주실 수 있잖겠어요? 아무튼 잠만 좀 안 자게 해주십시사는 거죠."

"그렇게까지 해서 공부를 시킬 필요가 있을까요. 아직은 중2인데."

"아직 중2가 뭐예요. 기초가 튼튼해야죠. 불똥이 눈썹에 붙은 연에 서두르면 때는 이미 늦는다구요. 더군다나 우리 애는 초등학교 적부터 과외에 이골이 난 애라. 옆에서 누가 자꾸 부추겨주지 않으면 제 소견으론 손끝 하나 까딱 못 한다구요. 아무쪼록 부탁해요, 선생님."

"글쎄요. 석민이 잠을 못 자게 한다? 저도 워낙 잠꾸러 기라……."

나는 적이 자존심이 상했으므로 완곡하게 거절할 말을 생각하고 있었다.

"그건 염려 마세요. 제가 있잖아요. 제가 옆에 지키고 있다가 선생님이 졸면 사정없이 꼬집어드릴 테니까요."

나는 기가 막혔다. 그러나 그녀는 농담, 진담 그런 것과는 상관없는 미묘한 육감이 잔물결치는 유혹적인 미소를 띠고 나를 빠안히 바라다봤다. 나는 내 속에서 관능이 깊이 전율하는 걸 느꼈다.

그녀의 입술은 어떤 맛일까? 떫을 리도 새콤할 리도 없다. 농익은 과일처럼 향기롭고 달 것 같다. 떫은 자두가 새콤해지기만이라도 목마르게 기다리다 지친 나는 꼴깍 군침을 삼켰다.

"그럼, 그렇게 알겠어요."

고개를 까딱하고 그런 말을 남기고 그녀는 내려갔다. 뭘 그렇게 알겠다는 건지. 나는 그녀의 청을 받아들였는지, 안 받아들였는지 그것조차 기억할 수가 없을 만큼 얼떨떨했다.

나는 창문을 열었다. 그리고 심호흡을 했다. 잘다란 불빛이 무수하게 박힌 시커먼 앞산이 바라다보였다.

낮에 보면 밝고 아름다운 우리 동네와 민망하도록 심한 대조를 이루는 음침하고 더러운 동네가 밤에 보니 그런대로 아름다웠다.

방 안의 공기가 완전히 환기되었다고 생각될 즈음 창을 닫았다. 아무 장식도 없는 방에 딱 하나 있는 거울 속에 내 얼굴이 비쳤다. 여지껏 낯익은 내 얼굴이 아니었다.

너는 뭐냐? 그렇게 묻는 내 소리 없는 물음에 거울 속에서도 너는 뭐냐? 하는 건방진 물음을 보내왔다.

나는 한참 만에 꿈을 찍는 사진사라는 대답을 생각해 낼 수가 있었다. 그 말을 해줄 때의 옥순이의 맑고 검은 눈이 생각나면서 내 기분은 빠르게 회복됐다. 나는 기분이 썩 좋을 때 하는 버릇으로 휘파람을 불었다. 밤에 휘파람을 부는 건 사위라고 질색을 하던 어머니의 생각이 났지만 그대로 휙휙 불었다.

옥순이가 바라는 대로 훌륭한 선생님이 돼야지, 이렇게 마음을 다져 먹으려고 하는데 또 그놈의 촌지 생각이 났다.

나는 받아서 모아만 놓고 아직 어떻게 쓸지를 모르고 있는 촌지를 꺼내서 그 총액을 셈해보기 시작했다. 무엇 때문인지 나는 개별적인 액수는 외다시피 하고 있으면서 총액을 셈하기는 피하고 있었던 것이다. 그건 촌지라는 걸 그만큼 경시하고, 촌지의 영향을 절대로 안 받겠다는 내 심리적인 제스처였는지도 모른다.

그런데 내가 교사가 된 지는 20일밖에 안 되는데 내가 받은 촌지의 총액은 나의 한 달 월급보다 많았다. 앞으로 촌지가 더 들어올 것을 예상한다면 월급의 배가 될 수도 있을 것이다.

나는 길에 가다 호젓한 곳에서 돈뭉치 비슷한 걸 발견하고 집을까 말까 망설일 때처럼 가슴이 두방망이질하는 걸 느꼈다. 이걸 어쩐다, 이걸 어쩐다.

나는 서성대고, 끙끙댔다.

촌지(寸志), 그야말로 작은 뜻이 한 달을 일한 정당한 보수보다 많다는 건, 크나큰 횡재 같으면서도, 한 달의 신성한 수고에 대한 얼마나 엄청난 모욕인가.

더군다나 처음부터 나는 내가 얻은 일자리뿐 아니라 거기 따른 보수에 대해서도 만족하고 있었거늘, 이게 무슨 꼴이란 말인가.

월급보다 많은 촌지를 뒤집으면 촌지보다도 적은 월급이 된다. 이게 무슨 꼴이람, 이게 무슨 꼴이람. 나는 분개하고 또 분개했다. 촌지보다 적은 내 월급에 분개하고, 중 2의 불침번 노릇을 해야 하는 내 하숙 생활에 분개했다.

아무리 옥순이가 근사한 이름을 붙여줬어도 촌지보다 적은 월급을 받는 내 직업은 초라할밖에 없었다.

그러면서도 그것 참 괜찮은데, 하고 슬며시 입맛이 동하는 것 또한 어쩔 수 없었다. 그런 의미로 촌지는 나에게 염불보다는 잿밥의 잿밥이 될 수도 있을 것이다.

나는 혼란을 거듭했다. 거듭하다 못해 아래층으로 내려가 세수를 하고 마당으로 나갔다. 혼란을 수습하기 위해 우선 머리를 식혀야 할 것 같았다.

마당엔 푸른 수은등 불빛이 달빛처럼 넘치고 있었고 아직 앙상한 나뭇가지들이 그 섬세한 선을 잔디 위로 떨구고 있었다.

아직 추운 날이었지만 나무들이 봄을 위해 설레는 야릇한 낌새가 느껴졌고, 그런 낌새는 전염병처럼 나에게로 옮아 붙었다.

나는 옥순이는 지금 뭘 하고 있을까를 생각하고, 석민이 엄마는 어떤 모습으로 잠들었을까를 생각하면서 피가 더워지는 걸 느꼈다.

그러나 그런 야릇한 낌새는 나무들한테서 옮아온 게 아니었다. 석민이 엄마한테서였다.

그녀는 땅에서 솟은 것처럼 인기척도 없이 내 앞에 서 있었다. 나는 두어 걸음 뒷걸음쳤다.

"웬일이십니까? 아직 안 주무시고."

"선생님은요?"

"저는, 저는 저어 잠이 안 와서요."

나는 죄 지은 것처럼 더듬댔다.

"저는 석민이를 기다리고 있었어요."

그녀가 나보다 훨씬 떳떳했다.

"아직도 과외에서 안 돌아왔나요?"

"네, 곧 돌아올 시간이에요."

"매일 밤, 이렇게 밖에서 기다리시나요?"

"네, 어떤 때는 저만치 마중을 나가기도 하죠."

"석민이 아버진 왜 안 기다리십니까?"

나는 그 말을 불쑥 해놓고는 아차 했지만 이미 주워 담을 수는 없었다.

"네?"

그녀가 놀란 듯이 눈을 크게 떴다.

"석민이 아버지 말입니다. 전 한 번도 그분을 뵌 적이 없습니다."

"뵐 수가 없죠. 가끔, 그것도 낮에만 잠깐씩 오시니까요."

"낮에만?"

"네, 낮에만."

"왜요?"

"그게 궁금해요?"

그녀의 얼굴에 공깃돌을 놀리는 소녀 같은 장난스러움이 서렸다.

"네, 궁금합니다."

"그건 비밀인데."

"비밀이요?"

"그렇지만 가르쳐드릴게요. 우린 친하니까. 귀 좀 빌리세요."

그녀는 내가 뒷걸음칠 새도 없이 성큼 다가왔다. 부드럽고 향기로운 입김이 귓바퀴를 간지럽혔다.

"저는 요거거든요. 요거."

내 눈앞의 그녀의 주먹 쥔 손에서 새끼손가락이 하나 까딱까딱 인사를 했다. 빨간 손톱도 보였다 말았다 했다.

"요거라니요?"

나는 머리가 멍한 채 바보같이 되물었다. 다시 한 번 그녀의 더운 입김이 귓바퀴를 간지럽혔다.

"바보, 요것도 몰라요? 작은집, 소실, 첩……."

그리고 날카로운 웃음소리가 들렸다. 잘 익은 종기에 메스를 꽂듯이 그녀의 웃음은 나의 불결한 호기심을 산뜻하게 쩔렀다.

수업이 없는 시간에 성적표에 중간고사 성적을 매기면서 나는 우울했다. 2학년 전체 수석이 우리 반에서 나와 체면은 섰지만 반 평균은 꼴찌였다.

성적순으로 공평하게 학급 편성을 했을 터인데도 칠팔십 점대의 중간층이 귀하고 아주 잘하는 애와 아주 못하는 애의 두 층이 두드러지는 반이었다.

교사로 취직해서 처음 맡은 담임에, 처음 나오는 성적이니만큼 마음이 언짢았다.

성의껏 아이들을 보살폈지만 시험 점수에 집착하는 마음은 없었다. 상위 그룹에 속하는 애들 중에는 점수에 과도하게 집착하는 애가 꽤 있어서 눈치껏 발발대며 선생님 뒤를 쫓아다니며, 시험 범위 점수 배당 등을 알아내려고, 또는 정답에 대한 의문, 항의 같은 걸 하려고 안달을 하는 모습을 볼 수가 있었다. 나는 이런 애들에 대해서도 별로 호감을 못 느끼고 있었다.

점수벌레는 큰사람 못 된다고 은근히 나무라기를 서슴지 않았다. 그러나 15반 중에서 12, 13등이면 또 몰라도 15등인 건 역시 유쾌한 일이 못 되었다. 상당히 충격적이었다. 담임으로서 책임을 안 느낄 수가 없었다.

반 등수가 상위권에 드는 반의 담임일수록 아이들을 하나하나 교무실로 불러다가 개인 면담을 하며 잘하는 애는 더 잘하도록 격려하고, 못하는 애는 나무라고 매질도 하고, 성적이 많이 떨어진 애의 경우는 학부모를 부르기도 하고 있었다.

나는 이런 악착같은 교사의 흉내를 내야 옳을 것인가 뭔가 초연한 척해야 옳을 것인가 그것도 문제였다.

이런저런 잡념 때문에 잘못 기입한 숫자에 도장을 누르는 일을 서너 번이나 하고 나서, 나는 펜대를 놓고 담배를 피워 물었다.

"김 선생님, 한턱내셔야죠."

옆자리의 송 선생이 역시 담배를 피워 물며 나에게 말을 걸었다.

송 선생과 나는 서로 싫어하지도 좋아하지도 않는 사이였다. 여지껏 그럴 수 있는 계기가 한 번도 없었으니 이를테면 서먹한 경원하는 사이쯤 될 것이다. 그런데 지금 담배를 피워 문 여유만만한, 어딘지 사람을 얕잡는 듯한 송 선생의 태도에 나는 울컥 모욕감을 느꼈다. 아마 그의 반이 2학년에서 반평균 1등을 했다는 걸 염두에 두고 있었기 때문일 것이다.

"왜요?"

나는 영문을 모르는 채 도전적으로 물었다.

"김 선생님은 부임하신 지 얼마 안 돼서 모르시는군요.

전체 수석이 나온 반에선 담임이 한턱내기로 되어 있는데."

"그렇습니까? 그렇지만 반평균 일등 한 담임을 제쳐놓고 개인 수석이 나온 반 담임이 한턱을 내는 법이 어디 있습니까?"

"어디 있긴요. 바로 우리 학교 법이죠."

송 선생은 뭐가 그렇게 재미있는지 빙글빙글 웃으며 말했다. 나는 이런 그에게 악의에 찬 희롱을 당하고 있는 것처럼 불쾌하고 초조했다.

"못하겠습니다."

그가 빙글댈수록 나는 딱딱하게 굳은 정색을 하고 단호하게 말했다.

"김 선생, 재미는 혼자서 톡톡히 보면서 불우한 동료들한테 술 한잔 사기가 그렇게 아까워요?"

"제가 재미를 혼자 보다니요? 그리고 불우한 동료라니? 그게 무, 무슨 뜻이죠?"

그는 아직도 여유만만했고 나는 영문을 모르는 채 다만 가슴이 파르르 떨렸다.

"그걸 몰라서 물어요? 김 선생님 반에 짭짤한 애들이 몰킨 건 다 아는 사실인데."

"짭짤한 애들이 몰키다니요. 누굴 약을 올리시는 겁니

까? 우리 반 성적이 꼴찌라는 걸 꼭 이런 방법으로 비꼬셔야 속이 시원하시겠느냐 말예요?"

나는 벌떡 자리에서 일어났다. 송 선생은 아직도 뱅글대며 여유 있게 담배 연기를 뿜어대고 있었고 나는 그의 멱살을 잡고 쥐새끼 같은 상관에 따귀를 한 대 올리고 싶은 충동을 억제하느라 어깨로 숨을 쉬었다.

"김 선생, 김 선생이야말로 그렇게 시침을 떼야만 속이 시원하시겠습니까?"

"제가 무슨 시침을 뗐단 말입니까?"

"도대체가 학급 편성 방법이 글러먹었단 말야."

그는 별안간 나를 무시하고 성적표에 점수를 매기는 일을 계속하면서 혼잣말처럼 지껄였다.

"그건 나도 동감이오. 도대체 어떻게 학급 편성을 했길래 우리 반은 IQ 100 이하짜리가 과반수에다 한글 모르는 애가 다 있으니."

"한글 모르는 애는 어느 반에고 한두 명은 있어요. IQ만 해도 성적순으로 고루 안배해놓고 보면 자연히 IQ로도 고루 안배돼 있게 마련이에요. 그런 면으로 봐서 학급 배정은 공평했어요."

"그럼 뭐가 틀려먹었다는 거죠?"

"성적만을 표준 삼아 공평하게 배정하려는 학급 편성

방법이 틀려먹었단 말요."

내가 초조해질수록 송 선생은 여유만만해졌다. 그러나 입가에 뱅글대는 웃음을 거두고 악의를 보다 노골적으로 드러내고 있었다. 나는 진땀을 흘리며 볼펜 꼭지를 송곳니로 짓씹었다.

"그럼 어떻게 배정을 해야 한다고 생각하시는데요?"

"애들 가정의 생활 정도와 부모의 관심도에 점수를 매겨서 공평하게 안배하는 방법이 제일 바람직하지만 그건 현실적으로 불가능하고…… 빤하잖아요, 우리 학교에 아이들을 보내고 있는 부자 학부형의 수효는. 그런 부자 학부형이 어느 한 반으로 몰키지 않게 골고루 나누어 갖도록 하자 이거죠. 호봉이나 실력에 관계 없이, 얻어걸린 반에 따라서 담임 간의 엄청난 수입의 차별이 생긴다는 건 학원 부조리의 문제도 되고 교사의 사기에도 관계되는 문제니까."

송 선생의 의도가 이제야 분명해졌다. 나는 얼굴이 화끈대려고 그랬다. 흰 꽃을 문 뱀처럼 유연하고 민첩한 학부모의 손길이 흰 꽃 대신 가시를 물고 내 수치심을 찔렀다. 나는 나의 이런 민감한 수치심을 섣불리 송 선생에게 노출시켜서는 안 된다고 생각했다. 나는 짐짓 능청을 떨었다.

"송 선생님, 그 남의 속 모르는 말씀 그만하세요. 우리 반은 성적만 꼴찌가 아니라 1기분 납입금 낸 성적까지 꼴찌라는 걸 모르시나요? 극빈자의 자녀가 우리 반만큼 많은 반도 드물걸요."

송 선생이 그걸 모를 리가 없었다. 교무실엔 각 반의 납입금의 수금 상태가 그래프로 되어 게시되어 있었다. 어쩌자는 그래프인지 교사가 세리(稅吏)가 아닌 바에야 그런 것으로 능력 평가를 받아야 할 까닭이 없는데도 그것이 강박관념이 되어 작용하고 있는 것만은 사실이었다.

내가 교직 생활 3개월 미만에 벌써 싫증을 느끼고 있다면 그놈의 그래프 때문이기도 했다. 퇴근 무렵에 서무실을 다녀와서 그래프의 높이를 꼼꼼히 쌓아올리고 있는 교감의 대머리를 볼 때처럼 교직에 환멸을 느낄 때는 없었다. 실제로 벽돌을 쌓는 막노동하고라도 바꾸고 싶은 신선한 충동을 느꼈다.

그런데 지금 나는 궁색한 나머지 그 그래프로 변명의 여지를 만들려고 하고 있었다.

"엉뚱한 변명하지 말아요."

쥐처럼 옹졸한 얼굴에 남의 속의 약점만을 꿰뚫어보는 것 같은 송 선생의 소인(小人)스러운 눈이 빤히 나를 쳐다봤다.

"엉뚱한 변명이라뇨?"

"그럼 엉뚱한 변명 아니면? 납입금 못 내는 아이들 때문에 김 선생의 짭짤한 부수입이 손해날 건 하나도 없잖아요. 아무도 김 선생님한테 소득을 분배하라고는 하지 않았어요. 다만 한턱내라고 했지. 한턱내는 비용이 행여 김 선생 소득을 축낼까봐, 그런 걱정도 안 해도 돼요. 그건 전체 수석한 애의 학부모가 다 알아서 해주게 돼 있으니까."

"그건 또 무슨 말씀이죠?"

"두고 보면 알아요. 그것이 여지껏의 관례였으니까. 하긴 수석하고도 내 아들이 잘나서 수석했거니 하고 이런 인사치레에 눈 딱 감는 학부모가 없는 것도 아니지만, 이번에 수석한 이광훈이 어머니쯤이면 그런 관례를 충분히 존중해줄 만한 분이니까 곧 치맛바람이 불 거요. 당신이나 나나 치맛바람에 덩실덩실 춤이나 춥시다."

송 선생의 마지막 소리가 유난히 자포자기적으로 들렸다. 특히 연령이나 선후배 관계에 상관없이 깍듯이 선생님이란 칭호를 주고받는 데 익숙해진 나에게 당신이란 호칭은 충분히 모욕적이었다.

그러나 그때는 이미 수업이 끝난 시간이어서 수업에 들어갔던 교사들이 속속 교무실로 모여들고 있었다.

송 선생도 나도 그 치사한 언쟁을 남에게까지 눈치채게

하고 싶지 않았다.

"2학년 9반 권수돌, 김영길 선생님께 용무가 있어 왔습니다."

변성기의 갈라진 목소리가 귀에 거슬리면서 교무실을 쩌릉쩌릉 울렸다. 학생이 교무실에 볼일 보러 들어오려면 큰 소리로 신고를 하게 돼 있었다. 쉬는 시간이면 연이은 고성의 신고 소리로 귀청이 떨어질 지경이었다.

누가 만든 법인지는 몰라도 악법임에는 틀림이 없는데 아무도 고칠 엄두를 못 내는 걸 보면 교장선생님이 만든 법인지도 몰랐다.

권수돌은 누런 이를 드러내고 씩 웃더니 노트장을 찢어서 꼬깃꼬깃 접은 걸 불쑥 내밀었다.

"뭐냐?"

"우리 아버지가 선생님 갖다 드리랬어요."

권수돌도 아직 납입금을 못 내 며칠 전에 오늘까지 내마고 다짐을 받은 우리 반 학생이었다.

"가봐. 아침엔 이나 좀 닦고……."

나는 그 꼬깃한 것을 그 자리에서 펴지 않고 수돌이 먼저 보냈다. 그것은 볼펜으로 또박또박 눌러 쓴 편지였다.

선생님 전상서

소생 수돌이 애비 삼가 선생님께 문안 드립니다. 소생은 공사장에서 허리를 삐어 누워 있는 지가 벌써 반 년이 넘는 몸이올씨다. 다행히 우리 식구를 불쌍히 여긴 공사감독이 여편네를 대신 써주어서 간신히 입에 풀칠을 하고 사는 불쌍한 목숨이올습니다. 여편네를 대신 내보내고 누워 있는 심정이 얼마나 착잡하겠습니까. 게다가 자식놈은 아침마다 월사금을 조르고 하여 여편네한테 의논을 하였던 바 여편네 말이 한 달만 있으문 조그만 계를 하나 탄다고 합니다. 절대코 틀림없는 계라고 합니다. 선생님 그러니 제발 퇴학만 시키지 마시고 그때까지만 봐주십시오. 정말이지 마음적으론 안 그런 사람인데 웬수 돈 때문에 사람 노릇 못 하고 삽니다. 용소해주십시오. 애비 노릇 못하는 이 못난 놈을 용소해주십시오. 선생님 기체일향만강하심을 빌겠습니다.

나는 봉투도 없는 이 초라한 편지를 주머니에 밀어 넣으며 왠지 송 선생이 야유한 소득의 분배라는 말에 대해 생각했다.

그날 종례 때 2기분 납입금 고지서를 나누어주지 않으면 안 되었다. 2기분 고지서를 나누어주면서 1기분도 아직 안 낸 사람 손들어보라고 했다. 권수돌이 호기 있게 손을 들자 대여섯 명이 더 쭈뼛쭈뼛 손을 들었다. 나는 그 애들을 남으라고 할까 하다가 그만두었다. 그 애들을 따로 남게 해서 무슨 말을 할 수 있을 것 같지가 않았다.

교무실 그래프는 오늘 두 눈금이 올라 미납자는 여덟 명이 남아 있었다.

송 선생 반을 위시해서 완납된 반이 과반수가 되고, 미납자가 있는 반도 기껏 한두 명이었다. 이미 2기분 고지서가 발부되었으니 당연했다. 나는 또 한 번 소득의 분배라는 말을 생각했다.

청소 검열을 마치고 기남이와 태식이는 남게 했다. 아직 한글을 못 깨친 우리 반 아이들이었다. 그러나 저능아 같진 않았다.

글씨 한 자 한 자는 아는데 그것을 붙여서 읽지는 못했다. 도대체 그들이 알고 있는 무의미한 음을 붙여서 뜻이 있는 말을 만들 의욕이 전혀 없는 아이들이었다.

나는 이 아이들을 볼 때마다 이 아이들을 여지껏 거쳐 간 국민학교, 중학교의 담임에게 심한 분노를 느꼈다. 그리고 어떡하든 이 애들에게 읽게 할 의무 같은 걸 느꼈다.

그러나 남으라고만 했지 정작 교재를 준비하고 있진 않았다. 그 애들도 남들과 똑같이 몸이 휘어지게 무거운 책가방을 가지고 있지만, 그중 한 권의 책도 그들의 닫혀진 호기심을 자극하진 못했던 것이다.

앞으로 교재 선택에 따라 그들에게 음을 연결해서 뜻을 만들 의욕을 불어넣을 수 있느냐 없느냐가 달렸을 것 같았다. 재미있는 동화책이 좋을 것 같았다.

나는 그 애들을 기다리게 해놓고 도서실로 내려갔다. 도서실은 있지만 사서가 없어서 학생들에게 도서 대출은 안 하고 있었다.

대출을 하지 않는 깐으로 많은 책이 있었고 대개는 전집류였다. 서가엔 중복에 중복을 거듭한 전집류가 즐비하고 『대망』이니 『세계 퍼스트 레이디 전집』까지 있는데도 동화류는 한 권도 없었다. 하긴 중학생이니까 동화 읽을 나이는 지났을지도 모르겠다.

교재가 될 동화는 옥순이와 의논해서 정하고 오늘은 그냥 재미있는 옛날얘기나 하나 들려줘서 보내야겠다고 마음먹었다. 그러나 교실에는 기남이 혼자 남아 있었다.

"태식인 어디 갔니?"

"그냥 갔어요. 선생님한테 혼난다고 해도 그냥 갔어요. 선생님한테 혼나는 것보다 보급소 소장님한테 혼나는 게 훨씬 더 무섭대요."

"보급소 소장님?"

"네. ××신문 보급소 소장님이요. 태식인 ××신문 배달인데 늦게 배달하면 단골 떨어진다고 보급소 소장님한테 혼난대요."

"그래, 알았다. 그럼 앞으론 너 혼자 남아서 공부해야겠구나."

"저도 늦으면 혼나요."

"넌 또 누구한테 혼나니?"

"엄마한테요. 엄만 남의 집에 일하러 다니시느라 늦게늦게 오시거든요. 제가 동생들 밥을 지어서 먹여야 돼요. 안 그러면 엄마는 너희들 공부시키느라고 뼛골이 빠지게 일하는데 그까짓 밥도 못 지어놓느냐고 막 화를 내요."

"거봐라. 어머니는 너 공부시키려고 그렇게 애를 쓰시는데 너는 여지껏 한글을 모른대서야 말이 되니. 어머니가 그걸 아시면 아마 더 화를 내실걸."

"우리 엄마는 그런 건 상관도 안 해요. 내가 큰아들이니까 어떡하든 중학교 졸업장까지는 따봐야 한다고 그것만 상성이죠, 뭐. 중학교 졸업장이 있어야 어디 기술이라도 배우러 들어갈 수 있다나봐요."

나는 맥이 빠져 기남이도 집으로 돌려보냈다.

오늘쯤은 아마 옥순이가 하숙에 와 있을 것 같다.

그런데도 나는 혼자 텅 빈 교실에 남아 서너 개비의 담배를 연달아 태웠다.

송 선생으로부터 돌연 내 의식 속으로 돌팔매질하듯이 던져진 소득의 분배의 문제는 계속 내 의식의 흐름 속을 부침(浮沈)하고 있었다.

나는 아직 내가 받은 촌지를 한 푼도 축내지 않고 있었다. 옥순이와 함께 저녁을 먹느라 써버린 만큼은 후에 월급을 타서 보충해놓았다.

집에 가서 밥을 지어야겠다던 기남이가 학교 앞 튀김집 앞에서 손가락을 빨고 있었다.

나는 못 본 체하고 지나치려다 "인마" 하고 뒤통수에다 알밤을 한대 먹였다. 화들짝 놀라 멀쩍하니 도망치더니 다시 두리번두리번 한눈을 팔며 걸어가는 모습을 보고도 진심으로 화가 나지진 않았다.

그렇다고 그 애가 사랑스럽다든가 불쌍하다든가 하는 마음이 손톱만큼이라도 있었던 건 아니다. 그냥 그 애가 싫었을 뿐이다. 밉지도 않고, 싫었을 뿐이다. 미움은 적어도 정열의 일종이지만 싫증에는 그런 열기조차 없다.

아이들에게 심한 매질을 하는 교사가 더러 있다. 여교사 중에도 그런 모진 여자가 있다. 나는 그런 동료 교사를 별로 좋아하지 않았다.

때리고 나서 교사들은 으레 내가 너희들을 미워서 때렸겠니, 사람 되라고, 사랑하는 마음으로 때렸지, 때릴 때의 내 마음은 너희들 육신보다 더 아팠단다 어쩌구 하는 변명으로 발뺌을 한다. 나는 그런 말을 믿지 않았었다. 아이들 상대로 실컷 가학 취미를 만족시키고 나서 뭐 사랑? 사랑 좋아하네, 할 정도로 냉소적이었다.

그러나 별안간 그 말을 믿을 수밖에 없다. 궁지에 몰린 것처럼 어쩔 수 없이 그 말을 믿을 수밖에 없다.

때리는 것도 정열인데 나에게 도대체 아이들을 향한 그런 정열이 한 번이라도 있었던가.

기남이만 해도 그냥 지나치려고까지 했다. 알밤이라도 먹인 것은 교사로서의 어쩔 수 없는 의무감 때문이었다. 그러고도 뭐 한글을 가르쳐보겠다고? 나야말로 얼마나 구역질나는 위선자인가.

학교에서 하숙까지는 한 정거장밖에 안 된다. 학교는 두 개의 고지대, 아름다운 고급 주택가와 더러운 판자촌 사이 협곡에 있다.

나에겐 지금 우리 반 미납자 여덟 명의 납입금을 다 내주어도 남을 돈이 있다. 그 돈은 저 더러운 판자촌 사람들에겐 그렇게 큰돈이 된다. 나에게도 큰돈이다. 그러나 주는 쪽에선 그야말로 촌지였다. 나는 촌지를 크게 보람 있게 쓰려고 하고 있다.

그건 좋은 일이다. 그런데도 나는 마음을 선뜻 정하지

못하고 있다. 뭐가 뒤꼭지를 잡아당기는 것처럼 망설이고
있다.

돈에 대한 욕심 때문일까? 그것도 아주 없지는 않겠지
만 나의 소득을 분배해줄 대상의 자격에 대한 내 나름의
불만이 더 컸다.

모든 장학금은 불우한 수재에게 주어지기를 꿈꾸는 것
처럼 내가 간직하고 있는 촌지도 어느 틈에 그런 아니꼬
운 꿈을 꾸고 있었나보다.

그러나 수재까지는 못 바라더라도 최소한 총명한 눈동
자, 배움에 대한 순수한 갈망과 만나지기를 꿈꾼다고 해
서 나쁠 것도 없지 않은가.

"선생님!"

생각에 잠겨 느리게 걷고 있는 내 앞으로 옆 골목에서
소년이 뛰어나와 90도 각도의 절을 한다. 그는 뛰어나왔다
기보다는 갑자기 굴러나온 공처럼 돌연 내 발밑에 있었다.

"넌 1번, 아니 철이 아니냐?"

"네 선생님."

처음 나를 부를 때도 그랬지만 나는 그렇게 솔직한 반
가움과 정이 담긴 선생님 소리를 처음 듣는 것처럼 느낀
다. 교복이 아닌 줄무늬의 티셔츠를 입고 있어서 더 어리
고 더 작아 보인다. 키 순서로 매기는 출석번호가 1번인

우리 반 제일의 꼬마였다.

철이의 왼쪽 겨드랑 밑에 배달해야 할 신문 뭉치가 아직도 남아 있다.

"배달 끝나려면 아직 멀었니?"

"아아뇨, 곧 끝날 거예요."

그는 남은 신문의 부피를 나에게 내보이며 착한 소년다운 수줍은 웃음을 웃었다. 눈이 어린 비둘기의 눈처럼 유순해 뵌다.

나는 문득 그와 친해지고 싶다.

"그럼 선생님, 안녕."

그는 나를 보고 반가워서 뛰어나온 골목으로 다시 뛰어들어갈 태세를 취한다. 나는 구르는 공을 잡듯이 황급히 그의 어깨를 잡으며 물었다.

"빵 사줄까?"

"안 돼요, 선생님. 제시간에 신문이 들어가야 돼요."

"그럼 선생님이 먼저 빵집에 가서 기다릴게 다 돌리고 올래?"

"네 선생님."

철이의 눈이 감격으로 빛났다. 나는 철이에게 빵집이 있는 곳을 자세히 일러주고 먼저 가서 기다렸다.

철이는 우리 반 미납자 중에서 유일하게 성적이 상위권

에 드는 학생이었다. 나는 철이를 통해서나마 내가 하려는 일에 대한 자신과 보람을 가져보고 싶었다.

철이는 곧 왔다. 몹시 숨을 헐떡이고 있었고 볼이 능금처럼 고왔다.

"녀석, 얼마나 급하게 뛰어왔길래."

"선생님을 너무 오래 기다리시게 할 순 없잖아요."

"이렇게 배달 끝내고 집에 돌아가면 피곤해서 공부도 못 하고 쿨쿨 잠만 자는 거 아니니?"

"피곤하긴요, 한창 자랄 나인걸요."

"녀석도, 남 다 자라는데 제대로 자라지도 못해가지고 말은 넙죽넙죽 어른같이……."

나는 그의 어깨를 안고 머리를 쓰다듬었다. 빡빡대가리의 감촉이 손바닥에 쾌적했다.

우선 우유를 한 병 마시게 한 후 빵을 한 접시 수북하게 시켰다. 철이는 왕성하게 먹었다.

"이 다음에 뭐 될래?"

"기술자요."

"무슨 기술자?"

"무슨 기술자든지, 그냥 제일가는 기술자요. 기능올림픽에 나가서 금메달도 따오고 돈도 많이 버는……."

"그래, 그거 참 잘 생각했다. 그런데 그런 생각은 네가 한 거니, 누가 정해준 거니?"

"엄마하고 저하고 같이 정했어요."

"참, 아버진 안 계시던가?"

"네."

철이가 시무룩해지는 것 같아 나는 화제를 돌렸다.

"참, 이번 철이 성적 아주 잘 나왔던데."

"시험 잘 못 쳤는데."

철이가 다시 착한 소년다운 귀엽고 수줍은 미소를 지으며 뒤통수를 긁적거렸다.

"조금만 더 노력하면, 출석 번호뿐 아니라 석차도 1번이 되겠는데."

"그건 안 돼요."

철이가 뜻밖에 천부당만부당하다는 얼굴을 했다.

"왜 안 돼?"

"우리 반 1등은 보나마나 이광훈이죠?"

"그래, 그뿐인 줄 아니? 학년 전체 수석이란다. 참 이건 성적표 나누어주기까지는 비밀인데 어쩐다? 선생님은 너만 믿는다. 사나이답게 비밀 지켜. 알았지?"

나는 짐짓 난처한 척, 빌붙는 척했다.

"네, 그렇지만 다 아는 사실인걸요, 뭘."

"이광훈이 1등은 떼어논 당상이다 이거지? 그래서 딴

애는 주눅이 들어서 아예 1등은 꿈도 못 꾸고⋯⋯. 너도 그렇지?"

나는 성적 얘기를 할 작정은 아니었는데 어느 틈에 성적 얘기를 하면서, 이 귀여운 녀석과 고작 할 얘기가 성적 얘기밖에 없단 말인가 하고 짜증이 났다.

"이광훈이 걔 머리도 좋지만 얼마나 비싼 과외를 한다구요. 뭐든지 도사예요. 영어회화는 미국사람한테 하기 때문에 영어 시간엔 선생님 발음까지 걔가 고쳐주는걸요. 그래서 영어 선생님은 우리 반에만 들어오시면 미리 언다구요, 얼어요."

철이는 영어 시간을 회상하는지 혼자서 낄낄댔다.

"선생님도 비밀 지켜주셔야 돼요. 사나이답게."

"무슨 비밀?"

"영어 선생님 얘기요. 아무한테도 말하지 마세요."

"원 녀석도. 그건 그렇고 이광훈한테 주눅 들면 바보야. 과외 안 한다고 1등 못 하란 법 없으니까 말이야. 바른대로 말이지, 과외 안 하고, 학교에서 수업시간에 잘 듣고 집에 가서 예습 복습 잘해서 하는 1등이 그게 진짜 1등인 게야, 알았지?"

"알아요, 선생님. 그렇지만 전 1등을 못 하는 게 아니라 안 할 거란 말예요."

철이가 갑자기 당돌하리만큼 도전적으로 말했다.

"안 하다니? 왜?"

"엄마가 슬퍼해요."

"네가 1등을 하면 엄마가 슬퍼해?"

"전 한 번도 못 해봤지만 형은 가끔 가다 한 번씩 했어요. 그럴 때마다 엄마는 한숨을 쉬면서 슬퍼했어요. 1등 하는 자식 대학도 못 보내는 에미가 살아서 뭐 하냐고요?"

철이는 그 또래의 소년답지 않은 슬픈 얼굴로 말했다.

"형은 지금 뭘 하니?"

"실업계 고등학교에 다녀요. 저도 어떡허든 실업계 고등학교까진 엄마가 보내준댔으니까 그만큼만 공부하면 돼요. 참, 선생님 미안해요."

"뭐가?"

"여지껏 수업료 못 냈거든요. 엄마가 곧 해주신댔어요."

"어머니께 너무 애쓰시지 말라고 그래, 알았지?"

"선생님도 참, 그렇게 순하게 하시니까 우리 반이 꼴찌 하는 거라구요."

철이가 노숙한 얼굴로 나를 훈계하려 들었다. 나는 기가 막혔다.

"순하게 하잖으면?"

"들볶고, 때리고, 창피 주고, 그러셔야 돼요. 1학년 때만 해도 수업료는 제가 형보다 먼저 타냈었는데, 선생님이 미적지근하게 말씀하시니까 저도 집에 가서 미적지근하게 말하게 되고, 그러다보니 형에게 빼앗겼지 뭐예요. 형 선생은 아주 독종인가봐요."

철이는 말을 하다 말고 계집애처럼 혀를 날름 하고는 뒤통수를 긁었다. 아마 독종이란 소리를 무심히 하고는 괜히 했다 싶은가보다. 나도 듣기 거북했지만 탓하진 않았다.

"그래서 선생님도 독종이 되라, 이 말이냐?"

"아, 아녜요."

그러더니 슬그머니 궁둥이를 들먹거렸다.

"집에 가봐야 돼요. 늦으면 엄마가 걱정하세요."

"어머니께선 뭘 하시지?"

"장사요."

"어데서 ."

"집에서요. 집에서 가게를 하세요. 과자랑 라면이랑 뽑기랑 파는……."

나도 같이 일어섰다. 헤어질 때 철이는 불쑥 신문을 한 부 내밀었다.

"이게 뭐냐?"

"오늘 석간신문이에요. 선물이에요."

"고맙다."

나는 다시 한 번 그의 빡빡대가리를 쓰다듬고 그는 깨끗한 눈을 깜박거리며 조용히 내 가슴으로 몸을 밀착해 왔다.

철이와 헤어진 후 나는 기분이 썩 좋았다. 소득의 분배 대상 중에 철이를 포함시킬 수 있다는 게 나를 그렇게 즐겁게 했다.

그러고 보니 오늘 나는 송 선생으로부터 소득의 분배에 대한 암시를 받은 후 우리 반의 여덟 명의 미납자 중 반수인 네 명을 만나본 것이다. 수돌이, 태식이, 기남이, 철이. 이들을 제외한 남은 네 명에 대해서도 궁금하지 않은 건 아니다. 그러나 지금까지 명확하게 드러난 사실 중 가장 중요한 건 여덟 명이 다 더럽고 음습한 북향 동네에 사는 가난뱅이라는 데 있다.

물론 그 동네에 사는 애들이 다 납입금을 안 낸 것도 아니고, 그 동네에 사는 것이 납입금 안 낼 자격이 되는 것도 아니다. 다만 여지껏 안 냈다는 걸로, 그만큼 더 가난한 것으로 보아도 무방할 것 같았다. 그것으로 촌지의 분배에 참여할 자격은 충분하지 않을까.

그 이상의 까다로운 자격을 따질 생각일랑 말자. 그런 생각이란 하면 할수록, 결국에 가선 그 소득을 내 것으로 하고픈 욕심을 합리화시키려는 간계와 만나게 될 것은 뻔하다.

다만 소득의 분배에 대해서만 생각하자. 나의 소득이 아니라 남향 동네의 소득을 북향 동네에 분배하는 거다.

비록 그런 티끌만 한 분배에 의해 남향 동네와 북향 동네 사이의 깊고 깊은 협곡을 메울 수는 없다손 치더라도 나는 정직하고 깨끗한 분배의 손이 되리라.

세금, 기부, 자선사업이란 명목으로, 국가적 개인적으로 소득의 분배는 끊임없이 시도됐었고, 또 현재도 열심히 행해지고 있지만 복잡다단한 분배의 과정에서 정당하게 혹은 부정하게 그건 얼마나 많이 축났던가.

마치 목마른 고지대 주민에게 아랑곳없이 노후한 수도관에 의해 땅속에서 몰래몰래 엄청난 수돗물이 새는 것처럼.

나는 한 푼도 새지 않는 분배의 손이 되리라. 나는 마치 표창 받는 선행소년처럼 천진하게 가슴이 설레었다

하숙엔 아마 옥순이가 와 있으리라. 나는 여지껏 옥순이에게 내가 보관하고 있는 촌지에 대해 숨겼지만 오늘은 얘기해야겠다. 내 계획에 대해서도.

내 계획에 의해 비로소 떳떳한 것이 된 촌지에 대해 이젠 숨길 필요가 없을 것 같았다.

집집마다 널찍한 정원이 있는 우리 동네 오월은 아름다웠다. 달콤한 꽃 냄새, 풋풋한 잎의 냄새 그리고 선물받은 신문의 싱그러운 잉크 냄새를 함께 깊이 호흡했다. 휘파람이라도 불고 싶게 마음이 가벼웠다.

내 방에서 옥순이는 엎드려서 책을 보고 있었다.

"오래 기다렸어? 심심했지? 뭐 하고 놀았어?"

나는 기분이 좋은 김에 옥순이를 어린애처럼 얼렀다.

"숨은그림찾기 하고 놀았어."

"어디서?"

"이 책에서."

그녀는 보고 있던, 서점 포장지로 겉장을 싼 술이 두꺼운 책을 가리키며 말했다.

"세상에 종이도 흔하지, 그런 게 다 단행본으로 나오다니."

숨은그림찾기란 어린이 잡지나 신문에서 취급하는 것으로, 확실한 선으로 된 그림 속에 교묘히 숨겨진, 불확실한 선으로 된 또 다른 그림들을 찾아내는 놀이다.

옥순이는 다 큰 처녀가 된 후에도 그런 놀이를 좋아해 곧잘 나에게 내기를 걸었다.

확실하고 단순한 선으로 된 숲속의 백설공주와 일곱 명의 난쟁이 그림이 있다고 치자. 공주의 옷갈피에서 주전

자나 방울모자를, 숲속에서 촛불이니 접시니 자전거를 찾아내는 일에 나는 서툴렀고 재미도 못 느꼈지만 옥순이의 비위를 맞추기 위해 내기에 응했었고 번번이 졌었다.

나는 그녀가 또 숨은그림찾기 놀이를 하자고 조를까봐 얼른 그녀를 안았다. 그리고 뽀뽀했다. 나는 좀 더 어른다운 놀이를 갈망하고 있었다.

그녀의 입술은 이제 갓 열매 맺은 자두처럼 단단하고 떫지만은 않다. 제법 말랑하고 새콤달콤하다. 그러나 건강한 옥녀는 아직도 미제 지퍼다.

그래도 제법 새콤달콤한 입술을 가진 여인답게 보챈다.

"우리 빨리 결혼해."

"또 그 소리, 몇 달만 기다리래두."

"취직하면 곧 결혼하자더니."

"그야 결혼식이야 지금이라도 하려면 하는 거지. 뭣하면 시골집에 내려가서 해도 되고. 그렇지만 결혼하면 첫째, 방이 있어야잖아. 옥순이가 마음 놓고 맛있는 반찬도 만들고, 도시락도 쌀 수 있는 부엌 딸린 방이."

"알았어. 그럼 우선 하숙이라도 옮겨. 이 집 주인 여자 기분 나빠. 불결하고, 불길하고…… 불친절하고…… 한 마디로 불쾌해."

"그 여자 불 자 빼면 쓰러지겠네. 그렇지만 불쌍한 여자야. 봐줘."

"거봐. 저러니까 내가 불안할밖에."

우리는 석민이 엄마에 대한 불투명한 느낌을 이런 말장난으로 얼버무리고 안이하게 킬킬댔다.

내가 먼저 정색을 하고 옥순이를 타일렀다.

"말이 하숙이지 여기 있으면 하숙비가 안 들잖아. 내가 석민이 가르치는 걸로 하숙비 몫을 넉넉히 하고 있으니까. 그러니까 여기 있으면 그만큼 우리가 결혼할 수 있는 날짜가 앞당겨지게 되는 거야. 알았지?"

"응 알았어. 영길 씨 고단하겠다. 낮에 온종일 아이들한테 시달리고 밤에도 쉬지 못하고 또 가르쳐야 되니."

"견딜 만해. 다 옥순이를 위해서니까."

"알았어. 요새로 부쩍 말랐어. 가엾어라."

옥순이가 내 볼을 쓰다듬었다. 나는 뭔가 뜨끔했다.

아닌 게 아니라 밤마다의 불침번 노릇은 정말 지겨웠다. 나는 석민이를 잠 못 들게 하고 석민이 엄마는 나를 잠 못 들게 한다는 세 사람의 기묘한 관계와 이런 심야의 세 사람을 에워싼 면학 분위기와는 딴판인, 여인의 짙은 화장 위를 흐르는 땀처럼 끈끈하고 향기로운 점액질의 분위기에는 젊은 놈의 살을 깎는 지옥의 고통이 있었다.

"어디 오래간만에 숨은그림찾기나 할까."

나는 옥순이가 무슨 눈치라도 챌까봐 짐짓 명랑을 꾸미고 책을 집어 펼쳤다. 소설책이었다.

"그러면 그렇지, 아무리 책이 흔해 빠져도 숨은그림찾기 책이 있을라구. 소설책이라면 누가 뭐랄까봐, 왜 거짓말을 시켜?"

"난 무식한가봐. 고등학교밖에 못 나와서."

옥순이는 슬픈 얼굴을 하고 딴청을 부렸다.

"왜? 이 책을 이해 못 하겠어?"

"응, 숨은그림을 못 찾겠어."

"무슨 잠꼬대야. 이 책은 그림책이 아니라 소설책이래두. 소설책 중에도 요새 한창 잘 팔리는 인기 작가의 베스트 셀런데. 그림이라곤 삽화 한 장 없잖아?"

"영길 씨도 알지? 내가 요새 나온 소설책 별로 읽은 게 없다는 것."

"그래도 세계명작 같은 거 꽤 읽었잖아. 시골에 있을 때 말야."

"오빠나 언니들 보던 것이 굴러다니니까 좀 보긴 봤지. 그렇지만 동화 말고 신간을 사본 적은 한 번도 없었어. 간혹 친구들한테 빌려 봐도 별 재미를 못 느꼈거들랑. 그런데 오늘 여기 오다가 서울의 큰 책방엘 처음 들어가봤는데 사람들이 어떻게 많은지. 특히 대학생들이. 신간의 문학서적이 진열된 곳엔 대학생들이 첩첩이 성을 쌓고 있어서 넘겨다보기도 힘들 지경이었어. 책을 고르고도 있었지만 대개는 그 자리에서 읽고 있었는데, 그 읽고 있는 사람들의 표정을 보고 있으려니 별안간 가슴이 찡했어. 그 사람들 어떤 표정이었는지 알아?"

"그야 사람이나, 읽는 책에 따라 표정은 다 달랐겠지."

"공통의 표정 말야."

"글쎄."

"숨은그림을 찾는 표정이었어."

"뭐라구?"

"왜 있잖아. 숨은그림찾기할 때의 그 걸신들린 것도 같고 천진난만한 것도 같은 빛나는 표정 말야. 그런 표정을 보니까 가슴이 찐하면서 한편 서울 온 보람 같은 걸 느꼈어. 영길 씨 가까이 왔다는 것 말고 서울 온 보람을 느끼긴 처음이었어. 그래서 나도 요새 제일 잘 팔리는 책이 무어냐고 물어가지고 그걸 샀지 뭐."

"바보같이……. 숨은그림을 찾으려고?"

"근데 참 어려워. 아직 하나도 못 찾았어, 영길 씨도 알지? 내가 그림 찾기라면 도사라는 거."

"아무리 도사라도 이 속에서 그림을 찾진 못해. 아무도 찾고자 하지도 않았을 테고."

"틀림없다니까. 그 사람들은 분명히 숨은그림을 찾고 있었어."

"이 새카만 글씨 사이에서 방울모자나 촛불이나 세발자전거 따위를 찾고 있더란 말이지?"

나는 옥순이의 머리를 그녀의 책으로 찰싹 소리가 나게 때리며 신경질을 부렸다. "언제 저 철부지를 길러서 색시를 삼으려고 그러나" 하던 장차의 장모의 탄식이 내 탄식이 되어 절실해졌다.

옥순이는 매까지 맞고도 말대답을 멈추지 않았다.

"누가 그런 걸 찾고 있었댔나. 대학씩이나 다니는 다 큰 어른들이……."

"그럼 벌거벗은 계집애 그림을 찾고 있니?"

"아냐, 함부로 그 사람들을 모함하지 마."

"그럼?"

"그들이 찾는 숨은그림은 여러 모습의 지, 진실이었을 거야."

그녀는 불쌍하리만큼 위축돼서 더듬대며 말했다.

"난 못 찾았지만 그들은 찾았을 거야. 영길 씨도 찾을 수 있을 거야. 내가 못 찾는 건 당연해. 난 무식하니까. 진실은 방울모자보다 훨씬 귀하니까."

글래머에 가깝게 성숙한 몸매와 소학생 같은 얼굴이 그

모순을 선명하게 드러내 밉게 보였다.

나는 문득 그녀의 이런 모순을 통일해 내 것으로 만들 자신이 없어졌다.

그녀의 기분을 돌리기 위해선지, 내 기분을 돌리기 위해선지, 나는 앞으로 내가 하려는 소득의 분배라는 것에 대해 옥순이에게 신이 나서 설명을 하기 시작했다.

그러나 말로 하니까 내 속에 있을 때만큼 그 일은 훌륭한 일이 못 되었다.

이에 초조한 나머지 나는 허풍을 떨기 시작했다. 내 말이 내 귀에 시시하게 들릴수록 내 허풍은 눈덩이처럼 불어났다.

앞으로 수단 방법 가리지 않고 촌지를 긁어모아 적어도 우리 반의 가난한 애만큼은 수업료 없이 학교 다니게 할 거라는 포부, 세상에 하고 많은 장학금이니 구호금이니, 자선이니 하는 게 중간에서 야금야금 축나 얼마나 실낱같이 되어 그것을 필요로 하는 사람들에게 돌아가거나 아주 안 돌아가고 만다는 분개, 이런 의미에서도 내가 하려는 식의 소득의 분비는 획기적인 일이 될 거라는 자랑 등을 늘어놓았다. 그러나 허풍은 떨면 떨수록 거짓말다워질 뿐이었다. 나는 초조했고 더욱 웅변 조가 심해졌다.

옥순이는 이런 내 웅변 조에 처음부터 냉담했다. 감동을 잘하는 그녀답지 않게 도무지 감동을 해줄 척도 안 했다.

"뭐라고 좀 그래 봐."

드디어 나는 그녀의 어깨를 잡아 흔들며 칭찬과 격려를 애걸했다.

"모르겠어. 그게 옳은 일인지 그른 일인지 정말 난 모르 겠어."

그녀가 눈을 아둔하게 깜박거리며 말했다.

"바보 같으니라구. 내가 여지껏 설명해줬잖아? 그것보다 더 명확하게 훌륭한 일이 어디 있겠니?"

"맞아. 그건 엄청나게 훌륭한 일이야. 만일 영길 씨가 그 일을 계속해서 성공적으로 할 수만 있다면 훗날 온 인 류도 구원할 수 있을 거야."

그녀는 여전히 아둔한 얼굴로 그러나 두 손을 벌려 제 스처까지 써가며 말했다. 아마 그녀가 생각해낸 최고의 찬 사였으리라.

그러나 내 귀엔 신랄하고 가시까지 돋친 논평으로 들렸 다.

여지껏 내 가슴속에서 풍선처럼 부풀어 올랐던 게 가 시에 찔린 것처럼 픽 소리를 내며 오므라들었다.

"재수 나쁜 계집애 같으니라구."

나는 그 소리를 차마 입 밖에 내진 못하고 가슴에 앙심처럼 간직했다.

일하는 소녀가 잘 차린 저녁상을 들여오고 한복으로 곱게 단장한 석민이 엄마가 호스티스처럼 요망을 떨며 따라 들어왔다.

옥순이가 오는 날이면 석민이 엄마가 한층 무르익어 뵈는 것은 이상한 일이었다.

"찬은 없지만 많이 드세요."

옥순이를 의식하고 보통 때보다 많은 찬을 차렸는데도 석민이 엄마는 이런 소리를 하며 잔물결 같은 눈웃음을 쳤고 옥순이는 가뜩이나 작은 입술을 병의 주둥이처럼 뽀족하게 오므리고 새침했다. 그래도 사과 한 쪽도 안 먹으려고 할 때보다 많이 나아진 거였다.

"여기 와서 가끔씩 영양보충 하지 않았으면 나 예전에 영양실조 걸렸을 거야."

석민이 엄마가 나가자마자 이러면서 옥순이는 잘 먹었다. 나는 이런 옥순이가 측은했다.

"중동에 간 형부가 돈 많이 부쳐온다며, 언니넨 그렇게 반찬을 안 해먹어? 아이들도 있다며."

"언니는 요새 증권에 재미를 붙여서 형부가 송금해 오는 족족 모조리 증권투자를 해. 형부가 돌아올 때까지 형부가 번 돈의 두 배나 세 배쯤 불려놓는 것은 문제도 없다나봐. 신문도 다 떼버리고 증권시세가 자세히 나는 경제 신문 하나만 본다면 말 다했지."

"그래? 옥순이 언니가 그렇게 대단한 여잔 줄은 몰랐는데."

"처음엔 안 그랬어. 형불 보내고 얼마간은 고독해서 달이 떠도 한숨, 꽃이 펴도 한숨, 오죽해야 나를 다 불러 올렸겠어. 그러다 그 고비가 지나니까 돈독이 오르면서 고독이 다 뭐야. 그저 돈밖에 몰라. 아마 나 먹는 것도 아까울 걸. 쌀이니 메주니 고추니 엄마가 다 부쳐주는 생각은 하지도 않고. 돈독이 오르니까 제일 먼저 눈빛이 달라지던데."

"어떻게?"

"봐야 알지 그건 설명할 수도 없어. 아무튼 정떨어져. 돈이나 돈 될 거 외에는 모조리 경멸하고 밀어내는 눈이야. 우거지만 먹고도 어디서 그렇게 기운이 뻗치는지 마치 출전을 앞둔 운동선수처럼 원기와 의욕에 넘쳐 동분서주, 그러니 고독할 새가 어디 있겠어?"

"잘됐잖아. 독수공방하는 분이 맨날 눈물이나 흘리고 한숨짓고 해봐? 옆에 있는 사람이 못 견딘다구."

"다들 그러데, 잘됐다고. 남편이 돈 벌러 외지에 나가 있으면 여잔 돈독이 오르든지 바람이 나든지 둘 중의 하나래."

"그렇다면 정말 잘됐군."

"바람난 것보다 낫단 소리지?"

"그야 물론 아냐?"

"나도 처음엔 그렇게 생각했는데 차차 그 반대의 생각이 들어. 남편이 없을 때 바람나는 거 얼마나 자연스러워? 나라면 바람이 나겠어."

"요게 그냥."

나는 그녀를 때리는 시늉을 하고 그녀는 혀를 내밀며 고개를 움츠렸다.

"아냐, 조금만 날 거야. 고독을 견딜 수 있을 만큼만. 바람난 여자 얼마나 귀여워? 바람난 건 남편이 돌아오면 잡을 수 있지만 돈독은 안 그래. 그놈의 독은 중화시킬 해독제가 없거든. 지금 우리 언니의 목표는 삼천만원을 모으는 거지만 아마 그 목표 달성을 하고 나면 형부의 체류 기간을 연장시켜서라도 일억원 목표를 세울걸. 돈 때문에 떨어져 있으면서 보고 싶어 하지 않는 부부, 아유 끔찍해."

그녀는 진저리까지 치면서 끔찍하다는 소리를 되풀이했다.

그녀를 바래다주고 헤어질 때 나는 다정하게 말했다.

"우리 될 수 있는 대로 빨리 결혼하자. 옥순이가 언니네를 빨리 면하고 내가 석민이네를 빨리 면하기 위해서라도."

그녀는 고개를 크게 끄덕였다.

"그렇지만 훌륭한 선생님 되는 것도 잊지 마."

그녀와 헤어져 밤길을 혼자 걷는 동안 다시 가슴이 텅 비어왔다. 텅 빈 가슴속을 두 개의 목소리가 메아리쳤다.

아무도 김 선생님한테 소득을 분배하라고는 하지 않았다는 송 선생의 야유의 소리와 만일 영길 씨가 그 일을 성공적으로 할 수만 있다면 훗날 온 인류도 구원할 수 있을 거라는 옥순이의 목소리가 그거였다. 그 두 개의 목소리는 음색이 전혀 다르면서 똑같이 음흉했다.

나는 주먹을 불끈 쥐며 다짐했다.

"흥, 누가 못 할 줄 알구, 누가 못 할 줄 알구."

그리고 다음 날부터 곧 나는 그 일을 했다. 아무도 눈치 채지 못하게 조용히 했다.

선행은 어디까지나 오른손이 한 일을 왼손이 모르게 해야 하므로.

그렇다고 당사자에게까지 알리지 않을 수는 없는지라 당사자끼리도 서로 모르게 개별적으로 불러, 너만 알고 있으라는 식으로 그의 납입금을 내가 대납한 걸 알렸다.

"그러니까 부모님께 살짝 말씀드려 걱정 덜어드리고 너도 마음 놓고 공부 잘하고, 그리고 아무한테도 이런 소리

하면 못쓴다. 선생님은 이런 사실이 너와 나 외에 누구에게도 알려지는 걸 원치 않아. 알았지?"

여덟 명 중 눈물이라도 흘리며 고마워하는 놈은 어쩌면 한 놈도 없었다. 충분히 그럴 수 있게 축축하고 조용한 분위기까지 마련해놓았거늘.

철이만 빼고는 하나같이 뻔뻔스럽지 않으면 무표정했다.

철이는 갑자기 얼굴이 홍당무가 되더니 그의 맵시 있는 빡빡대가리를 내 가슴에 기댔다. 나는 그의 머리로 해서 볼과 턱을 쓰다듬었다. 수염이 나려면 아직아직 먼 유아처럼 보드라운 볼과 턱이었다.

다음 날 철이 어머니가 복숭아를 한 봉지 가지고 왔다.

"뵐 낯이 없구면요, 뵐 낯이 없구면요."

수도 없이 머리를 굽신대며 그 소리만 하다가 갔다.

복숭아는 2학년 담임끼리 나누어 먹었고 맛이 괜찮았다.

그날 밤, 학년 수석을 한 이광훈의 어머니의 초대로 교장, 교감, 2학년 담임선생 전원이 요정에서 실컷 한턱을 얻어먹었다.

요정은 내가 난생 처음 보는 누각같이 생긴 으리으리한 기와집이었고, 방 안에는 비단 보료에 자개 장롱, 수 병풍 등 한국식 구색을 갖추고 있었지만 음식은 어느 나라 음식인지 국적이 분명치 않은 산해진미였다.

짙은 화장에 한복을 입은 미녀들이 교사 하나에 한 명씩 붙어서 시중을 드는 가운데 이광훈이 어머니도 교장, 교감, 교사들 사이를 공평하게 누비고 다니며 미녀들 못지않은 프로급 웃음에 프로급 솜씨로 술과 음식을 권했다. 여교사들은 일찍 자리를 떴지만 아무도 말리지 않았다.

"아이고, 이제부터 술맛 나게 생겼다."

이러면서 허풍스럽게 기죽 펴는 시늉을 하고 새롭게 술을 마셨고 미녀들을 주물렀다.

송 선생은 여자의 어디를 어떻게 주물러 터뜨리는지 여자의 교성이 날카로운 비명으로 변했다.

나도 점점 시야가 흔들흔들 출렁이도록 취했다. 내 옆에서 말없이 시중을 드는 여자가 석민이 엄마로 보였다가 옥순이로 보였다가 했다.

여자가 나에게 음식이나 술을 권할 때마다 비정상적으로 짧은 저고리 밑으로 겨드랑 밑의 속살이 그대로 드러났다.

"당신을 좀 만져도 됩니까?"

정신은 말똥말똥한데 혀 꼬부라진 소리가 나오는 걸 이상하게 생각하며 나는 여자에게 물었다.

"마음대로 하세요. 남자들이란 특히 훈장님네들이란 밑천 이상으로 빼먹어야 떨어지게 돼 있으니까요."

여자는 담담하게 그러나 못을 박듯이 또박또박 말했다.

나의 몽롱한 시야에서 여자의 표정은 물결에 잠긴 것처럼 출렁여 웃는 것도 같고 우는 것도 같았다.

그러나 경멸하는 듯한 두 눈만은 해 박은 것처럼 고정된 채 깜박도 안 했다. 나는 여자를 만지지 않았다.

어느 때쯤인지 나는 택시에 밀어 넣어지고, 취중에도 흰 꽃을 문 뱀처럼 간교한 손길이 내 양복 주머니에 기어드는 걸 느꼈다.

이광훈이 어머니는 흰 봉투를 밀어 넣으며 "차비예요" 했다. 그러나 집 앞에서 운전사한테 차비를 내미니까 미리 받았노라고 했다.

"여봐, 운전수, 사람이 그러면 못써. 사람이 그렇게 고지식해 빠져서 뭘 해. 생전 운전수밖에 못 해먹을 벼영신 같으니라구."

나는 운전사한테 주정을 한바탕하고 내렸다.

문 뒤에 누가 기다리고 있던 것처럼 문은 당장 열렸다. 석민이 엄마였다. 나는 정신을 가다듬었다.

"석민이, 아직도 과외에서 안 돌아왔습니까?"

"지금이 몇 신데요, 벌써 와서 혼자 공부하고 있어요."

"그럼 절 기다리셨습니까?"

나는 흐물흐물 웃으며 적당히 비틀댔다.

집에 돌아왔다는 안도감 때문이기도 했지만, 그녀가 내가 주정을 안 하면 실망할 것 같은 얼굴을 하고 있었기 때문이었다.

"왜 안 되나요?"

그녀는 비틀대는 내 몸을 능숙하게 직접 자기 몸으로 지탱해주며 낮고 부드럽게 속삭였다.

"안 되다니요. 영광입니다."

이미 초여름이었다. 그녀가 입고 있는 얇은 홈웨어 밑의 부드럽고 탄력 있는 살집의 감촉은 벌거벗은 것처럼 확실했다.

나는 그녀의 얼굴에 내 얼굴을 가져갔다.

"아이 따가워요."

얼굴은 비키지 않고 짓눌린 것처럼 선정적인 목소리를 냈다. 그리고 어디를 어떻게 조작했는지 찰각하는 소리가 나더니 푸른 정원등이 꺼졌다.

향기로운 어둠 속에서 그녀가 작은 새처럼 몸을 떨며 내 품에 안겨왔다.

그녀의 입술은 촉촉했고 달콤했고 집요한 흡인력을 갖고 열려 있었다.

이러면 안 되는 건데, 이러면 안 되는 건데 싶으면서도 그 흡인력이 밑바닥까지 도달하고 말 듯이 나는 그녀의 입술에 깊이깊이 탐닉했다.

겨우 나를 놓아준 여자는 뜨겁게 속삭였다.

"가뜩이나 외로운 여자, 이러다가 바람나겠어요."

"외로워서 바람나는 여자는 안 나는 여자보다 훨씬 자연스럽고 귀엽습니다."

그리고 다시 그녀의 입술 속으로 빠져들었다.

"엄마아, 나 졸려 죽겠어, 커피 좀 타줘."

석민이의 하품 섞인 목소리가 안에서 들렸다.

나는 찬물을 뒤집어쓴 것처럼 정신이 나면서 그녀를 밀어냈다.

"녀석도, 잠이 저렇게 많아가지고 언제 전체 1등을 한번 해본담."

석민이 엄마가 종알댔다. 나는 일부러 더 몹시 비틀대며 계단을 올라 내 방에서 옷 입은 채 잠이 들었다.

아침상은 늘 그렇듯이 석민이하고 겸상이었다. 이 집에서의 나의 일은 석민이를 잠 안 자게 지키는 것과 더불어 석민이를 편식 안 하도록 돌보는 것도 포함돼 있었다.

숭늉을 갖고 들어온 석민이 엄마에게 나는 슬며시 능청을 떨었다.

"어젯밤엔 못 마시는 술을 어쩌나 마셨던지, 아무것도 생각나는 게 없어요. 그러고도 어떻게 집은 찾아왔는지 모르겠어요."

아침부터 짙은 화장을 한 석민이 엄마는 말없이 양귀비 꽃처럼 짙고 불길하게 웃었다.

우울한 여름방학이었다. 늙으신 부모님은 나를 서울 가서 성공한 걸로 취급해주셨다.

이제 네가 이렇게 성공을 했으니까로 시작해서 부모님은 나에게 이것저것 기대하는 게 많았다.

본디는 안 그랬었다. 가업을 이어 부모님 모시고 농사 짓는 형님이 있기 때문이기도 했지만 부모님은 나 하나는 대처에 나가 남부럽지 않게 살기를 소망할 뿐 내 덕을 보고 싶은 눈치를 보인 적은 없었다. 그저 설날하고 추석날하고 1년에 두 차례쯤 신사복 입고 고기 근이나 사들고 고향을 찾아주길 바라는 소박한 소망을 가진 선량한 노인네들이었다.

그러나 여름방학에 내려가니 형수 눈치부터 다르고 형님 눈치 다르고 부모님 눈치도 덩달아 달랐다.

맏이가 둘째 공부시켜 저만큼 성공을 시켰으니 이제 셋째 넷째 공부는 둘째가 시켜야 할 게 아니냐는 게 대소가의 공론이라는 거였다.

"거긴 나도 공갬이다. 제일 느그 형수 눈치가 뵈어서 말이여."

그리고 아버지는 연방 성공이니 금의환향이니 하는 말로 나를 추켜세웠다. 셋째는 숫제 노골적으로 지방대학은 싫고 대학을 서울 가서 다닐 테니 그렇게 알라고 나를 협박했다.

옥순이네서는 그쪽대로 보챘다. 서울 가서 성공하면 대개 마음 변하게 마련이니 올가을쯤 성례를 치르자는 거였다.

학비도 좋고 성례도 좋지만 성공한 사람 취급은 듣기에 낯간지럽고, 두고두고 우울했다.

나는 동생 문제에 대해서나 결혼 문제에 대해서나 시종 애매한 태도를 취하다가 개학을 앞두고 슬그머니 시골을 떠났다.

2학기가 시작되었다. 3기분 납입금 고지서가 발부되고 나는 2기분을 아직도 내지 못한 우리 반 아이들에게 다시 소득의 분배를 하지 않으면 안 되었다.

그 짓은 처음보다 훨씬 마음이 내키지 않는 괴로운 일이었다. 어떻게 된 게 촌지는 줄어들고 미납자는 늘어나 있었다. 1학기 때 남은 걸 쩔러 넣어도 모자랄 것 같았다.

미납자 중에서 내가 유일하게 애정을 느낀 철이가 2기분 미납자 중에서 빠져 있는 것은 흐뭇하면서도 나의 일을 더욱 내키지 않게 했다.

나는 모아놓았던 촌지를 내어놓기가 정말이지 아까웠다. 그것만 있으면 내 동생 대학 공부시키는 데도 큰 도움이 됐을 것이다.

아마 내가 그 일을 그만두지 못하고 두 번씩이나 한 것은 촌지가 보장된 고정수입이 아니라는 데 있었을지도 모른다. 내가 운수 좋게 송 선생 말짝으로 짭짤한 애들이 몰킨 반에 걸렸기 망정이지, 그렇지 않은 반의 촌지란 여교사의 화장품값, 남교사의 담뱃값 정도였다.

만약 지금 같은 촌지가 나에게 오래오래 보장될 줄만 안다면 나는 좀 더 나 자신이나 내 식구들을 위한 낭탁을 했을지도 모른다.

나는 이미 납입금을 은밀히 대납하는 일에 아무런 보람도 못 느끼고 있었고, 허황된 수입을 낭비나 하자는 식의 오기밖에 남은 게 없었다.

어쩔 수 없이 그만두게 될 계기 같은 걸 기다리고 있는지도 몰랐다.

그 일은 이미 나에게 있어서 선행이 아니라 무의미한 고행이었다.

내가 그 일에 그렇게 쉽게 싫증이 난 이유는 그 일이 아무에게도 알려지지 않은 데도 있었다.

선행은 오른손이 한 일을 왼손이 모르게 해야만 비로

소 선행답다고 생각했었다. 그러나 왼손은 몰라줘도 알 만한 사람은 좀 알아줘야 신명이 날 게 아닌가. 너무 안 알려지고 너무 감사를 못 받으니 쉽게 진력이 날밖에.

은혜에 감사할 줄 모르는 자는 이미 은혜를 받을 자격이 없는 자들이란 생각이 쓸개즙처럼 씁쓸하게 치밀었다.

좋은 일을 하고 감사도 못 받고, 남에게 알려지지 않는다는 건 나는 정말 참을 수가 없었다.

동료교사들과도 차라리 한잔씩 같이 나누게 되면 찻값은 으레 내가 낼 것으로 알았다.

짭짤한 반에 걸려서 재미 볼 때 인심 쓰지 언제 쓰냐는 게 그들의 공통된 의견이었다.

나는 실속은 한 푼도 없이 선망과 질투만 받고 있었다.

촌지는 점점 줄어들고 있었다. 촌지가 줄어드는 건 학년 초가 아니기 때문이기도 했지만, 시험 볼 때마다 우리 반 학급 평균이 번번이 꼴찌라는 데도 그 이유가 있었다.

극성맞은 학부모들은 그것을 담임의 능력이나 성의 부족으로 판단하는 것 같았다.

지진아가 많아서 학급 평균이 떨어지고 학급 평균이 떨어져서 나의 신임도가 떨어지고, 나의 신임도가 떨어져서 촌지의 액수가 떨어지고, 그런데 그 촌지를 지진아가 대부분인 미납자에게 아무 생색도 안 나게 어두운 밤에 도리질하듯이 나누어준다. 이런 기묘하고도 우매한 순환에 이제 나는 넌더리가 났다.

그러면서도 나는 그걸 멈출 용기가 없었다. 돌부리 같은 계기가 있어 저절로 넘어질 수 있기만을 바라고 있었다. 옥순이에게 핑계대기 위해서라도 꼭 돌부리는 필요했다.

이런 우울한 가을날, 제법 바람이 찬 저녁나절 나는 길에서 다시 철이를 만났다.

그때처럼 신문을 돌리다가 멀리서 나를 알아보고 공처럼 굴러왔다.

"선생님!"

나는 웃으며 그의 머리를 쓰다듬었다. 피곤했기 때문에 나는 그것으로 그냥 철이와 헤어지고 싶었다.

"선생님, 저어, 앞으로 십 분도 안 걸려서 배달 끝날 건데요."

내가 묻지도 않는 말을 철이는 했다. 나는 그의 그런 태도가 흡사 또 빵을 사달라고 조르는 것 같아 싫었다.

가난한 집 아이들이란 별수가 없다니까, 나는 속으로 이런 생각을 하며 눈살을 찌푸렸다.

"응 그래? 그럼 빨리 배달 끝내고 집으로 가보아야지, 어머니가 기다리실 텐데."

"괜찮아요. 조금 늦는 건."

그는 아직도 내 앞에서 머뭇거렸다.

"선생님은 지금 좀 바빠서."

나는 냉담하게 말했다.

"오 분이면 돼요. 선생님께 드릴 말씀이 있어요."

"그래? 그럼 또 빵집에서 기다릴까?"

나는 나도 모르게 빈정대는 투로 말했다.

"아니에요. 여기서 지금 말씀드리겠어요."

몇백원어치 빵 때문에 경멸당하고 있다는 걸 이 어린 소년은 눈치챘나보다. 아무리 어려도 자존심이란 경멸에 민감한 법이니까.

나는 아차 하는 뉘우침과 철이가 하고 싶어 하는 말에 대한 궁금증 때문에 굳이 빵집에 가서 기다리겠다고 고집했다.

빵집에 가서 앉은 지 10분도 못 돼 철이는 왔다. 나는 전처럼 빵과 우유를 시켰다. 철이는 먹을 것은 거들떠도 안 보고 이야기부터 했다.

"저어, 선생님 우리 반의 권수돌이 있잖아요."

"응 권수돌이가 요새 며칠째 결석이지, 아마."

"네, 나흘이나 학교 안 갔어요. 우리 동네 살거든요."

"어디가 많이 아프다던?"

나는 중병이나 아니길 바라며 물었다. 납입금도 못 내

는 주제에 중병이 들면 골칫거리기 때문이다.

"아니에요. 집에선 학교 가는 줄 알아요."

"뭐라구?"

"아침마다 학교 간다고 나가서 어디서 실컷 놀다가 저녁 때면 학교 갔다 온 척하고 집에 들어가나봐요."

"저런 못된 녀석이 있나. 그런 일을 왜 선생님한테 진작 일러주지 않았니?"

"고자질하면 죽여논다고……."

철이는 뒤끝을 얼버무리며 얼굴이 빨개졌다.

"나하고 지금 수돌이네 가보지 않을래?"

"내일 선생님 혼자 가세요. 지금 같이 가면 제가 고자질한 거 탄로 나잖아요."

"걔가 그렇게 무섭니."

"걘 우리 반에서 둘째로 힘센걸요."

나도 소년 세계의 그런 힘의 질서에 대해 아주 모르는 바가 아니었으므로 그대로 하기로 했다.

"수돌이 아버지는 좀 나으시니?"

"수돌이 아버지가 어디가 아픈데요?"

"한동네라면서 그것도 몰라. 공사판에서 허리를 다쳤다며?"

"주정을 하다가 허리를 다쳤다면 또 몰라도 그 주정뱅

160

이를 공사판에서 누가 붙여줘요. 술집에서도 안 붙여준다던데요."

나는 권수돌의 아버지 편지 사연처럼 내 심정이 착잡을 지나 참참했다. 권수돌은 내가 두 번씩이나 납입금을 내준 학생이었다.

철이도 고자질을 했다는 죄책감 때문인지 전날처럼 빵을 먹지 않았다. 싸주마고 해도 의외로 고집스럽게 거절을 하는 거였다.

"철아, 네가 한 일은 고자질이 아냐. 친구를 위한 좋은 일이야. 나쁜 길로 빠지려는 친구를 우리가 힘을 합해 올바른 사람으로 만드는 일이니까."

그래도 철이는 끝내 겁에 질린 표정을 못 풀었다.

다음 날 나는 혼자서 수돌이네를 찾았다.

생각했던 것보다 훨씬 더 더러운 동네였고 골목길이 꼬이고 꼬여서 집 찾기가 아주 망했다. 약도도 엉터리였다.

가까스로 찾은 수돌이네는 빈지문을 열자 토방 겸 부엌이었다. 저녁땐데도 밥 짓는 기색은 없고 연탄가스 냄새로 단박 목이 따가웠다.

한구석에서 연탄불을 열고 시커먼 냄비에 물 없이 라면을 볶으면서 오드득오드득 씹어먹고 있는 건 수돌이었다.

수돌이는 나를 보자 말 붙일 새도 없이 도망을 가버렸

다. 냄비 속에서 라면이 검은 연기를 피워올렸다.

"저어, 실례합니다."

토방으로 난 방문이 열렸다. 내의 바람으로 처덕처덕 화장을 하고 있던 여자가 나보다는 타는 라면이 더 급한지 뛰어나와 냄비를 들어내면서 욕을 했다.

"이 우라질 놈이 이 지랄을 해놓고 또 어디로 싸질러 갔을까?"

나는 큰기침을 하고 "수돌이 어머님 좀 뵈러 왔는데요" 했다.

"난데요."

여자가 수상쩍다는 듯이 내 아래위를 훑었다.

방에 큰 대자로 나자빠졌던 사내가 자는 줄 알았더니 눈을 번쩍 뜨고는 큰 소리로 지껄였다.

"꼴 조오타, 꼴 좋아. 이제 놈팡이가 집까지 찾아오는구나. 그래도 네년이 아무 놈한테나 가랑이 안 벌렸다고 큰소리칠 테야?"

그러면서 눈을 희번덕댔다. 여자는 이런 일은 많이 당해본 듯 대꾸도 안 하고 나한테만 사뭇 도전적으로 대들었다.

"당신은 도대체 누구요?"

짙은 화장 밑에 거칠고 탄력 없는 피부가 처참해 보였다.

"저는 수돌이 담임인데요. 수돌이가 며칠째 결석을 하길래……."

"네, 담임선생님이시라구요?"

방의 남자가 멋쩍은 듯이 웃으며 몸을 일으켰다.

"수돌이가 결석을 했다구요? 맨날 변또 싸가지고 학교 갔는데, 오늘도 학교에서 지금 막 왔는데. 아니 이 우라질 놈을 그냥 그냥……. 내 당장 잡아다가 박살을 내놓고 말 테다."

화장 짙은 여자가 거기 있는 연탄집게를 집어들더니 쏜살같이 빈지문 밖으로 뛰어나갔다.

"수돌이 아버님 되십니까?"

"네, 우리 사는 게 이 꼴입니다요."

"원 별말씀을."

밖에선 수돌아, 수돌아 하는 여자의 악에 받친 고함 소리가 들렸다.

"저 여편네가 워낙 성질이 지랄 같아서요. 수돌이 녀석 잡히기만 해봐라. 반쯤 죽어날걸."

남자는 뭐가 그렇게 재미있는지 어깨를 들들들 들까불며 웃어댔다.

철이 말대로 허리를 다친 것 같지는 않았지만 누런 살 갗이 붕 뜬 게 어딘지 폐인 같았다. 나는 비로소 술 냄새를 맡았다.

수돌이 엄마가 연탄집게만 갖고 빈손으로 들어왔다. 눈이 미친 여자처럼 번들대고 있어 나는 섬찟했다. 차라리 수돌이가 지금 안 잡힌 게 다행이다 싶었다. 남자도 같은 생각인지,

"그 녀석이 뭐 당신 성미를 몰라서 이 근처에서 어물쩡대고 있겠어? 오늘 밤엔 보나 마나 안 들어올 거구먼. 그놈의 지랄 같은 성미 때문에 큰 자식 내쫓았으면 됐지 뭐가 부족해서 작은 자식마저 내쫓으려고 그래."

여자는 표독하게 눈을 흘겼을 뿐 말대답은 안 했다. 멍하니 어깨로 숨을 쉬고 앉았던 여자가 무릎을 탁 치면서 다급하게 물었다.

"그 녀석이 언제부터 학교 안 갔죠?"

"월요일부텁니다."

"맞았어요. 맞았어. 그게 어떻게 번 돈인데."

"무슨 말씀이시죠?"

"그날 겨우 월사금을 마련해 보냈거든요. 그런데 그날부터 안 갔다니 알죠 아녜요? 아이고 그 돈이 어떻게 번 돈이라구."

"그럼 2기분을 이번 월요일에 보내셨다 이 말씀이죠? 그럼 1기분은요?"

"1기분도 제때엔 못 냈어도 벌써 냈잖아요? 여름방학 전에……."

"아, 참 그랬던가요."

"아이고 이년의 팔자야. 그게 어떻게 번 돈이라고 제 놈이 학교도 안 가고 그걸 까먹고 돌아다녀 돌아다니길. 아이고 내 팔자야. 내가 누굴 믿고 고생을 하면서 산다고, 하라는 공부는 안 하고 못된 바람만 불어가지고. 아이고 이년의 팔자야. 콩 심은 데 콩 나고 팥 심은 데 팥 난다고 그 아범에 그 새끼라니까, 아이고 이년의 팔자야……."

여자의 볼을 타고 눈물이 하염없이 흘렀다.

"이년이 입 닥치지 못해. 말이면 다하는 줄 알아. 그럼 이년아, 가랑이 벌려 번 돈으로 월사금이 아랑곳이더냐?"

"그래 좋다. 이제 가랑이 안 팔게 네가 나가 벌어라, 벌어. 나도 네놈의 밥 좀 얻어먹고 살아보자."

두 남녀가 엉겨붙었다. 여자는 일어선 남자의 사타구니를 잡고 남자는 여자의 머리채를 잡았다. 욕지거리와 비명이 뒤범벅이 돼 차마 못 들어줄 악다구니가 됐다.

나는 그 자리를 피할 수밖에 없었다. 빈지문 밖에선 수다스럽게 생긴 여편네들이 구경났다는 듯이 안을 기웃대고 있었다.

나는 줄담배를 태우며 미로 같은 골목길을 목적도 없

이 방황했다.

그 근처에 살고 있을 나의 선행의 대상이 된 우리 반 애들 집을 몇 집 더 방문하고 싶단 생각도 들었으나 두려움이 앞섰다.

나는 나의 선행에 대한 죄의식으로 거의 전전긍긍하고 있었다.

그리고 또 내가 방금 본 가난의 모습은 얼마나 추악했던가.

나는 내가 가난하게 자랐으니만큼 가난에 대한 호감이랄까 동류의식 같은 걸 체질처럼 지니고 있었다. 어줍잖게 소득의 분배를 꿈꾼 것도 가난에 대한 이런 동류의식 때문이었을 것이다.

그러나 내가 목격한 가난의 모습은 나를 길러준 가난의 모습하고는 너무도 달랐다.

먹고 입는 것만 갖고 따질 때 나는 수돌이만도 못하게 자랐을지도 모른다. 지금 현재 시골의 부모님만 해도 수돌이 부모보다 못 입고 못 먹고 있을지도 모른다.

그러나 나를 길러준 고장의 가난에는 원형이정(元亨利貞)이랄까, 인두겁을 썼으면 마땅히 지켜야 할 기본적인 도덕이랄까, 그런 게 침범할 수 없는 생활의 맥락이 되고 있었다.

나는 그게 빠진 가난의 모습을 방금 생생하게 목격했다고 생각했고, 그 추악상에 몸서리를 쳤고, 이제 그만 그것과의 관계를 청산해도 양심의 가책을 받을 건 없다고 생각했다.

마침내 나는 돌부리를 발견한 것이다.

한동안 더 미로를 방황하다가 이제 그만 벗어나려는데 체육 교사인 최 선생을 만났다.

체육 교사다운 건강한 체구에 소아마비로 보행이 불편한 학생을 업고 있었다. 그는 1학년 담임이었다. 등이 워낙 실팍해서 그런지 업힌 학생이 아기처럼 작아 보였다.

나를 만난 최 선생은 마치 나쁜 짓을 하다가 들킨 것처럼 무안한 얼굴을 했다. 나는 최 선생하고도 친하진 않았지만 은근히 관심은 있었다.

그는 아이들을 무지무지하게 잘 때렸는데도 아이들한테 가장 인기 있는 교사였다.

단순한 힘에 대한 선망과 외경일까, 그 이상의 뭐가 있을까? 나는 그를 볼 때마다 묘한 열등감과 궁금증을 함께 느꼈다.

"최 선생님 반 아입니까?"

"네."

그는 퉁명스럽게 말하고 그냥 지나치려고 했다.

"매일 이렇게 업어다 주십니까?"

"아뇨, 어머니든지 동생이든지 데리러 오는데 오늘은 안 와서……."

"그럼 어머니나 동생도 이렇게 업어다 주나요. 이 비탈 길을?"

"아뇨, 책가방만 들어주면 목발 짚고 곧잘 걸어요."

아닌 게 아니라 등의 아이는 목발을 가로 안고 있었고 책가방은 뒷짐 진 최 선생 손에 있었다.

"그럼 선생님도 그럴 것이지."

"좀 걸리다가 차마 볼 수가 있어야죠. 기운은 뒀다 뭘 합니까."

그러고는 더 이상 나를 상대하지 않고 가버렸다.

나도 가던 길을 가려다가 서서 그가 돌아나오길 기다렸다. 그와 친해지고 싶었다. 곧 그가 내려왔다.

"집을 찾으십니까?"

그는 내가 아직도 그 자리에 있는 게 이상하다는 듯이 물었다.

"아아뇨, 최 선생님을 기다리고 있었죠."

"왜요?"

"왜 그렇게 놀라십니까? 소주나 한잔 같이 할까 해서 기다렸을 뿐인데요."

"좋습니다. 제가 안내하죠."

그가 그 동네다운 더러운 술집으로 나를 안내했다. 그는 시종 무뚝뚝했다. 말없이 소주와 빈대떡만 먹었다.

그가 말이 없을수록 나는 말이 하고 싶었다.

"우리 반 소문 들으셨어요?"

"무슨 소문요?"

"짭짤한 애만 모였단 소문 말예요."

"짭짤한 애라뇨? 싱거운 애는 어떤 앱니까?"

"괜히 시침 떼지 마세요. 다 아시면서."

이렇게 서두를 꺼내서 내가 짭짤한 반의 담임이 되어 적지 않은 촌지를 받은 얘기부터 시작해서 권수돌네서 방금 겪은 일까지를 두서없이 지껄였다.

말없이 듣고 난 그가 빙긋 웃으며 손을 내밀더니 악수를 청했다. 나는 멋모르고 그의 두툼한 손에 내 손을 내맡겼다. 그가 말했다.

"나도 처음 부임했을 때 김 선생님 비슷한 짓을 했더랬죠. 파탄에 이르는 경로도 거의 비슷하구요. 아마 특수한 두 동네 사이 협곡에 자리잡았다는 우리 학교의 특이한 입지적 조건에서 오는 풍토병, 딜레마, 그런 거였겠죠."

"병이라구요?"

나는 천부당만부당하다는 듯이 항의를 하려고 했다.

"네, 병이요. 풍토병 말예요."

그는 의젓하고 당당하게 같은 주장을 되풀이했다. 조금도 자조의 티 없이.

"병이라뇨. 젊은 시기의 소중한 경험이었다고 생각하는데요. 젊음의 양심과 결부된."

"그게 양심이었다고 생각하지 마세요. 그건 병이었어요. 풍토병, 그야 체질상 걸리는 사람도 있고 안 걸리는 사람도 있지만 그것조차도 양심과 어떤 관계가 있다고 생각하진 말아요. 양심이 책임지고 감당해야 할 문제는 앞으로도 얼마든지 있으니까. 고작 그게 양심이었다고 생각하면 양심은 벌써 거기서 끝장난 거예요."

내가 얼떨떨한 사이에 그가 자리를 뜨더니 술값을 치렀다. 나는 내가 사겠다고 한 것도 잊어버리고 그의 떡판처럼 듬직한 등을 부럽게 바라다봤다.

나는 그 후에도 혼자서 술집을 서너 군데나 더 헤맸다. 술집의 작부란 작부가 다 수돌이 어머니로 보일 때까지 마셨다.

그러나 우리 동네로 접어들면서 나는 내가 조금도 취하지 않은 걸 느꼈다.

하숙엔 옥순이가 와 있었다. 처음 하숙을 찾아온 날처럼 노란 바바리는 벗어서 어깨에 걸치고 목엔 하늘색 작은 머플러를 나비처럼 매고 단정히 앉아 있었다.

그녀는 여전히 아름다웠지만 퇴색한 그림처럼 생기 없고 피곤해 뵀다. 이미 물기가 채 마르지 않은 싱그럽고 촉촉한 수채화는 아니었다.

하긴 그때가 벌써 언젠가, 그때는 봄이었고 지금은 이미 가을이다.

"오래 기다렸어? 미리 전화하고 오잖구."

"작별하러 왔어."

"작별?"

"응, 내일 시골 내려가려고……."

"갑자기 시골은 왜?"

"그냥, 엄마 아빠도 보고 싶고. 그렇지만 영길 씨에 대한 사랑이 변한 건 아냐. 사랑해. 사랑해. 정말이야. 정말이야."

그녀는 부자연스럽게 들릴 만큼 여러 번 사랑해를 강조하고는 내 품에 몸을 던졌다. 나는 그녀의 등을 부드럽게 토닥거리며 물었다.

"왜 무슨 일이 있었어? 응 알았다. 언니하고 싸웠군. 그치?"

"싸우진 않았지만 언니가 미워."

"바보 같으니라구. 우리 큰애기 언제나 철이 나나."

"영길 씨가 뭘 안다구 그래?"

"왜 몰라. 뻔하지. 언니가 돈 모으느라고 옥순이한테 맛있는 것도 안 해주고 관심도 없으니까 별안간 부모님 생각이 나서 그러지? 그래, 갔다 와. 가서 엄마한테 맛있는 거 많이 해달래서 실컷 먹고 와."

"영길 씨야말로 바보, 바보야. 그게 아냐. 언니가 영길 씨를 얼마나 무시하는 줄이나 알아?"

"언니가 나를 언제 봤다고 무시를 해. 여지껏 인사도 못 했는데."

"보나 마나래. 그까짓 선생질 하는 남자. 쩨쩨하게 하필 선생하고 연애를 하느냐고 나를 나무라고 타이르고 야단이야. 언니는 나를 꼬셔서 끗발 좋은 남자한테 시집보내려고 요새로 부쩍 서두르고 있어. 선생 부인은 고생문이 훤하대. 그리고 막냇동생이 고생하는 꼴을 어떻게 보냐는 거야. 돈도 잘 벌고 인물도 잘난 남자를 언니는 매일 줄줄이 꼽고 앉았어. 언니가 중매를 서겠다나. 내가 듣기 싫어하면 언니는 뭐래는 줄 알아. 흥 두고 보자, 두고 봐. 열 번 찍어 안 넘어가는 나무 있나. 그래서 시골로 내려가려는 거야. 언니한테 찍히기가 싫어서, 내가 나무가 되기가 싫어서. 그러니까 영길 씨가 이해해줘. 영길 씨가 우리가 살 방 마련할 때까지 우리 매일매일 편지하면서 떨어져서 살아. 방 생기면 우리 곧 혼인해. 시골서 해. 영길 씨는 사모관대하고 난 족도리 쓰고 구식으로 해."

그녀는 나에게 폭 안겼고, 나는 그녀를 으스러지게 안았는데도 그녀가 곧 날아갈 것 같았다. 작은 새로 변신해서 푸드득 날아갈 것 같았다.

분노와도 같고 불안과도 같은 게 나를 난폭하게 했다.

못 날아가게, 영원히 못 날아가게 날갯죽지를 부러뜨려 놓아야 한다고 생각했다.

나는 그녀를 방바닥에 쓰러뜨렸다. 온몸으로 발기해서 그녀에게 덤볐다.

불의에 기습을 당한 그녀는 공포에 질린 얼굴을 하고 애걸을 했다.

"영길 씨, 왜 이래. 제발 이러지 말아. 무서워. 무서워."

그녀의 몸은 옥니뿐 아니라 도처에 미제 지퍼 같은 단단한 방어선을 갖고 있었다.

이런 방어선에 부딪칠 때마다 나의 분노는 부채질을 당한 것처럼 타올랐다.

"넌 날 사랑하지 않지? 그치? 못 이기는 척 언니가 중매 서는 남자한테 시집갈 거지."

"아냐 사랑해, 사랑해. 사랑해."

"거짓말. 거짓말. 거짓말."

"정말이야, 정말이야, 정말이야……."

"좋아. 그럼 증거를 보이란 말이다. 증거를."

나는 사납게 날치며 다시 그녀를 공격했다.

"무서워. 무서워. 무서워."

그녀가 흐느꼈다.

이때 밖에서 인기척이 났다.

"선생님, 저녁상 가져왔는데요."

석민이 엄마 목소리였다. 저녁 시간이 훨씬 넘은 열 시 경이었다.

옥순이는 그 사이에 날쌔게 없어져버렸다. 새처럼 날아 가버린 것이다.

대신 석민이 엄마가 생글대고 있었다.

"나뻐요. 순진한 아가씨를 유혹하면."

"우린 앞으로 결혼할 사이입니다."

"혼전순결이란 소리도 모르시나봐."

"석민이는 과외에서 돌아왔습니까?"

나는 혼신의 힘을 다해 내 입장, 석민이 선생이란 입장 을 지키고자 했다.

그러나 그게 도리어 도화선이 됐다.

"석민이는 오늘 몸이 불편해서 과외에 안 갔어요. 약 먹 고 지금 한잠 깊이 들었답니다."

"그럼 아, 아가씨는요."

나는 입속이 타들어가는 느낌으로 더듬댔다.

"아유 그 기집애 잠 많은 건 말도 마세요. 누가 업어가도 모른다니까. 이 넓으나 넓은 집에 우리만 깨 있어요."

그녀는 그녀 특유의 육감이 잔물결치는 유혹적인 미소를 띠고 나를 빤히 쳐다봤다. 눈도 입술도 젖어 있었다.

젊은 몸속엔 옥순이를 통해 못 푼 욕정이 아직도 사납게 돌파구를 찾고 있는데, 바로 눈앞엔 한번 맛본 그녀의 입술이 꽃잎처럼, 심연처럼, 열려 있었다.

이 무방비 상태로 열려 있는 쾌락의 입구를 무슨 수로 외면할 수 있단 말인가.

쾌락의 시간이 지나고 미처 뒷수습도 하기 전에 방문이 열렸다. 옥순이였다.

옥순이는 외마디 비명을 지르더니 두 손으로 얼굴을 가렸다.

계단을 뛰어내리는 소리가 들렸다. 석민 엄마는 누운 채 하얗게 웃었다.

사랑한다는 증거를 보일 각오를 단단히 하고 돌아왔으리라.

다음 날, 나는 옥순이 언니로부터 옥순이가 전날 밤에 교통사고를 당했단 전갈을 받고 병원으로 달려갔다.

차가 인도로 뛰어올라 행인을 한꺼번에 서너 명이나 치

었다는 것이다.

순전히 운전사의 과실이었고, 과실 중에도 중과실이었다.

치인 사람 중에는 아직 살아 있는 사람도 있었고, 이미 죽은 사람도 있었다.

옥순인 이미 죽어 있었다. 외관상 상처 하나 없이 고운 얼굴로 죽어 있었다.

파란 입술을 가만히 들추어보니 하얀 옥니가 가지런히 맞물려 있었다. 미제 지퍼처럼 단단하게.

다시는 열리지 않으리라. 나는 그것을 영원히 열 수 없게 된 것이다.

결혼하자고 조르면서도 맨날 동화나 읽고 숨은그림이나 찾던 애어른은 영원히 애어른인 채 잠들어 있었다.

나는 그녀 곁에 놓인 그녀의 소지품 중에서 노란 바바리를 집어 들었다.

가슴에 검붉은 핏자국이 비로소 그녀의 죽음을 실감케 했다.

나는 그녀의 언니에게 허락을 받아 그것을 내 것으로 거두었다.

서울 와서 취직하고, 봄 가고, 여름 가고, 가을을 보내는 동안 나에게 남겨진 확실한 건 오직 피 묻은 바바리가 전부였다.

꼭
두
각
시
의

꿈

바깥은 지독한 추위였다.

"빌어먹을. 대한 추위 소한 추위도 곧잘 빼먹으면서 입시 추위만은 한 해도 안 거른단 말야."

나는 뱃속의 불만을 '카악' 하고 끌어 잡아당겨 힘껏 뱉었지만 결과적으론 동전만 한 타액이 검은 아스팔트 위에 희게 얼어붙었을 뿐이었다.

교문까지의 길고 긴 아스팔트 길은 경사도 굴곡도 없이 곧게 뻗었고 양쪽엔 가로수가 일정한 간격으로 서 있다.

무슨 나무일까? 작년에도 나는 그것을 궁금해했었다. 뭐라는 나무일까 하고 이름을 궁금해한 게 아니라 어떤 모양의 잎이 되고, 그 잎은 가을에 어떤 빛깔로 물들까를 궁금해했었다.

아니지, 아마 그때 나는 그것을 궁금해 했다기보다는

그것을 볼 수 있으리라는 부푼 기대 속에 있었을 게다. 그러나 나는 그것을 볼 수 없었다. 작년에 나는 낙방을 했기 때문이다.

작년에 낙방을 하고 올해 다시 해골만 서 있는 나무들을 본다.

얼음장같이 투명한 겨울하늘을 바탕으로 활달하면서도 섬세한 선을 뚜렷이 드러낸 겨울나무들을 바라보면서 나는 문득 선비의 해골을 연상했다.

단단하면서도 정결한 게 흡사 선비의 해골 같다고 생각했다. 죽어서 비로소 하늘 향해 네 활개를 펴고 춤을 추는 선비의 해골 같다고 생각했다.

그럼 선비란 무어냐? 이 고풍스러운 말의 바른 뜻은 무어냐?

학식은 많으나 벼슬 안 한 어진 이? 아니지, 학식은 많은데도 벼슬길이 안 틔어서 늘 뱃속에서 욕구불만이 죽 끓듯 하던 불우한 이?

그럼 뭐야, 선비가 바로 재수생 아냐? 빌어먹을 난 또 뭐라구. 그런 생각이 들자 시험 칠 동안 어디로 깜쪽같이 도망가버려서 나를 가엾은 빈털터리로 만들었던 학식인지 지식인지 유식인지가 별안간 목구멍까지 차올라 가슴이 답답하면서 구역질이 날 것 같았다.

불현듯 담배 생각이 났다. 이럴 때 꼭 한 모금만…… 빨았으면 좋으련만 아침에 어머니가 챙겨서 입혀준 옷에 그런 것이 들어 있을 리 없다.

나는 가까스로 담배 생각을 억제하며 겨울나무들에게 친화감을 느끼려고 애쓴다. 내년에도 후년에도 일 년에 한 번씩은 꼬박꼬박 아주 추운 날 나는 이 겨울나무들을 만나러 올 수밖에 없을 테니까.

이 겨울나무들이 나에게 그들의 잎이나 꽃이나 열매나 단풍을 보여주는 일은 아마 영원히 없으리라. 그것은 막연한 예감이 아니라 거의 확신이었다. 올해도 낙방을 할 테고 내년에도 후년에도 후후년에도 낙방은 떼어놓은 당상이니까.

나는 다른 시험도 거의 다 죽을 썼지만 마지막 과학 시험은 숫제 깨끗이 포기했다.

붙들고 끝까지 씨름했더라면 반의 반 타작쯤 했을지도 모를 것을.

세일대학 입시요강엔 엄연히 명시돼 있다. 한 과목이라도 영점인 학과가 있다면 아무리 총점이 합격선을 넘어도 입학을 허락할 수 없다는 게.

그걸 알고서도 아니 알았기 때문에 나는 마지막 과학 시험을 포기했다.

빌어먹을…… 나는 으르르 떨면서 또 한 번 담배를 찾았으나 없다. 미치게 담배 생각이 난다.

10대 1의 경쟁률이다. 빌어먹을…… 그러니까 나하고 같은 수험장에서 시험을 친 50명 중 45명이 떨어진다. 45명이 발표 날까지의 보름 동안 헛된 꿈을 꾼다.

마지막 과학 시험에 똥줄이 빠지게 엉겨봤댔자 45명은 말짱 헛수고다.

그러니까 나는 그 45명의 허무맹랑한 꿈을 조롱하기 위해 과학 시험을 포기하고 뚜벅뚜벅 걸음걸이도 장중하게 수험장을 걸어나온 것이다.

걸어나오는 동안 나는 뱃속이 폭발할 듯한 기쁨을 느꼈다.

그러나 바깥은 너무 추웠고 주머니 속엔 꽁초 한 개비도 없었다. 나는 빠르게 비참해졌다.

내 앞에 뻗은 길은 수평으로 곧고 한없이 길다. 그 긴긴 길을 혼자 걸어서 나가기가 두렵다.

그 긴긴 동안의 추위와 고독이 두렵다.

그 긴긴 길을 혼자서 걷다가는 추위와 고독의 압박에 못 이겨 그 긴긴 길이 끝나는 지점에서 나 또한 소실점(消失點)이 되어 없어져버릴 것 같다.

나는 기다릴 수밖에 없었다. 거대한 7층 교사가 음산한 그늘을 드리운 빙판에서 과학 시험이 끝나고 수험생들이 쏟아져 나오길 기다려야 한다.

과학 시험은 길게도 본다. 60분이던가 90분이던가. 빌어먹을, 발이 시리고 저리다 못해 완전히 감각이 없다.

90분을 치든 50분을 치든 100명에서 90명을 떨구기는 마찬가지다. 그것이 변경될 리는 없다. 빌어먹을……

미치게 담배 생각이 난다. 내 앞에 뻗은 긴긴 길이 끝나기 전에 식당이 있고 매점이 있다는 걸 나는 알고 있다. 거기서 쉽게 담배를 살 수 있다는 것도.

그러나 내가 두려워하는 건 바로 그 식당이다.

내가 내 앞의 긴긴 길을 혼자 걷기를 두려워하는 건 실은 추위 때문도 고독 때문도 아니다. 추위와 고독은 핑계에 지나지 않는다.

추위는 겨우내 내 것이고, 고독은 방금 과학 시험을 포기하고 혼자서 45명에게 등을 돌리고 당당히 걸어나올 때 이미 충분히 맛보았을 터였다.

내가 정말로 두려워하는 것은 대식당 속에서 수험생들을 기다리고 있는 수많은 학부모 중의 우리 부모와 만나지는 거였다.

내가 진작 그 생각을 했더라면 과학 시험을 그런 치기만만한 방법으로 포기하지는 않았을 게다.

처음부터 끝까지 코를 드르렁드르렁 골아줄 수도 있었을 테고, 재수학원 책상에 남긴 것과 같은 조각을 세일대학 책상에 남기기 위해 시간을 보낼 수도 있었을 것이다.

아무튼 수험생이 쏟아져 나와 저 일직선의 아스팔트 길을 새까맣게 뒤덮을 때 나도 한몫 끼어 고개를 길게 빼고 지키고 섰을 부모님의 눈을 감쪽같이 피해 교문 밖에 나설 수 있었을 것이다.

나의 부모는 자식에게 열성적이고 헌신적이고, 그러고도 유식하다. 나는 부모님의 열성, 헌신이 다 달갑지 않지만 특히 겁나는 게 유식이다.

마지막 수험시간 종이 울린 지 얼마 안 돼서 제일 먼저 걸어나오는 놈이 자기 아들이라는 걸 알면 아마 놀라도 보통 놀라지 않겠지만 절대로 무식하게 놀라지는 않을 게다. 나는 나의 부모가 유식하게 놀라는 게 싫다.

나의 부모는 예전 대학 졸업생이다. 나의 부모는 기회 있을 때마다 자신이 이 예전 대학 졸업생이라는 걸 강조하지 못해 한다. 거기 아주 특별하고도 거룩한 뜻이 있다고 생각하는 모양이다.

나의 부모는 자신의 학벌을 말할 때 학교 이름은 빼고 덮어놓고 '예전 대학' '예전 대학' 하기 때문에 그리고 그 소리를 너무도 엄숙하고 도도하게 했기 때문에 나는 한때

'예전 대학'이라는 이름의 대학이 지금의 서울대학보다 더 높고 거룩하게 존재했다가 그런 높은 곳에 수용할 만한 인재의 고갈로 없어졌다고 믿은 적이 다 있을 지경이었다.

"지금 대학, 그 흔해빠진 게 무슨 대학이냐? 어중이떠중이 다 가는 놈의 대학, 예전 대학은 안 그랬다. 어림도 없었지. 예전엔 사람들이 그래도 분수라는 걸 차릴 줄 알았기 때문에 어디다 감히 어중이떠중이들이 대학 문을 넘봐? 어중이떠중이가 다 가니까 대학 질이 요새처럼 형편없어질 수밖에. 여북해야 예전 중학교 졸업생이 지금의 대학교 졸업생과 맞먹나. 그러니까 예전 대학은 지금의 대학원 졸업생? 아니지, 그까짓 어중이떠중이 다 가는 대학원, 아마 외국 유학하고 온 것과 맞먹을걸."

이렇게 자신 있게 단정을 했다. 어디다 근거를 두고 그런 단정을 할 수 있는지 그것까지는 잘 모르겠다.

그러나 알고 보면 나의 부모님이 졸업했다는 예전 대학이 그다지 예전도 아닌 바로 6·25 전의 대학이다.

부모님은 이렇게 대학을 6·25 전과 후로 나누어 엄청난 질의 차이가 있는 것으로 믿고 있다. 내가 머리가 커지면서 알기로는 그야말로 어중이떠중이 힘 안 들이고 대학 문턱 넘을 수 있었던 것은 바로 해방 직후의 혼란기라고 알고 있는데.

그러니까 나의 부모님이야말로 그렇게 쉽게 들어가 6·25 직전에 졸업했다고 볼 수도 있었다.

실상 나는 부모님의 학벌 따위에 그다지 관심이 있는 게 아니다.

문제는 부모님이 어중이떠중이 다 들어가는 대학이라고 요즈음의 대학을 깔보면서도 그 대학에 자식을 집어넣기 위해 입시 준비기간 중 얼마나 헌신적이었나에 있고 배은망덕하게도 부모님의 그런 헌신을 저버리고 내가 낙방했다는 데 있고, 내 낙방에 우리 부모가 얼마나 유식하고 고상하게 놀라고 얼마나 유식한 부모답게 대처했느냐에 있다.

아까도 말했지만 나는 우리 부모의 유식이 겁나게 싫다.

부모님의 유식에 대한 내 이런 혐오감은 꽤 오래 전에 아마 국민학교 적에 이미 시작되지 않았나 싶다.

국민학교 4학년 때 나는 처음으로 시내버스를 친구하고만 타봤다. 학교가 바로 지척에 있었고 부모님하고 같이 버스를 타는 일도 어쩌다가 있었기 때문에 나는 버스가 우리 동네와 멀어져갈수록 알지 못할 흥분과 해방감을 느꼈다.

버스에 올라와 상품을 선전하는 장수의 청산유수 같은 구변과 싸구려 물건들도 신기했다.

"이 바늘로 말씀드릴 것 같으면…… 본 선전기간을 통해서 단돈 50원에 드리겠사오니 구경해보시고 말씀해주십시오."

더욱 신기한 것은 배보다 배꼽이 더 크다고 단돈 50원짜리 바늘 한 쌈에 덤으로 골무, 귀이개, 머리핀까지 끼워주는 거였다. 같이 탄 내 친구가 그것들을 샀다.

"이 새끼가 창피하게 여자 걸 뭘 하러 사고 있어?"

"짜아식 알지도 못하고. 엄마 갖다드릴 거야. 엄마들은 이런 걸 선물하면 얼마나 좋아하신다고."

친구는 자못 어른스럽게 말했다. 그 바람에 나도 덩달아 그걸 샀다.

저녁때 부모님이 한자리에 계실 때 그걸 드렸다. 친구한테 들은 대로 색종이에 포장까지 해서. 그러나 나의 부모님은 하나도 좋아하시지 않고 지극히 복잡스럽고도 심각한 얼굴을 했다.

"아니 사내녀석이 이런 여자들 걸? 여보, 여보, 여봇, 얘가 누나들 밑에서 자라더니 암만 해도 이상해요. 이게, 무슨 콤플렉스는 콤플렉슨데 무슨 콤플렉슬까요? 네, 여보."

어머니와 아버지는 밤이 이슥하도록 무릎을 맞대고 내가 무슨 콤플렉슨가를 상의하는 모양이었지만 결론이 안 나는 모양이었다.

그때만 해도 나는 콤플렉스가 무슨 큰 병의 이름인 줄 알았다.

그래서 여성적인 것에 대한 관심이나 호기심만 동할라 치면 '에크, 또 그놈의 고약한 병이 도지는군' 하면서 억제하려 들었다.

덕택에 나는 외양만 우락부락할 뿐 실은 계집애같이 여리고 민감한 감수성을 내부 깊숙이 키우고 있었던 것이다.

중학교를 들어가고 나서 나는 조석으로 버스를 타고 통학하게 되었다.

그때는 이미 버스가 나에게 해방감을 줄 리 만무했고 행상의 획일적인 선전문구가 신기할 리도 만무했다.

그런 어느 날, 아마 중2 때 아니면 중3 학기 초였을 게다. 니코틴을 제거한다는 파이프 장수의 선전 솜씨가 특이했다. 그는 폐암의 가공할 치사율과 그 지긋지긋한 고통을 겪어본 것처럼 생생하게 설명했다.

그러고는 끽연과 폐암과의 떼려야 뗄 수 없는 관계에 대해 전문적인 의학용어까지 동원해가며 진지한 설명을 했다. 그의 희멀건 용모가 한층 그의 말에 신빙성을 부여했다. 그러고는 신제품, 니코틴 제거용 파이프를 한 사람 한 사람에게 정중히 권했다.

거의 모두 샀다. 내 앞에도 그 상품이 왔다.

"저는 아직……."

나는 머리를 저으며 아직 그 끔찍한 담배를 안 피운단 소리를 했다.

"아버님도?"

그는 되물었다. 나는 하루에 한 갑 이상을 피우는 아버지 생각을 하며 그 생각을 미처 못한 내 불효에 얼굴을 붉혔다. 나는 그걸 샀다. 물론 아버지를 위해서.

그러나 부모님은 바늘을 받았을 때와 마찬가지로 심각하고 복잡스러운 표정을 지으시는 것이었다.

"여보, 드디어 때가 왔어요. 틀림없어요. 애가 파이프를 샀다는 것, 이것은 애가 담배를 피우고 싶다는 잠재의식의 발로일 거예요. 틀림없다니까요."

전번엔 콤플렉스한테 당하더니 이번엔 잠재의식한테 당했다.

내 잠재의식은 파이프에 의해선지 부모님의 간파에 의해선지, 하여튼 그 오랜 잠에서 깨어 드디어 내 의식의 표면에 부상한 것이다. 나는 중3 때부터 담배를 피우기 시작했다.

마지막 종이 울렸다. 그것은 나와는 상관없는 종소리였다.

나는 이미 그 종소리로부터 자유로워져 있을 터였다. 그런데도 나는 흠칫 놀라며 주머니 속의 빈손을 다급하게 움켜쥐었다. 그 속에 시험지라도 있는 것처럼.

어쩌자고 그 치사한 시늉을 또 하고 만 것일까?

종소리와 함께 여지껏 절망적이던 시험문제에 갑자기 서광이 비치는 것 같아지는 순간이었다.

절망과 희망이 불꽃을 튀기며 마찰하고 시간이 칼날같이 예리하고 차갑게 살갗을 스치는 순간이다.

어쩔 것인가, 다급하게 시험지에 달려들 수밖에.

시험지를 받고 나서 줄창 나와 시험지 사이를 장막처럼 가로막고 있던 권태가 거짓말처럼 말끔히 걷히면서 비로소 시험지를 향해 전력으로 투구하려는 빛나는 찰나—, 그러나 시험관의 냉혹한 시선이 나를 노려보고 있다. 모든 수험생들이 시험지를 책상 위에 엎어놓고 제법 만점 받은 얼굴로 두 손을 머리에 얹고 시험관이 시험지를 걷어가기를 기다려야 하는 정적의 시간인 것이다. 행동의 시간은 이미 지난 것이다.

비단 입학시험이 아니더라도 고등학교나 재수학원 시절, 모의고사나 배치고사 등 중요한 시험만 치르려면 영락없이 끝나는 종소리와 함께 시험지에게 왈칵 덤벼들고 싶은 못된 버릇이 나에겐 있었다.

마지막 시간 시험을 거부하고 한데서 떨고 있는 지금도 끝나는 종소리를 듣자 나도 모르게 또 그 치사한 시늉이 라도 하고 만 것이다.

마치 종소리만 듣고도 침을 흘리도록 조건반사에 길들 여진 불쌍한 실험용 개처럼.

끝나는 종소리가 나고도 수험생들은 좀처럼 밖으로 쏟 아져 나오지 않았다. 수험생을 뱃속 가득 은닉하고 있는 세일대학 캠퍼스 내의 크고 작은 건물들은 하나같이 빈집 처럼 괴괴하다.

빌어먹을— 무엇들을 하고 있을까. 무엇들을 하고 있든 이미 나와는 상관없는 일이다. 그런데도 나는 그게 궁금 하다.

이윽고 수험생들이 쏟아져 나온다. 하나같이 시험 잘 본 얼굴을 하고 쏟아져 나온다.

열 명 중 아홉 명이 떨어지게 돼 있다는 끔찍한 사실을 그들은 전혀 모르는 것처럼 희희낙락한 얼굴들이다. 머저리 같으니라구. 아무리 사람은 태어날 때 한 치 앞을 못 보게 태어났다지만 어떻게 저렇게 무지몽매할 수가 있을까.

꾸역꾸역 한없이 쏟아져 나오는 머저리들 중 제일 꼴불 견의 머저리들은 아직 고등학교 교복을 단정히 입고 밤송 이만큼 자란 머리에 교모까지 쓰고 있는 족속이다. 그러니까 재수생이 아닌 금년도 졸업생들이다.

졸업식을 끝낸 지 한 달 가까이나 되는데도 그들은 교복을 입고 있다. 졸업식 날 교복에 연탄재로 낙서를 하고, 면도날의 기능을 시험하고 할 때 같아서는 그 옷을 다시 입을 수 있으리라곤 아무도 상상할 수 없었을 게다.

그러나 입시 날만 되면 금년도 졸업생은 하나도 안 빼고 멀쩡하게 교복을 차려입고 나타난다.

교복을 안 입어서 행여 재수생하고 혼동되면 큰일이라도 날 것처럼 꼭 금년도 졸업생 티를 내려 든다. 그 알량한 티를.

머저리들 같으니라구. 교복이나 배지만 빼놓으면 당장 시체가 될 것처럼 교복과 배지에 악착같이 집착하는 꼴들이라니.

아마 그들은 고등학교 교복 벗는 날이 곧 신사복 깃에 세일대학 배지를 달 수 있는 날이 되기를, 고등학교와 대학교와의 잇잠에 한 치의 어긋남도 없기를 간절히 바라고 있을 테지만 그렇게는 안 될걸.

열 명 중 아홉 명은 형의 낡아빠진 신사복이나 엄마가 대도백화점에서 사온 싸구려 잠바에 아무것도 못 달고 거리를 다녀야 할 것.

아무 집단에도 안 속한, 아니 못 속한 그 허허한 외로

움—.

왜 사회는 젊은 놈이 반드시 어떤 집단에 속해야 비로소 사람 구실을 할 수 있는 철통같은 제도를 마련해놓고도 열 명 중 아홉 명은 아무 집단에도 안 끼워주고 팽개쳐버리는 걸까.

이 추위에 오버도 안 입고, 빳빳이 풀을 먹인 흰 깃을 여봐란 듯이 단 여학생들도 적잖이 섞여 있다.

빌어먹을……, 고등학교 졸업했으면 제꺼덕 시집이나 가든지 흔해빠진 여자대학이나 갈 것이지 감히 어디라고 명문 세일대학석이나 와가지고 불쌍한 낙방생의 수효를 늘리는 데 이바지할게 뭐람.

나는 여자가 대학을 졸업해 봤댔자라는 걸 알고 있었다. 어머니를 통해, 누나들을 통해 지겹도록 알고 있었다.

셋이나 되는 누나들은 하나같이 대학 출신이지만 좋은 데 시집가기 위해 그걸 딱 한 번 써먹었을 뿐이다. 그리고 어머니를 닮아 느닷없이 유식한 척하기를 좋아할 뿐이다.

매형하고 싸우고 친정으로 쫓겨와서 어머니한테 울면서 하소연할 때 "그이하고 저하곤 의견이 안 맞는 걸 어떻게 해요?" 해도 될 것을 "그 작자하고 나하곤 도대체 의식구조의 차원이 다른 걸 어떻게 해?" 하는 식으로 말이다.

나는 내가 작년에 낙방한 것도, 올해도 틀림없이 낙방

할 것도 다 여학생들 때문인 것처럼 느낀다. 쌀알을 능가하게 끼어든 요즈음 도시락의 보리쌀처럼 함부로 남자를 넘보고 해마다 증가일로에 있는 여자 응시생 때문인 것처럼 느낀다.

여학생들에게 맹렬한 적의를 느끼면서도 어느 틈에 나는 흰 깃 위에 상큼한 목을 거쳐 얼굴을 살피기 시작하고 있었다. 누구를 찾는 것처럼 한 사람 한 사람 유심히 살폈다.

갸름한 얼굴도 있고, 동그란 얼굴도 있고, 통통한 얼굴도 있고, 야윈 얼굴도 있다. 그런대로 다 예쁘다. 눈이 부시고 얼굴이 화끈댈 만큼 예쁘다.

그러나 내가 찾는 얼굴은 아니다. 부드러운 턱과 잘 웃지만 잘 말하지 않는 선이 고운 입술과 사람의 속을 꿰뚫어보는 것 같으면서도 결코 날카롭지 않은 맑고 지혜로운 눈이 있는 그리운 얼굴을 나는 찾아내지 못한다.

내 내부에서 여학생들에 대한 적의와 그리움이 싱싱하게 갈등한다.

마침내 수없는 건물에서 쏟아져 나온 수험생과 학부모가 뒤섞여 일직선의 통학로뿐 아니라 잔디, 정구장, 노천극장 할 것 없이 인산인해를 이룬다.

아무리 극성맞은 우리 부모이기로서니 이 인파 속에서 나를 찾아낼 수는 없으리라.

나는 혼자서 멋대로 싸다니다가 밤늦게 집에 돌아갈 수도 있을 것이다.

시험에 대한 아버지와 어머니의 집요한 질문공세는 어차피 한 번은 당할 일이지만 당장은 면하고 싶다. 이 인파에서 으슥한 곳으로 질질 끌려가 영어문제는 어떠했고 수학문제는 어떠했고, 예상 커트라인에 대한 풍문은 어떻구 식의 심문을 받는 일만은 어떡하든 면하고 싶다.

나는 파카 깃을 세우고 그 속에 고개를 자라 모가지처럼 움츠리고 인파 한가운데 섞여 땅만 보고 곧장 교문을 향해 걷는다.

누가 어깨를 툭 친다. 들켰구나. 가슴이 철렁 내려앉는다. 그러나 어머니도 아버지도 아니다. 고교 동창인 성길이다.

작년에 성길이는 공과를, 나는 법과를 지망했다가 같이 낙방해서 같은 재수학원을 거친 사이다.

"잘 봤니?"

내가 먼저 묻는다.

"잡쳤어."

성길이가 우울하게 대답하고 찌그러진 담뱃갑을 꺼내더니 나한테 먼저 내민다.

담배는 고맙지만 화가 난다. 성길이가 잡쳤다는 게 엄살 같지 않아서였다.

"끝까지 열심히 보긴 봤니?"

나는 내가 한 깐이 있어서 우선 그것부터 따진다.

"그럼 열심히 보지 않으면?"

만일 성길이가 나처럼 시험을 도중에서 포기한 과목이 한 과목이라도 있으면 한 대 갈겨줄 것 같다.

다시 한 번 흰 깃 위에 청초한 목과 부드러운 턱과 선이 고운 입술과 날카롭지 않으면서도 남의 속까지 꿰뚫어보는 것 같은 눈이 있는 얼굴이 생각난다.

그것은 누님의 얼굴이다. 성길과 내가 똑같이 누님이라고 부르는 성길이 누님의 얼굴이다.

성길이가 또 낙방을 하면 누님이 얼마나 실망할까. 그 아름다운 이가 빠질 비탄을 생각하면 내 낙방 같은 건 문제도 아니다. 성길이를 어디 한군데 부러지도록 패주어도 직성이 풀릴 것 같지 않다.

흰 깃이 달린 감색 교복에 무거운 책가방까지 든 여학생이 한 떼 날카로운 소리로 깔깔대며 우리를 밀치고 앞서간다.

"재수 나쁘게 계집애들이……."

"오나가나 계집애들 꼴 보기 싫어서 입맛 떨어진다니까. 글쎄 공대 지망생 중에도 계집애가 있잖아."

"누가 아니라니. 법대 지망도 적지 않던걸. 나하고 같은 수험장에만도 다섯 명이나 있었으니까. 가사과라면 또 몰라. 계집애들이 아무리 간댕이가 부었기로서니 공대 법대가 아랑곳이야?"

"난 가사과도 못 참아줘. 우리 누님도 못 가는 대학을 제까짓 것들이······."

성길이가 씹어뱉듯이 말하고 우울하게 하늘을 쳐다봤다. 겨울하늘은 얼음장 같은 빛깔을 하고 있다.

참 그렇지 누님도 못 가는 대학을 제까짓 것들이.

나는 내가 아까부터 여학생들에게 느끼고 있는 적의의 원인을 이제야 안 것 같다.

그들에 의해 내가 밀려난 것 같은 게 분한 게 아니라 누님도 못 가는 대학을 그들은 갈 수 있다는 것으로 그들을 그렇게 참아줄 수가 없었던 것이다.

여학생들이 또 웃는다. 이번엔 등 뒤에서 들린다. 날카롭지만 노래처럼 즐거운 웃음소리다. 등이 화끈해진다. 그리고 괜히 화가 난다.

빌어먹을. 일직선의 아스팔트 길, 일직선의 통학로는 길기도 하다.

"또 떨어질 것 같아."

성길이가 잠바 속으로 고개를 움츠리며 죽고 싶은 얼굴

을 한다.

"짜아식 기운을 내. 나도 잡쳤어. 그렇지만 발표 날까지는 희망을 가져보는 거지 뭐."

나는 제법 씩씩하게 말하고 성길이 어깨를 툭툭 친다. 나는 어쩌자고 희망썩이나 품어보려는 걸까.

나는 성길이 앞에서는 의젓하고 제법 어른스러워지는 버릇이 있다. 성길이를 통해 누님을 의식하기 때문이다. 그 아름다운 이를.

"넌 누님이 없으니까 그런 소리를 하는 거야, 인마."

성길이가 아직도 투정이다.

"짜아식 내가 왜 누님이 없니, 자그만치 셋이나 있다. 셋."

나는 자고 싶은 건지 죽고 싶은 건지 분간 못 하게 흐리멍덩한 성길이 얼굴 앞에 손가락을 세 개 뻗쳐 보인다.

"누가 그런 누님 말야? 우리 누님처럼 동생 대학 보내려고 자긴 대학 가는 걸 포기한 누님 말야. 동생 입학금 하려고 취직해서 버는 돈 꼬박꼬박 적금 붓는 누님 말이지. 혁아, 술 사주지 않을래? 진탕 먹고 취하고 싶어."

"짜아식 술도 못 하는 주제에."

"아냐, 오늘은 마시고 싶어. 집에 곧장 들어가기 싫어서 그래. 우리 집은 지옥이야."

"짜아식 점점 못 하는 소리가 없잖아."

"넌 몰라서 그래. 동생을 위해 희생하는 누님이 있는 집 구석이 어떻다는 걸 너는 몰라서 그래."

나는 성길이를 실컷 패주고 싶은 걸 억지로 참는다. 대신 억세게 팔짱을 낀다.

"내가 집까지 데려다주지. 오래간만에 누님도 뵐 겸."

다시 감색 교복과 흰 깃 위에 아름다운 얼굴이 떠오른다.

그 아름다운 얼굴에서도 가장 아름다운 곳은 선이 고운 입술이던가. 남의 속을 꿰뚫어보는 것 같으면서도 날카롭지 않은 맑은 눈이던가.

누님이 감색에 흰 깃이 달린 교복을 벗은 지는 이미 오래다. 우리가 고1 때 누님은 고3이었으니까.

그러나 나는 누님의 아름다운 얼굴과 순백의 깃이 달린 여고생 제복을 떼어놓고 생각할 수가 없다.

내가 누님을 처음 만났을 때 누님은 여고생이었다.

고등학교 입학하고 나서 처음 사귄 친구 성길이하고 같이 길을 걷고 있는데 앞에서 한 떼의 여고생이 새소리같이 즐거운 소리로 재깔대며 걸어오고 있었다. 나는 얼굴부터 화끈했다.

더군다나 그중 제일 빼어나게 아름다운 여학생이 우리

를 똑바로 보며 생글대지 않는가. 내 세 치 가슴속은 얼어붙는 것 같으면서 동시에 타들어가는 것 같았다.

드디어 그 여학생이 저희 패거리에서 빠져나와 우리에게로 곧바로 다가왔다.

"이제 학교 파했구나? 새로 사귄 친구니?"

여학생은 성길에게 묻고 있었다.

"응, 우리 누님이야."

성길이는 나에게 퉁명스럽게 그의 누님을 소개했었다.

금호동 가는 버스가 왔다.

성길이 먼저 밀어넣고 나는 안 탈 것처럼 비켜섰다가 맨 나중에 올라탔다. 버스가 떠나자 성길이가 차곡차곡 포개진 사람들 사이에서 몸을 비틀면서 고개를 길게 빼고 두리번대는 꼴이 나를 찾는 것 같았다. 나와 눈이 마주치자 생긋 웃었다.

"짜아식, 정말 데려다줄 거야?"

종점에서 내려서 한참이나 같이 걷고 나서야 성길이는 싱겁게 한마디 했다. 그러고는 불쑥 주머니에서 비닐종이에 싼 것을 꺼내 내 손에 쥐여줬다. 오랫동안 손으로 주무르고 있었던 듯 그것은 체온만큼 따뜻하고 눅진눅진했다. 엿이었다.

그것이 엿이라고 깨닫자 나는 기묘한 낭패감에 빠졌다.

어른들은 알까? 입시 날 아침에 부모들이 한사코 먹이지 못해하는 엿 맛이 어떻다는 것을.

"먹어, 네 몫이야."

"내 몫?"

"응, 아침에 누님이 나 한 조각 주고, 너 만나거든 주라고 따로 한 조각 더 주더군."

"누님도 별수 없군."

나는 그 눅진눅진한 것에서 비닐을 떼어내고 입속에 넣었다. 그것은 곧 이빨이라도 빼낼 것처럼 악랄한 끈기가 되어 엉겨붙었다.

그렇지만 엿의 이런 끈기와 합격이 무슨 상관이란 말인가. 어른들은 입시철만 되면 왜 이렇게 모두 어리석어지는 걸까. 누님까지도.

문제는 열 명 중 아홉 명이 떨어지고 한 명만 붙게 돼 있다는 데 있다. 과외공부, 또 과외공부로도 모자라 온갖 미신적인 주술의 힘, 엿의 끈기, 찹쌀의 끈기까지도 빌어다가 붙는 것을 도와주고 싶게 붙기가 어렵다는 데 있다. 빌어먹을.

나는 힘겹게 턱뼈를 움직여 엿을 씹으며 열 명 중 아홉 명은 떨어지게 돼 있다는 절벽 같은 기정사실에 절망과

분노를 동시에 느꼈다.

"우리 누님 워낙 말이 없잖아. 입학원서 살 때 제발 실력에 맞는 대학으로 가란 소리 한마디밖에 한 게 없어. 글쎄, 재수하는 일 년 내내 대학에 대해 누님이 한 말은 그게 전부였다니까. 숫제 공부해라 공부해, 내가 누굴 바라고 이 고생인 줄 아니? 이번에 또 떨어지면 너 죽고 나 죽을 줄 알아, 하고 매일 들들 들볶기나 했으면 오죽이나 좋아. 오늘 아침에도 누님이 학교 앞까지 택시로 데려다줬어. 버스 타고 혼자 가겠다고 일찌거니 나왔는데 어느 틈에 따라와서 택시를 잡고 나를 밀어넣잖아. 작년에도 누님은 그랬었어. 택시 속에서도 누님은 시험에 대한 말은 한마디도 안 했어. 묻지도 않은 누님 직장 애기만 하더군. 일도 편하고 월급이 또 오른단다. 그놈의 직장은 아마 일 년에 열두 번은 월급을 올려주나봐. 툭하면 월급 올랐단 소리야. 아무튼 재수학원에 내는 수업료 줄 때마다 희색이 만면해가지고 월급 오른 자랑이었으니까. 그러더니 학교 앞에서 나를 시험장으로 밀어넣으면서 손에다 그걸 쥐여주잖아. 엿 말야. 한 조각은 나 먹고 한 조각은 너 주라면서. 그 짓만은 작년엔 안 하던 새로운 짓이었어. 그 짓을 하면서 누님도 어색한지 픽 웃더군. 전혀 누님답지 않은 웃음이었어. 그런 부자연스러운 웃음 때문에 누님의 얼굴이 가면처럼 굳어 있는 걸 보면서 나는 휘청거렸어. 나는 누님이 말 한마디 안 하고 나에게 지워준 엄청난 짐의 무게를 감당할 수가 없었던 거야. 우리 누님도 차라리 수다쟁이였으면 좋겠어. 딴 여자들처럼 말야."

"짜아식, 넌 수다쟁이 여자들이 뭔지 모르니까 그따위 소리를 할 수 있는 거야."

나는 나의 시집간 세 누나를 생각했다.

누나들은 나의 입시철만 되면 다투어서 입으로 한몫 단단히 거들려 든다. 예비고사 발표가 나고 입학원서 쓸 때부터 전화통에서 불이 난다.

큰누나는 주로 서울의 고명한 점쟁이에 관한 정보를 모아들인다.

엄마, 엄마, 한강맨션의 열아홉 살짜리 처녀 점쟁이가 학교 점엔 귀신이래요. 이러면서 어머니를 부추긴다. 오늘은 한강맨션, 내일은 불광동, 모레는 아리랑고개…… 서울엔 학교 점엔 귀신이라는 점쟁이가 많기도 많다. 통금이 해제되자마자 번호표를 맡아놓아야만 해 안에 점을 칠 수 있는 고명한 점쟁이네 가서 미리 번호표를 맡아놓고 어머니를 느지막이 나오게 하는 수고까지도 큰누나는 해준다.

점을 치러 가기 전엔 그 점쟁이에 관한 사전정보를 놓고

쑥덕쑥덕, 치고 와선 점이 맞아서 쑥덕쑥덕 안 맞아서 쑥
덕쑥덕……, 도대체 어머니와 누나는 말이 많았지만 점을
믿는 건지 안 믿는 건지 알 수가 없다.

나의 부모님은 내가 어떡하든 세일대학까지는 가야 한
다고 생각하고 있다. 서울대학씩은 못 바라지만 세일대학
까지는—.

그러니까 부모님이 양보하고 또 양보한 끝에 다다른 하
한선이 바로 세일대학인 것이다. 또 하나, 고등학교나 재수
학원의 배치고사 성적도 겨우겨우 세일대학 선에 달랑달
랑 목을 걸 정도였다. 그러니까 세일대학은 제아무리 고명
한 점쟁이도 어쩌해 볼 수 없는 나의 운명의 선이었다.

그런데도 누나와 어머니는 점을 치고 또 쳤다. 세일대학
쪽으로 운이 틔었다는 점쟁이 말은 믿고 세일대학 쪽으로
운이 막혔다는 점쟁이 말은 믿지 않았다.

큰누나는 새로운 점쟁이 집을 알아내기에도 바빴지만,
점을 치고 와서 그 뒤치다꺼리를 하기에도 바빴다.

어머니의 비위를 맞추기 위해 세일대학 쪽으로 운이 막
혔다는 점쟁이는 실은 그가 엉터리, 사기꾼, 돌팔이라는
정보를 모아들여야 했고, 또 세일대학 쪽으로 운이 틔었다
는 점쟁이는 작년에 누구누구를 맞히고 재작년엔 누구누
구를 귀신같이 맞혔다는 정보를 모아들여 그의 백발백중

의 확률을 증명해야 했으니까.

그러려니 큰누나와 어머니는 말이 많을 수밖에 없었다.

그렇다고 둘째누나 셋째누나가 내 입시를 방관만 하고 있을 리 없었다. 누나들은 하나밖에 없는 친정 남동생에 대한 지대한 관심의 표시가 즉 친정 부모님에 대한 효도라고 생각하고 있었다. 효도 중에도 돈 안 들고 생색은 제일 많이 나는 효도쯤으로.

매형이 대학강사인 둘째누나는 열심히 숨은 입시정보를 모아들였다. 이런 전화는 대개 오밤중에 오게 마련이었다.

엄마, 극비예요. 극비, 일급 비밀, 특급 비밀이에요. 오 서방이 방금 알아들인 정본데요. 글쎄 오 서방 선배인 박 교수하고 황 교수가 세일대학 출제를 하러 들어갔다는군요. 오 서방하고 친하냐구요? 그럼요, 친하다마다요. 작년 크리스마스에도 그분들하고 같이 올나잇한걸요. 그렇지만 아무리 친하면 뭘 해요. 출제하러 일단 들어가면 감옥소나 마찬가지라구요. 감옥소보다 더하면 더하죠. 외부와는 어떤 면회도 금지되니까요. 그렇지만 박 교수하고 황 교수가 출제하면 대개 어떤 문제가 나오리라는 건 짐작할 만하다는 거예요. 그러니 그게 어디예요. 혁이는 수학이 약한데 그게 어디냐구요? 그렇지만 엄마, 이건 극비예요. 그러니 빨리 혁이 바꾸세요.

그러면 어머니는 엄숙한 얼굴로 나에게 먼저 종이와 볼펜을 준비시킨다. 그러곤 조심스럽고도 황공스럽게 나에게 수화기를 넘겨준다. 마치 그 속에서 수학문제가 술술 흘러나오기라도 할 듯이.

그러나 둘째누나는 기껏 혁이니? 말야 박 교수는 말야, 통계학 전공이거들랑. 그러니까 통계 확률 공부를 철저히 하고 황 교수는 기하학 전공이니까 공간도형 공부를 철저히 해, 알았지? 너 이거 극비다. 아무한테도 일러주면 안 된다. 단짝인 성길이한테도 비밀로 해야 된다. 세일대학 같이 치는 수험생은 모조리 네 적이야. 그런 줄 알고 너만 알고 있어, 알았지? 이러기가 일쑤다.

때로는 꼭두새벽에 전화를 걸어서 "엄마, 엄마 큰일 났어. 국어 출제하러 들어간 교수가 지독한 신경질인데 요새 가정에 트러블이 있다는군. 뭐 애정관계겠지. 부인이 미인이라니까. 그러니 보나마나 국어 출제는 비비 꼬여서 나올 거래. 엄만 혁이가 국어에선 점수 딸 거라고 낙관했었지? 그런데 재수 나쁘게 이런 일이 날 게 뭐야. 아무튼 미리 알았으니 얼마나 다행이야. 혁이더러 국어시험지 받거든 아무리 쉬운 것 같아도 얕잡지 말고 꼬인 것 먼저 찾아내라고 해. 꼬인 것 못 찾아내고 쓴 해답은 보나마나 정답이 아닐 거라고. 알았지, 엄마. 그래도 이걸 미리 알았으니 얼마나 다행이야. 엄마두, 교수의 사생활까지 알기가 그리 쉬운 줄 알아. 그리고 참 이것도 극비야 극비. 시험 점수에 미치는 영향도 영향이지만 남의 프라이버시에 관한 것이니까. 이거야말로 정말 지성인끼리 못 할 노릇인데 오 서방도 처남 일이니까 어쩔 수 없이 누설한 거라구" 하면서 남의 편안한 아침잠을 교란시키고 들입다 자기 생색을 내려 든다. 누나들 중 제일 돈 잘 버는 남자를 만나 시집을 잘 간 막내누나도 내 입시에 관심이 극진하기론 아무한테도 안 진다.

입시 날 자가용 내줄게로부터 시작해서 붙으면 뭐든지 사주고 뭐든지 해주겠다는 물질공세지만 워낙 내력이 입심이 좋은 집 딸이라, 그 뭐든지에 포함되는 품목이 어지럽도록 호화롭고 다양했다.

그러나 아마 약아빠진 막내누나는 알고 있을 것이다. 나로 인하여 실제로 물질적인 손해를 입는 일도 공수표를 떼었다는 공격으로 인격적인 손해를 입는 일도 일어나지는 않으리라는 것을.

그 뭐든지에는 반드시 '붙으면'이라는 꼬리표가 붙어다녔으니까.

금호동 꼭대기에 있는 성길이네 판잣집은 바깥채가 가게다. 라면땅이니, 새우깡이니, 뽀빠이니 하는 시시한 과자나 소주, 사이다. 주스 따위를 판다. 가게도 좁지만 진열된 상품은 가짓수도 적고 늘 먼지가 보얗게 앉아 있어 흡사 포장 안 된 시골 버스길 연변의 구멍가게 같다.

연탄난로를 바싹 끼고 앉은 성길이 아버지는 벌써 한잔한 것 같다. 겨울날이면 푸르죽죽하던 딸기코가 정말 농익은 딸기처럼 탐스럽게 이글댄다.

그러나 아무리 코에 화려한 불을 켜고 있어도 이 늙은 홀아비의 전체 인상이 궁상맞고 황량하기는 마찬가지다. 그는 나한테는 시험 잘 쳤냐? 하고, 성길이한테는 인석아 오르지 못할 나무는 쳐다보지도 말아, 했다. 입속에서 우물대는 불분명한 소리로 그런 소리를 했다. 술이 취했으니까 그나마 말을 했지, 그렇지 않으면 비실비실 외면이나 했을 게다.

겨울날이라 이미 어두운 지 오래건만 누님은 아직 들어오지 않았다. 좁은 집구석이 벌판처럼 허허했다.

"누님은 늘 이렇게 늦니?"

"요샌 야근이라나, 거진 열한시가 돼야 들어와."

"월급 올랐다는 게 그럼 야근수당인가보지?"

"알 게 뭐야."

"네가 모르면 누가 아니? 누님이 누구 때문에 그 고생인데……"

나는 울컥 화가 나서 성길이 멱살을 잡았다. 성길이는 대항하지 않고 픽 웃었다. 나도 픽 웃고 멱살을 놓았다.

성길이가 저녁 준비를 했다. 누님이 아침에 씻어놓은 쌀에 물을 부어서 연탄불에 얹어놓기만 하면 됐다. 성길이는 많이 해본 듯 김치찌개도 끓이고 김도 구웠다.

성길이 아버지는 저녁을 먹자마자 허물어지듯이 아랫목에 쓰러져 코를 골았다.

성길이와 나는 저녁 먹은 상을 그대로 놓아둔 채 가게를 보았다.

워낙 추운 겨울밤이라 손님은 아무도 안 왔다. 집집마다 일찌거니 꼭꼭 문을 걸어잠그고, 길엔 지나다니는 사람 하나 없었다. 때때로 매운 바람이 휘파람 같은 소리를 내며 가뜩이나 초라한 상품 위에 먼지를 한 켜 입혀놓고 루핑 지붕을 휘몰아갈 듯이 흔들고 지나갔다.

"내가 소주 사지."

나는 한 손으론 선반의 소주를 꺼내며 다른 한 손으론 주머니에서 오백원짜리를 한 장 끄집어냈다.

"이 새끼가 까불고 있어."

성길이가 내 오백원짜리 쥔 손을 세차게 비틀고 다른 한 손에서 소주병을 빼앗았다. 그러더니 노끈에 매달린 병따개를 잡아당겨 마개를 땄다.

성길이는 딴 곳에서 군것질을 하거나 술을 마실 때 그 비용은 으레 나한테 물리면서 언제나 그의 가게의 물건을 내가 돈 내고 사는 건 질색이다.

"안주는 뭘로 할래?"

나는 대답 대신 선반의 오징어 다발에서 오징어를 한 마리 빼냈다. 얇고 작은 오징어였다. 성길이가 눈을 부라렸다.

"이 새끼야, 그게 얼마짜린 줄 알아? 그래 봬도 삼백원짜리야."

그러면서 오징어를 빼앗고 꽁치 통조림을 꺼내서 따려고 했다.

나는 그 비린 거라면 질색이었다. 그래서 다시 오백원짜리를 꺼내며 오징어는 내가 사겠다고 했다.

성길이는 더 눈을 무섭게 부릅뜨며 내 손을 더욱 세차게 비틀더니 꽁치 통조림을 선반에 얹고 오징어를 연탄불 위에 얹었다.

연탄불 위에서 마른 오징어가 그 얄팍한 몸을 뒤틀었다. 열 개의 다리가 먼 바다가 그리운 것처럼 마지막 유영(遊泳)을 시도했다.

구수한 냄새가 났다. 마침내 오징어가 돌돌 말렸다. 탁자에서 성길이가 작은 유리컵을 두 개 꺼냈다. 뭇사람의

지문이 얼룩져 말이 유리컵이지 부옇게 불투명했다.

그러나 그 속에 넘치는 소주는 이 세상의 어떤 액체보다도 맑고 투명하고 정결했다. 성길이와 나는 같이 침을 꼴깍 삼키고 잔을 높이 들었다.

"너와 나의 행운을 위해."

성길이 녀석이 제법 호기 있게 씨부렁댔다. 녀석은 아직도 열 명 중 한 명의 행운이 우리에게 돌아올지도 모른다고 믿고 싶은 것일까.

술잔을 찰칵 부딪치자 넘쳐서 손등으로 소주가 흘렀다. 나는 손등의 소주를 먼저 핥고 나서 단숨에 들이켰다.

소주에는 일정한 온도가 없다. 차고도 뜨겁다. 나는 찬 소주 맛에 몸을 부르르 떨면서 이미 뱃속에서는 소주가 지나간 통로가 발화점이 되어 활활 달아오르는 걸 느낀다.

성길이가 짜악짜악 건조한 소리를 내며 오징어를 찢었다. 우리는 말없이 홀짝홀짝 소주를 마시고 질근질근 오징어를 짓씹었다. 소주 맛과 마른 오징어 맛의 단순하면서도 오묘한 조화를 무엇에 비길까.

소주병이 바닥이 나자 나는 다시 오백원짜리를 꺼내 휘두르면서 약간 혀 꼬부라진 소리를 냈다.

"이번엔 내가 산다. 결단코 내가 산다. 소주하고 오징어 빨리 가져와. 인마 장사하기 싫어? 거 뭘 우물쭈물하고 있어?"

성길이가 충혈된 눈을 부릅뜨면서 오백원짜리 쥔 내 손을 비틀어다 내 주머니 속에 꾸겨 넣었다.

"이 새끼, 사람 무시하면 당장 죽을 줄 알아."

그러면서 새로운 소주와 새로운 오징어를 꺼냈다. 성길이 녀석 벌써 취해 있었다. 연탄불 위에서 몸을 비트는 오징어를 향해 꼬부라질 듯 고꾸라질 듯 몸을 못 가누고 있었다.

소주병을 몇 개나 비우고 오징어를 몇 마리나 먹었는지 잘 생각나지 않는다. 누님이 돌아온 것을 본 것도 같고 못 본 것도 같다. 가게 문이나 제대로 닫았는지 연탄불 단속이나 했는지도 기억에 없다.

머리맡에 있는 주전자의 물을 벌컥벌컥 들이켜고 나서 비로소 내가 누워 있는 곳이 내 집이 아니란 것을 알았고 옆에서 고약한 냄새를 피우면서 코를 고는 성길이를 발견했다.

오늘도 바깥 날은 되게 추운가보다. 액자처럼 작은 유리창에 낀 성에가 계집애들 속옷의 레이스처럼 섬세하고 아름답다.

미닫이가 조심스럽게 열렸다. 나는 자는 척 눈을 감았다. 누님이라고 생각했기 때문이다.

"아직들 자나?"

누님의 나직한 혼잣말이 들렸다. 그리고 방 안의 어지러 뜨린 것들을 챙기는 것 같은 기척이 들렸다. 누님이 방 안에서 몰래몰래 부스럭대는 소리는 봄바람처럼 가볍고 향기로웠다.

나는 뭔가 참을 수 없는 기분으로 실눈을 떴다. 누님은 로션 같은 것으로 손등을 문지르며 그냥 서 있었다. 자는 성길이를 내려다보며 서 있었다. 방심한 듯 멍하니 서 있었다.

나는 입가에 전혀 웃음이 감돌지 않은 누님을 보는 것은 이것이 처음이라고 느꼈다. 그렇다고 누님이 골을 내고 있는 것 같지는 않았다.

하얀 레이스같이 사치스러운 성에가 낀 작은 창을 배경으로 정지한 누님의 프로필은 슬픈 것도 같고 지쳐 있는 것도 같았다. 순간 나는 가슴이 메어지는 것 같은 슬픈 감동을 맛보았다.

누님은 여전히 아름다웠지만 이미 감색 교복의 순백의 깃이 잘 어울리는 여고생의 아름다움은 아니었다. 나는 그것을 왜 이제야 알아봤을까.

나의 정신연령이 고3 정도의 정신연령에 정지해 있는 동안 누님은 내가 모르는 새로운 경험을 하고 고된 수고를 하며 나이 먹어가고 있다는 걸 나는 왜 진작 인정하려 들지 않았을까?

나는 아름다운 누님을 스치고 지나갔을 새로운 경험과 찬란한 시간에 대해 호기심 같기도 하고 질투심 같기도 한 것을 느꼈다.

누님이 성길이 옆에 조용히 꿇어앉았다. 베개에서 떨어진 성길이 머리를 가만가만히 안아서 베개 위에 편히 눕혔다. 성길이 녀석의 그 지독한 코 고는 소리가 뚝 멎었다. 그러고는 걷어찬 이불을 어깨 위까지 끌어올려 꼭꼭 다독여주었다.

그런 움직임은 소리를 죽인 텔레비전 화면 속의 영상처럼 전혀 소리 없이 다만 부드럽고 고즈넉했다.

실은 나도 이불을 걷어차고 있었다. 옷은 파카까지 입은 채여서 춥지는 않았지만 누님이 내 이불도 끌어올려 다시 다독거려주기를 나는 간절히 바라고 기다렸다.

나는 엄마와 여러 누나들 사이에서 자랐는데도 누님의 손길을 기다리는 동안 생전 처음 여성적인 것과 접촉하는 것처럼 초조하고 긴장했다.

그것은 연정하고는 또 다른 긴박감이었다. 내가 감히 어떻게 누님에게 연정을 품을 수 있단 말인가. 그것은 순전히 여성적인 것에 대한 그리움이요 갈망이었다.

그 갈망이 너무 절실해서 심장이 고통스럽게 죄어왔다. 여간한 자제력 아니면 비명이라도 지를 것 같았다.

그러나 누님은 내 이런 갈망을 아는지 모르는지 성길이 이불 위에 한 손을 얹고 한 손으론 성길이 이마에 흘러내린 머리를 쓰다듬고 있었다. 손가락으로 빗질해 뒤로 넘기는 일을 누님은 무심히 되풀이하고 있었다.

나도 그런 부드러운 빗질을 당하고 싶었다. 지금 누가 나에게 나를 세일대학에 합격시켜주는 기적과 누님의 빗질과 어떤 것을 골라잡겠느냐고 묻는다면 아마도 서슴지 않고 누님의 빗질을 골라잡았을 것이다.

누님이 성길이 머리를 빗질하며 성길이를 굽어보고 있는 얼굴엔 여전히 웃음이 없다. 슬픈 것도 같고 지친 것도 같을 뿐이다.

선이 고운 입술은 약간 열린 채고 그 사이로 소리 없는 한숨이 새어나오고 있다.

이 아름다운 이는 지금 상심하고 있다. 성길이 때문에. 성길이가 또 시험을 잘 못 친 것을 눈치챈 때문일까, 아니면 단지 어젯밤의 주정 때문일까? 아무튼 누님은 지금 성길이 때문에 상심하고 있다.

나는 성길이에게 적의와 질투를 동시에 느꼈다. 성길이가 정작 낙방을 하면 누님이 얼마나 실망을 할까. 이 아름다운 이가 비탄에 빠질 생각을 하고 이 아름다운 이 앞에서 성길이를 어디 한군데 부러지도록 패줄 생각을 하면 비극적인 쾌감마저 느껴진다.

이윽고 누님이 꿇어앉은 자세 그대로 앉은걸음을 치더니 나에게로 다가왔다. 봄바람처럼 향기로운 누님의 냄새가 났다.

누님의 손길이 내 이불을 어깨까지 끌어올리더니 꼭꼭 다독거렸다. 나는 너무 고마워 울고 싶었다. 천애의 고아가 처음 맛보는 육친애적인 접촉처럼 나는 누님의 손길에 온몸의 감각을 모으고 집착했다.

나는 가슴을 조이고 누님의 손길이 좀 더 내 피부로 가까워지기를 기다렸다. 즉 나는 누님이 내 머리도 성길이 머리처럼 빗겨주길 바라고 있었던 것이다.

그러나 누님은 시계를 보더니 일어서려고 했다. 나는 눈을 번쩍 떴다. 그리고 팔을 뻗어 누님의 허리를 안았다.

곧 출근할 참인 모양으로 누님은 엷은 화장에 단정한 옷차림을 하고 있었다.

나의 돌발적인 행동에도 누님은 놀라는 기색이 전혀 없이 조용히 웃기만 했다.

"이제 깼어요?"

"아까아까부터 깨 있었어요. 누님이 들어오시기 전부터

요."

"저런."

누님은 놀라는 시늉을 했지만 실은 조금도 놀라워하고 있지 않다는 걸 나는 알고 있었다. 그래서 누님은 나나 성길이보다 훨씬 작은 주제에 늘 누님답게 의젓한지도 몰랐다. 나는 그게 괜히 심통이 났다.

"나는 다 봤단 말예요. 실눈 뜨고―."

"저런…… 내가 뭘 들켰을까? 혁이한테."

"다 봤단 말이에요. 누님이 창문의 성에를 손톱으로 긁어서 하트를 그리는 걸. 쳇, 유치하게시리……."

"저런, 저런, 점잖지 못하게시리. 그런 건 보고도 못 본 척하는 게 유치하지 않은 거예요."

누님이 내 농을 농으로 받아들이면서 맑게 웃었다.

나는 좀 더 대담해지면서 누님의 허리를 안은 채 누님의 무릎에 얼굴을 묻었다. 너무 편했다. 편한 김에 어리광인지 설움인지 모를 게 복받쳤다.

"누님이 엿을 주셨지만 소용없어요, 난 올해도 또 떨어질 거란 말예요. 어떡허면 좋죠? 누님."

"결과는 두고 봐야지. 미리 뭘 안다구?"

드디어 누님의 손길이 내 뒤통수의 수세미 같은 머리를 빗질했다.

누님의 무릎은 너무 편했다. 나는 자꾸만 울고 싶었다.

내 낙방을 위해서가 아니라 나의 무의미한 허송세월을, 또다시 강요될 앞으로의 허송세월을, 그 방향을 잃은 젊은 삶의 웅덩이를 위해 목 놓아 울고 싶었다. 그러나 나는 딴소리만 했다.

"아마 성길이는 될 거예요. 그 녀석에겐 아직 희망이 있어요. 그 녀석이 또 떨어지면 누님을 위해서라도 내가 그냥 안 놓아둘 테니까요. 어디 한군데 작살을 내놓아도 크게 작살을 내놓을 테니까."

"어머, 무서워라. 발표 날은 우선 우리 성길이 피신 먼저 시켜놓고 발표 보러 가야겠네."

이때 성길이가 부스스 눈을 뜨더니 방바닥에서 용수철이 튕긴 것처럼 벌떡 솟구치면서 나를 누님으로부터 거칠게 떼어냈다.

"이 새끼, 너 오늘 내 손에 죽을 줄 알아라."

씨근대며 멍청히 일어나 앉은 나에게 제법 눈부신 어퍼컷을 보내왔다. 나는 턱뼈가 으스러졌구나 생각하면서도 왠지 웃음이 나오는 걸 참을 수가 없었다. 나는 뒤로 벌렁 나자빠진 채 낄낄댔다.

성길이가 무서운 얼굴로 노려볼수록 나는 낄낄 복받치는 웃음을 멈추게 할 수가 없었다.

"이 새끼, 다시 우리 누님한테 그따위 짓 할래?"

이번엔 발길질을 하려고 했으나 누님이 다리를 붙잡는 바람에 성길이가 나자빠지고 말았다. 그 반동으로 누님은 누님대로 한쪽 벽으로 쓰러지면서 엉덩방아를 찧었다.

벽이 쿵 하고 울리며 천장에서 흙 떨어지는 소리가 우르르 하고 났다.

나는 여전히 무방비 상태인 채로 낄낄낄 웃음을 계속하고 있었다.

가게로 난 쪽문이 열리더니 성길이 아버지 얼굴이 쑥 들어왔다.

"이 자식들이 어젯밤엔 가게가 거덜이 나도록 술을 퍼마시더니 아침엔 집을 부수려고, 쯧쯧. 성숙아, 너 말짱 헛수고다. 헛수고야. 일찌거니 속 차리고 시집이나 갈 것이지. 저깐 녀석을 공부를 시켜보겠다구? 흥 될 성부른 나무는 떡잎부터 알아보는 게야. 저깟 녀석 때문에 공연히 좋은 세월 허송세월 하지 말고 속 차려야 한다, 속 차려야 해."

"아버지도."

누님이 딴사람같이 날카로운 소리로 노인의 한없이 계속될 것 같은 넋두리를 막았다.

평소에도 누님에게는 꼼짝 못 하는 노인이라 순순히 입

을 다물었다.

그러나 노인네 특유의 완고하고 비정한 눈으로 나와 성길이를 번갈아가며 노려봤다. 나는 몸이 오그라들면서 엉뚱스럽게도 지금 바깥세상은 얼마나 추울까 하는 생각을 했다.

그것은 단순한 추위에 대한 염려라기엔 너무도 생생한 공포감이었다.

노인의 얼굴은 그렇게 추워 뵀다. 어젯밤 그렇게 탐스럽게 농익었던 딸기코는 푸릇푸릇한 작은 반점이 되어 오그라붙었고, 뻣뻣하고 성긴 턱수염 밑의 살갗은 다 타고 난 연탄재처럼 거칠고 기름기 없이 메말라 있었다.

홀아비가 된 후의 그는 늘 쓸쓸해 뵈지만 늘 딸기코에 화려한 점화(點火)를 하고 있어 그런대로 따뜻한 체온이 느껴졌었는데, 코에 불이 꺼진 아침의 그는 고드름처럼 비정하고 연탄재처럼 삭막해 보였다.

나는 어제 마지막 시험을 포기하고 세일대학 캠퍼스에서 체험한 그 참담한 추위까지를 생생하게 회상하며 노인을 혐오했다.

나는 영락없이 두 번째의 낙방을 했다. 내 낙방은 10여일 전 마지막 과학 시험을 포기했을 때부터 확고하게 마런된 기정사실이었는데도 나는 충격을 받았다.

낙방 때문에 받은 충격이라기보다는 부모님의 바위처럼 요지부동한 태도에서 받은 충격이었다.

"삼수하거라. 어떡하든 제일대학까진 가야 된다."

아버지는 애써 낙담의 기색을 감추고 점잖게 그러나 거역할 수 없는 위엄을 갖추고 말씀하셨다.

"그럼, 그럼, 이차 갈 생각은 아예 하지 말아라. 재수나 삼수나지 뭐. 칠전팔기란 말도 있잖니? 그 말도 알고 보면 칠수(七修)까지 해도 안 되다가 팔수하니까 마침내 소원성취했다 이 소리야. 그렇지만 너야 운수가 나빴다 뿐이지 워낙 타고난 머리가 있는 앤데 설마 칠수 팔수까지야 하랴. 내가 이왕 이렇게 됐으니까 말인데 넌 그동안 삼재(三災)가 들었었어. 삼재란 뭔고 하니, 사람마다 십이 년마다 한 번씩 돌아오는 건데 한 번 들면 삼 년을 머무는 불길한 운수지. 인력으론 거역할 수 없는 재앙인 걸 어떡하겠니. 그렇지만 올해는 그 삼재가 나가는 해니까 내년엔 합격할 게 틀림없다."

나는 어떻게 해야겠다는 구체적인 계획까지 세우고 있지는 않았지만 두 번째의 낙방이 나에게 어떤 돌파구를 마련해주기를 기대했었다. 재수, 삼수…… 라는 그 방향을 잃은 삶의 암담한 웅덩이로부터의 돌파구를.

그러나 나에게 돌파구는 바늘구멍만큼도 마련돼 있지를 않았다.

큰누나, 둘째누나, 막내누나의 순서로 각각 매형을 대동하고 나타났다. 마치 초상난 집 문상 온 것처럼 침통한 얼굴들을 하고 먼저 부모님을 위로하고 다음에 나를 격려했다.

"너 행여 기죽으면 못쓴다. 그까짓 재수, 삼수가 뭐 흠될 거 있니. 매년 일류 대학 합격생의 반수가 재수생, 삼분의 일이 삼수생이라니까. 고등학교 졸업하고 곧장 들어간 치들은 이를테면 비정상아인 셈이지. 넌 어디까지나 정상아고."

누나들은 이런 어려운 말을 외눈 하나 까딱 안 하고 했다.

"기운을 내게나, 기운을."

매형들은 괜히 내 어깨를 툭툭 치면서 이런 싱거운 소리를 했다.

내가 지금 얼마나 기운이 용솟음치고 있는지 그들은 아마 모를 게다.

나는 어느 때보다도 원기왕성했다. 뭔가 엄청난 일을 저지르지 않고는 못 배길 것처럼 뼈마디가 근질근질했다.

나는 꼼짝달싹 못하게 속박하고 있는 게 눈에 보이는 줄이라면 설사 그게 질기고 질긴 나일론으로 꼰 동아줄일

지언정 우지끈 끊어버리고 훨훨 자유로워질 수 있을 만큼이나 기운이 넘쳤다. 그러나 나를 숨도 못 쉬게 속박하는 건 결코 눈에 보이는 동아줄이 아니라 부모님의 애정, 관심, 기대, 집념이라는 눈에 보이지 않는 동아줄이었다.

나는 나일론 동아줄도, 아니 쇠줄이라도 끊을 수 있을 만큼 횡포해져 있었지만 눈에 보이지 않는 동아줄에 대해서는 속수무책이었다.

그래서 내 젊은 몸뚱이 속엔 피 끓는 원기왕성과 노인네 같은 체념 어린 무력증이 공존해 있었다.

나는 눈에 보이는 모든 것에 맹렬한 파괴욕을 느끼면서 실제론 손끝 하나 까딱 못 하고 축 처져 있었다.

누나들이 문상객다울수록 나는 상주다울 수밖에 없었다.

효성스러운 딸들과 대견한 사위에게 둘러싸인 어머니는 지칠 줄 모르는 의욕으로 외아들의 낙방 대책을 의논하기 시작했다.

이차 대학 응시라든가, 전문학교 진학이라든가, 이런 건 아예 낙방 대책에 들어가지도 않았다. 그리고 정작 당사자인 나는 그 의논 상대 중에 포함시킬 적도 안 했다.

내 낙방의 일차적인 책임을 삼재라는 황당한 미신에게 씌운 어머니는 이차적으로 과학적인 분석을 시작했다.

"암만 해도 학원 선택을 잘못했어. K학원에 보내는 게 아니었어. 이번에 K학원에서 서울대학은 많이 붙었나보드라만 세일대학은 거진 전멸하다시피 했다더라. 세일대학 뿐 아니라 명문 사립대학은 모조리 죽을 쒔나보더라."

"맞았어요, 엄마. K학원 강사진이 모조리 서울대 출신이라는구려. 그래 그런지 서울대 출제 경향만 가지고 해마다 전문적인 분석을 하기 때문에 그 학원에서 가르친 것 중 서울대 문제는 구십 프로 이상이 적중한다지 뭐유."

남편이 대학강사라 그 방면에 전문적인 지식이 있는 걸로 자부하는 둘째누나가 능숙하게 맞장구를 쳤다.

"아유 분해. 그러니 그놈의 학원에선 돈은 똑같이 받아먹고 사립대학 가는 애들은 모조리 의붓자식 취급했을 게 아냐. 아유 내 새끼 그게 어떤 아들이라구 제까짓 것들이 감히 의붓자식 취급을 해."

어머니가 둘째누나하고만 죽이 맞아서 홍분을 하는 게 마땅치가 않은지, 질투라도 나는지, 큰누나가 입을 비쭉하며 둘째누나에게 핀잔을 주었다.

"너 그렇게 잘 알면서 진작 좀 일러줄 것이지, 그러면 이런 일이 안 났을 게 아냐. 어쩌면 그렇게 모르는 척하고 있다가 지금 와서 수선이냐. 사후 약방문도 분수가 있지."

"언니도 무슨 말을 그렇게 하우? 설마 우리 혁이가 한 번도 아니고 두 번씩이나 낙방을 할 줄을 누가 꿈에나 생각했나. 재수학원 중에선 K학원이 일류니까 안심하고 있다가 이 지경이 나고서야 우리도 정신이 번쩍 나서 알아본 결과가 그렇더라 그 말이지. 말이야 바른 대로 말이지, 이번에 우리 그이 애 많이 썼우. 출제경향 미리 알아내랴, 또 합격 여부 미리 알아내랴. 그뿐인 줄 알우? 혁이 시험 치고 와서 발표 날 때까지 그이는 밤잠을 다 제대로 못 잤다구요. 자기 동생 시험 칠 때는 손톱만큼도 관심이 없던 이가 처남 일이라면 어쩌나 관심이 많은지 그동안 애도 꽤는 쓰더니만 불합격이 되고 보니 생색도 안 나고 탓까지 듣고……."

"그만들 둬라. 생색은 내년에 가선 또 못 내냐? 그리고 여편네가 고우면 처갓집 말뚝에도 절을 한다는 옛말이 있어. 김서방이 네가 귀여워서 처갓집에 그렇게 관심이 많은 게야. 그걸 가지고 생색은 무슨 생색을 내려고 그래?"

뽀루퉁했던 누나 입술이 함박꽃처럼 벌어졌다. 남편한테 귀염 받고 있다는 확인이 그렇게 만족스러운가보다.

어머니는 능숙하게 딸을 달래놓더니 다시 내 문제로 돌아왔다.

"그나저나 이번엔 우선 학원 선택을 잘해야 할 텐데……, 그건 내가 발 벗고 나서서 알아보면 될 테고, 둘째야. 넌 과외수업 선생을 좀 알아봐라. 학원만 믿고 과외수업을 안 시킨 게 결정적인 실패의 원인이었어. 돈이 좀 들더라도 이번엔 영어 수학만은 어떡허든 세일대학 교수한테 과외수업을 받도록 해야 할까보다. 그러니 네가 김서방하고 수소문해서 세일대학 교수를 꼭 붙잡도록 해라."

"알았어요, 엄마."

어머니가 둘째누나하고만 짝짜꿍이 잘 맞자 큰누나와 막내누나가 한마디씩 했다.

"이름난 학원 선생 중에 아주 도사 같은 과외선생이 있다는데. 보증서까지 쓴다나봐요."

"야, 보증서라면 지긋지긋하다. 네가 데리고 갔던 점집의 점쟁이도 혁이가 세일대학 못 가면 누가 가냐고 보증서라도 쓰라면 쓰겠다고 큰소리치더니 맞긴 뭘 맞니."

"엄마, 학원이나 과외선생 선택도 중요하지만 뭐니 뭐니 해도 친구 사귀는 게 큰 문제예요. 친구 잘못 사귀면 하라는 공부는 안 하고 맨날 다방이니 당구장이니 몰려다니느라 돈 씀씀이만 헤퍼지고 까딱 잘못하단 아주 사람 버리기가 십중팔구래요."

막내누나 말에 어머니는 무릎까지 탁 치며 동조했다.

"너 그 귀띔 한번 잘해줬다. 난 우리 혁이가 그 성길이 녀석하고 밤낮 붙어다니는 게 늘 꺼림칙했어. 성길이는 성적도 우리 혁이하곤 댈 것이 못 되지만 그보다도 가정이 안 좋아. 가난뱅이에다 식구라곤 주정뱅이 홀아비인 아버지하고 공장에 다니는 누나밖에 없다니. 애가 그 모양일 수밖에. 가뜩이나 우거지상을 가지고 잔뜩 인상이나 쓸 줄 알았지, 생전 어른 보고 인사 한번을 변변히 할 줄 아나, 묻는 말에 대답 한번을 고분고분 할 줄 아나. 어쩌다 그런 녀석하고 단짝이 돼서 맨날 붙어다녔으니 돈 씀씀이가 헤플 수밖에. 제놈은 땡전 한 푼 안 쓰고 가모 만난 것처럼 혁이만 우려먹었을 테니 돈도 돈이지만 그 못된 녀석이 순진한 남의 자식을 꼬여서 어딘 안 데리고 갔겠니. 그러니 공부가 될 게 뭐냐. 그 녀석도 또 떨어졌다지만 삼수만은 어떡허든 그 녀석하고 떼어서 시켜야지 안 되겠다. 대학은 아무나 가는 줄 아나. 저희 형편에 일찌거니 공장에나 들어갈 것이지 대학은 무슨 놈의 대학이야. 같잖게시리……."

"그만해두세요. 그만해두란 말예요."

나는 두 주먹을 와들와들 떨면서 어머니의 몰상식한 폭언에 분노했다.

"저 녀석 좀 봐. 친구 역성 들다가 에미 치겠네."

나는 그 자리에서 그 이상 견딜 수가 없어 집을 뛰쳐나왔다.

어머니의 폭언은 성길이와 나와의 우정에 대한 모독이기 이전에 누님에 대한 모독이라고 생각했기 때문에 견딜 수가 없었다.

성길이는 내 친구이기 이전에 누님의 동생이었다. 그 아름답고 고결한 이가 가장 아끼고 사랑하는 것을 그렇게 야비하게 모독하다니.

나는 방향도 없이 길을 달음질치며 어머니에 대한 복수를 거듭거듭 다짐했다. 어머니가 원하는 대로 고분고분 3수도 해주고 4수도 하리라. 7수 8수인들 누가 못할 줄 알고. 그러나 합격만은 안 해주리라고 굳게굳게 맹세했다.

마치 합격이란 나와는 하등 상관없는 어머니만의 기호품이라도 되는 것처럼.

그러나 그것만으론 분노가 달래지지 않았다. 당구장과 탁구장과 게임룸과 맥주홀을 차례로 들렀지만 약간의 돈과 약간의 시간을 써버릴 수 있었을 뿐 분노를 털어버릴 순 없었다.

그런 고장들은 재수하는 일 년 동안 개미 쳇바퀴 돌듯 뱅뱅 돌던 고장이라 어머니보다 더 지긋지긋했다.

요컨대 그런 고장은 재수학원과 마찬가지로 어디까지 방향을 잃은 나의 젊음의 암담한 웅덩이에 속한 고장이었을 뿐 조금도 신선한 고장이 아니었다.

마치 질식 직전에 있는 것처럼 나에겐 웅덩이 밖의 신선한 공기가 필요했다. 그러나 그런 곳은 어디 있단 말인가. 이 사람의 홍수와 빌딩의 숲 사이 어디메에?

나는 도시 한복판에서 마치 숲속의 맹수처럼 슬프게 포효하고픈 충동을 가까스로 억제하고 무작정 걸었다.

문득 세일대학 시험을 친 다음 날 성길이 방에서 깨어나 실눈 뜨고 훔쳐본 누님의 프로필을 생각했다.

레이스처럼 섬세한 성에가 낀 액자만 한 유리창을 배경으로 한 누님의 프로필은 너무도 정결하고 너무도 아름다워 가슴이 미어지는 것 같았었다.

그리고 누님의 무릎에서 잠시 내가 맛볼 수 있었던 완전한 편안감과 정결한 환희에 대해 생각했다.

나는 자석에 이끌리는 쇠붙이처럼 곧장 누님 집으로 향했다. 이미 저녁나절이었다.

성길이 아버지는 가게에 혼자 앉아서 소주를 마시고 있었다. 성길이가 합격하기를 바라고 있는 것 같지도 않았던 노인이건만 낙방이란 역시 섭섭한 건지 노인의 얼굴은 어느 때보다도 적막해 보였다.

딸기코조차 아직 달아오르지 않고 푸릇푸릇한 게 한층 초라하고 을씨년스러웠다.

"성길이 있어요?"

"성길이, 성길이?……"

노인은 성길이란 소리가 생전 처음 들어보는 어려운 말이나 되는 것처럼 멍청한 얼굴로 입 속에서 몇 번 되뇌었다. 그러더니 깜짝 놀라게 큰 소리를 질렀다.

"성길인 병원에 갔어."

"병원에요? 왜 어디가 아파서요?"

"성숙이가 입원했어. 공장에서 사고가 나서 몹시 다쳤대."

"언제요?"

"어제야, 어제 밤일하다 그 지경을 당했어. 그러게 내가 뭐랬어. 그깟 녀석 치다꺼리 그만 하고 시집이나 가랬더니, 이젠 시집가긴 다 틀렸어. 많이 데었다니까 흉터가 크게 남을 거야. 그걸 누가 데려가겠어? 불쌍한 것, 지지리 복도 없는 것……"

노인의 음성이 떨리면서 눈물이 주르르 양볼을 타고 흘렀다.

노인은 혼잣말을 지껄이고 있었고, 혼자서 울고 있었고, 나 같은 건 의식하고 있는 것 같지도 않았다.

노인의 입을 통해 누님이 입원해 있는 병원을 알아내는 데는 얼마나 오랜 동안이 걸렸던가.

"어느 병원이죠? 누님이 입원한 병원은 무슨 병원이냐 말예요?"

"다 틀렸어. 이젠 시집가긴 다 틀렸어."

"가르쳐주세요, 네? 누님이 입원한 병원을 가르쳐달란 말예요."

"시집가긴 다 틀렸어. 그걸 누가 데려간담. 불쌍한 것, 박복한 것."

이런 동문서답에 나는 환장할 것 같았다. 누님이, 그 아름다운 이가 죽어가고 있을지도 모르는 시시각각에 어쩌라는 한가한 동문서답일까.

나는 노인의 양어깨를 와살스럽게 쥐고 흔들었다. 흔들어 팽개치지 않은 것만도 나로서는 비상한 자제력을 요했다.

"가르쳐줘요, 네? 가르쳐줘요. 누님이 있는 병원을요. 누님은 제가 데려갈게요. 누님은 제 색시를 삼을 거란 말예요."

"뭐, 네 색시를?"

노인이 낄낄댔다. 눈물 자국이 번들대는 얼굴로 낄낄댔다. 나는 외면했다.

노인이 비교적 침착한 목소리로 병원 이름과 있는 곳을 가르쳐줬다.

나는 달음질쳤다.

누님은 내 색시를 삼을 거다. 누님은 내 색시를 삼을 거다. 누가 뭐래도 내 색시를 삼을 거다. 죽지만 말아다오. 죽지만 말아다오.

달리면서 이런 생각을 되풀이했다. 딴 아무런 생각도 할 수가 없었다.

병원은 네모반듯한 회색 건물이었다. 병원 앞에선 싸움이 벌어져 시끄러웠다. 비대한 신사가 까만 승용차에 오르려 하고 있는데 한 청년이 갖은 욕설을 다 하면서 신사를 못 오르게 하고 있었다. 힘깨나 쓰게 생긴 젊은 운전사가 청년을 떠다밀었다. 청년은 저만치 나자빠지면서 계속 욕을 퍼부었다.

신사가 차에 오르고 발동을 거는 소리가 났다. 나자빠진 청년이 벌떡 일어나 차를 가로막으며 "이놈들, 이 죅일 놈들, 언제고 내 손에 죽을 줄 알아라" 하며 악을 썼다.

신사가 차의 유리를 내리더니 머리를 내밀고 여유 있는 침착한 어조로 말했다.

"젊은이, 그렇게 말을 함부로 하면 쓰나. 불평이 있으면 법적으로 해결하잔밖에. 법적으로."

병원에서 수위 같은 남자가 나오더니 청년을 끌어들였다. 청년은 울고 있었고 "언제고 내 손에 죽을 줄 알아라"

하고 악을 쓰고 있었고, 까만 승용차는 미끄러지더니 곧 속력을 내서 떠났다.

청년은 성길이었다.

"성길아."

"응 혁아, 네가 와주었구나."

성길이 눈에서 새로운 눈물이 솟았다.

"누님은?"

"누님은 이제 끝장이야."

"뭐? 뭐라고? 그럼 생명이 위독하단 말이지?"

"위독하긴 인마. 팔 좀 데었다고 사람이 어떻게 죽어?"

"그럼 뭐가 끝장이라는 거야?"

"누님은 끝장이야. 이제 시집가긴 다 틀렸어."

성길이도 노인과 똑같은 소리를 했다. 나는 안심도 되고 한편 화도 났다.

그러나 병실의 누님은 팔만 좀 덴 정도가 아니었다. 오른쪽 손끝에서부터 팔, 어깨, 목까지 붕대를 감고 링거를 꽂고 있었다. 얼굴이 살아 있는 사람 같지도 않게 창백하고 조용했다.

"누님!"

진한 슬픔이 목을 콱 메우면서 울음도 나오지 않았다.

누님이 눈을 떴다. 어느 때보다도 맑고 아름답고 슬픈

눈이었다.

누님의 눈을 보자 여지껏의 긴장이 확 풀리면서 목을 메웠던 진한 슬픔이 행복한 울음으로 바뀌었다. 나는 누님 옆에 무릎 꿇고 엉엉 울었다.

실은 나는 누님을 내 색시 삼겠다고 굳게굳게 다짐하면서도 누님의 얼굴에 너무 흉한 흉터가 남으면 어쩌나 그게 걱정이었다. 그래도 내 색시를 삼을 수 있을까. 흉한 얼굴 위에 고운 마음씨만 보며 살 수가 있을까. 그게 걱정이었다. 이제 그럴 염려도 없어졌다. 나는 안도의 눈물을 흘렸다. 그리고 정상적이고 형식적인 문병의 말을 할 수 있는 마음의 여유가 생겼다.

"어쩌다 이런 변을 당하셨어요? 어쩌다가 어디서?"

누님은 대답 대신 희미하게 웃었다. 슬픈 것도 같고 지친 것도 같은 웃음이었다. 누님 대신 성길이가 대답했다.

"공장에서. 누나는 회사에서 사무 본다더니 공장에 다니고 있었어. 가방 공장에. 형편없는 공장이었어. 접착제로 인화물질을 취급하면서 화재를 위한 안전시설은 아무것도 안 돼 있는 엉터리 공장이었어. 여지껏 그런 사고가 안 났던 게 도리어 이상할 지경이지. 그런데도 글쎄 사장이란 작자 하는 수작이 뭐라는 줄 알아? 즈네는 책임 없다는 거야. 전적으로 누나의 과실이라는 거야. 누나의 과실로 즈네가 입은 손실이 막대하지만 정상을 참작해서 응급치료까지는 해주지만 정형수술은 못 해주겠다는 거야."

"정형수술?"

"그래, 정형수술을 안 하면 팔에 아주 끔찍한 흉터가 남을 거래. 어쩌면 손의 신경에 마비가 올지도 모른대. 그럼 아주 병신 되는 거지, 뭐. 그런데도 즈네들은 책임 없다 이거야."

"저런 쳐일 놈들. 그럼 아까 그 뚱뚱이가 사장이구나. 그 새낄 그냥 놔둬?"

"그냥 놔두잖으면? 아까 너도 보고 들었지? 불평이 있으면 법적으로 하자는……."

"법적으로? 그럼 이번 사고가 누님의 과실이라는 무슨 증거라도 있나?"

"내가 낙방한 걸로 누나는 그날 온종일 우울했고, 점심도 안 먹었고, 그 일이 나기 전에도 이런저런 자다란 실수를 저지른 모양이야."

성길이가 어깨를 축 늘어뜨리고 죄인처럼 위축됐다. 그리고 아까 한 소리를 되풀이했다.

"우리 누나 시집가긴 다 틀렸어. 누가 데려가겠어? 불쌍한 누나."

"내가 데려간다."

나는 단호하고 늠름하게 말했다. 이제 그 말은 나 혼자만의 독백이 아니었다. 듣고 기억해줄 증인이 있으므로 그건 이미 약속이요 선언이었다. 나는 그런 선언을 통해 내가 갑자기 어른이 된 것처럼 느꼈다.

"뭐라구?"

성길이가 멍청한 얼굴을 했다.

"누님을 내가 데려갈 거라구. 내 색시를 삼을 거라구."

나는 아까보다 한층 늠름하게 강조했다.

누님의 얼굴에 화색이 도는 것 같으면서 잔잔한 미소가 떠올랐다.

누님은 나를 나무라고 있지 않다. 나의 당돌한 청혼을 기뻐하고 있다.

"누님, 허락해주시는 거죠?"

"좋아."

누님은 너무 간단히 너무 조용히 허락을 했다.

"둘 다 돌았군. 완전히 돌았어."

성길이가 어처구니없다는 듯이 그러나 자기 소관이 아니라는 듯이 무책임한 한탄을 했다.

"그렇지만 조건이 있어."

누님이 딴사람같이 영악스럽게, 그리고 비꼬는 투로 말했다.

"무슨 조건이요?"

"나는 앞으로 너한테건 또 누구한테건 동정 받고 살고 싶진 않아. 그러니까 우선 내 상처를 감쪽같이 아물리고 싶어. 나를 고쳐줄 수 있겠어?……"

"제가 어떻게…… 그렇지만 장차 돈을 많이 벌면."

나는 더듬댔다.

"지금 당장이 아니라도 좋아. 훌륭한 의사는 나를 감쪽같이 고쳐놓을 수 있을 거야. 내가 그때까지 기다릴게. 훌륭한 의사가 돼줄래?"

"훌륭한 의사로? 그건 안 돼요. 우선 너무 오래 걸려서 싫어요. 앞으로 십 년, 어쩌면 이십 년. 그동안에 할머니가 되게요."

"그럼 직접 의사가 되는 건 안 되겠군. 그럼 돈은 많이 벌 순 있겠어? 돈만 있으면 훌륭한 의사는 얼마든지 구할 수 있으니까. 나를 고쳐줄 만큼 큰돈을 벌 수 있겠어?"

"돈을 버느니 차라리 집에서 돈을 훔쳐내지요."

돈을 훔친다는 생각은 당장 떠오른 즉흥적인 생각이었지만 나는 그 생각에 거의 도취했다. 누님을 위해 돈을 훔친다. 누님을 위해 돈을 훔친다…….

"훔쳐낸 돈으로 상처를 아물리느니 차라리 죽는 게 낫다면?"

누님은 수사관처럼 남을 주눅들게 하는 인정머리 없는 시선으로 나를 말똥말똥 바라보며 말했다. 나는 말문이 막혔다.

"방법은 딱 하나라니까. 그 사장새끼한테 어떡허든 돈을 우려내야 돼. 누가 못할 줄 알구……."

성길이가 옆에서 주먹을 휘두르며 다시 흥분했다.

"사장에 대해선 내가 누구보다 잘 알고 있어. 그 사람은 자기가 당초에 정한 것 이상은 절대로 더 안 내놓을걸. 그 사람은 처음부터 우리를 얕보고 있으니까."

누님은 찬물을 끼얹듯이 냉랭하게 말했다.

"쥑일 놈, 내 그 녀석을 그냥 놓아두나 봐라. 언제고 내 손으로 쥑여줄 테다."

성길이는 계속해서 허공에다 주먹을 휘둘렀지만 이미 자신 없는 몸짓에 불과했다. 그 어릿광대스러움이 차라리 민망했다.

이런 성길이 꼴을 보고 있던 누님의 눈이 타오를 것처럼 이글이글해졌다. 그리고 째지는 소리로 악을 썼다.

"또 그 소리. 듣기 싫어. 듣기 싫단 말야. 난 그 소릴 어제 밤새도록 오늘 온종일 들었단 말야. 그거야말로 우리 사장이 무시하고 얕잡는 못난 것들의 비명이야. 이불 속에서 치는 활갯짓 소리야."

"그럼 어쩌란 말야, 누나. 날더러 어쩌란 말야."

드디어 성길이가 바닥에 무릎을 꺾으며 어린애같이 혀 짧은 소리로 울부짖었다. 누님이 성한 한쪽 팔로 성길이 머리를 물건을 안듯이 무감동하게 안았다. 나는 그렇게 부드럽지 않은 누님을 보기가 처음이었다.

"날 고쳐줘. 내 불행을 아물려줘. 의사가 돼서 직접 내 미운 흠집에 새살을 나게 해줘도 좋아. 그걸 못 하겠으면 돈을 많이 벌어서 날 좋은 의사한테 보내줘. 그것도 못 하 겠으면 법정투쟁을 벌여 사장한테 돈을 받아내주렴. 그도 저도 다 못 하겠으면 죽일 놈이라고 고래고래 악을 쓰는 것도 나쁠 건 없어. 그렇지만 이불 속에서 말고 당당하게, 듣는 모든 사람에게 공감을 주게 악을 쓰란 말야. 모든 사람이 사장을 죽일 놈이라고 생각하게 할 수만 있다면 사장은 이미 죽은 목숨이나 마찬가지니까. 그렇지만 그런 일들을 네가 무슨 수로 하겠니. 넌 내가 요구한 것 중 단 하나도 나한테 해줄 실력이 없잖니? 실력이 없으니까 아 무리 억울한 일을 당해도 이불 속에서 활갯짓밖에 못 해. 자기의 불행이나 남의 불행에 손끝 하나 까딱 못 해. 그러 고도 산 목숨이라고 할 수 있겠니. 제발 정신 좀 차려. 제 발."

성길이가 고개를 힘차게 쳐들더니 누님을 노려봤다.

"누난 결국 나더러 공부하란 소리를 또 하고 싶은 게지. 나 공부 시키려고 그 거지 같은 공장에서 혹사당하다 이 지경까지 당하고도 그래도 또 공부하라고, 대학 가라고, 그러고 싶은 거지? 누난 지긋지긋하지도 않아? 사장 말이 맞는지도 몰라. 맞을 거야. 누난 대학밖에 모르니까, 내가 대학 떨어진 쇼크로 실수를 저지른 거야. 그치, 누나? 그러고도 그놈의 대학을 단념 못 하는 거지? 이까짓 동생을 위해. 누난 바보, 바보 멍텅구리."

성길이의 나중 말에 울음이 섞였다. 그러나 누님의 굳어진 표정은 미동도 안 했다.

"알고 있어. 내가 바보인 걸. 그걸 안 이상 바보 짓 더는 안 할 거야. 나는 지금 너더러 정신 차리라고 했지 대학 가라곤 안 했어. 넌 대학 갈 형편이 못 돼. 우린 가난해. 그걸 넌 똑똑히 알아야 돼. 여지껏 난 어리석게도 우리의 가난을 너한테 속이기 위해 갖은 짓을 다 했어. 그건 나로서는 너무도 벅찬 일이었어. 지금 생각하니 얼마나 어리석은 짓이었는지. 나는 너로 하여금 우리의 처지를 정직하게 받아들이게 했어야 옳았을 거야. 그것도 공부인 것을. 지금도 늦지는 않았어. 성길아, 네 처지를 받아들이고 그 처지에 맞는 공부를 하도록 해. 방법은 얼마든지 있을 거야. 너를 대학 보내려고 모아둔 돈이 없는 건 아냐. 그렇지만 너한테는 한 푼도 안 쓰겠어. 그건 내 돈이고 내 상처를 아물리는 데 쓰겠어. 아마 많이 모자랄 테지만 모자라는 대로 조금씩 고치고, 또 벌어서 고치고 할 테야. 네 치다꺼린 다신 안 할 거야. 지겨워. 네 치다꺼리한 기억까지도 지겨워서 어서어서 내 흠집을 아물리고 싶어. 내 흠집은 나한테나 너한테나 그 지겨운 치다꺼리의 흔적으로 보일 테니까."

누님의 맑고 지혜로운 눈과 선이 고운 입술이 비로소 조금 웃었다.

나는 내가 좀 전에 한 청혼에 심한 부끄러움을 느끼면서 병실을 조용히 빠져나왔다.

꿈에서 깬 것처럼 눈앞에 겨울 풍경이 생생한 현실감을 갖고 펼쳐졌다.

참, 나는 또 낙방을 했겠다. 빌어먹을. 침을 탁 뱉었다. 침은 동전만 한 크기로 곧 얼어붙었다. 나는 곧 병실에 남겨둔 사람들 일을 잊고 나의 낙방과 거기 따른 내 문제를 생각하며 느리게 걸었다.

이 나이가 되도록 자발적으로 내 문제를 생각해보긴 처음이어서 쉬 어떤 결론이 날 것 같진 않았지만 부모님이나 누나들로부터 귀중한 무엇을 빼앗아 가진 것처럼 의기양양하고 흡족했다.

나는 내가 빼앗아 가진 걸 다시는 놓치지 않을 작정이
었다.

우리들의 부자

순복이하고 희망원에 같이 가주기로 세 번째 약속한 날, 아침부터 비가 내렸다. 비를 핑계로 또 약속을 어겨도 무방하려니 생각하고 있는데 순복이로부터 전화가 왔다.

　"비가 오는데도 가줄 수 있겠니?"

　그녀의 목소리는 젖어 있었고 거의 애원하는 투였다. 그녀의 집엔 전화가 없다. 아마 비를 맞고 당고개까지 나와서 걸고 있을 것이다. 그래서 나는 그녀와 약속을 할 때마다 예고 없이 약속을 어길 수도 있도록 미리 뒤를 두는 걸 잊지 않았었다. 몇 시까지만 기다려봐서 안 나가면 딴 볼일이 생겨서 못 가는 줄 알라는 식의 허술한 약속을 했었기 때문에 그것을 두 번씩이나 연거푸 안 지키고도 별로 미안해할 필요가 없었다. 그러나 그녀의 열심히 매달리는 것 같은 전화 목소리를 들으며, 나는 이번 약속만은 지킬 수밖에 없겠다는 체념과 함께 지난번의 나의 실없음까지가 뒤늦게 부끄럽고 미안해지는 것이었다.

"그럼 갈 수 있잖구? 내가 뭐 종이 인간이라던?"

비를 핑계로 지각을 하거나 노천행사를 빼먹고 싶어 하는 우리를 종이 인간이라고 호통치던 여고 시절의 훈육주임 선생님 생각이 나서 나는 웃으면서 그렇게 말했다. 그것은 본의 아니게 썩 좋은 대답이 된 것 같았다. 왜냐하면 약속을 지키겠다는 뜻과 함께 그녀와 내가 여고동창 사이라는 것까지를 자연스럽게 일깨워준 결과가 됐기 때문이다.

"고맙다 얘. 우리 혜나가 얼마나 좋아할까. 그럼 이따 거기서 만나."

순복이가 그렇게 명랑하고 스스럼없이 굴긴 처음이었다. 나는 수화기를 놓으며 나도 모르게 불쾌감 같은 걸 느끼고 있었다. 요컨대 그녀가 처음으로 나하고 대등하게 구는 게 내 비위에 생소했던 것이다.

차장 아가씨는 졸고 있었다. 시내서부터 꽉 찬 승객은 조금도 줄지 않았는데 차창 밖으로는 갑자기 서울특별시가 끝나버린 것처럼 푸른 들판과 언덕 규모의 야산과 나무마다 종이봉지를 주렁주렁 매달고 있는 과수원이 펼쳐졌다.

나는 다시 불안해졌다. 당고개를 지나친 게 아닌가 물어보고 싶었지만 차장은 너무 달게 졸고 있었다. 그리고 나는 너무 여러 번 그것을 물어보았었다. 나는 승객이 조금도 줄지 않았다는 것으로 당고개가 아직아직 멀었으려니 하고 스스로의 불안을 달랠 수밖에 없었다.

나에게 당고개 마루턱 동네의 삯바느질 집을 가르쳐준 친구는 그 고장의 사람 사는 모습을 똥물로 키우는 콩나물시루 같다고 말했었다. 친구는 아마 콩나물시루만 갖고는 그 청결함 때문에 그 고장의 밀집과 불결을 함께 표현하기에 부족하다고 생각했던 것 같다.

곧장 달리던 버스가 방향을 바꾸면서 앞창으로 수려한 산봉우리가 보였다. 산봉우리에 정신이 팔려 있는 사이에 버스는 꽤 정돈된 시가지로 들어섰다. 들판을 한참 달렸기 때문인지 그 시가지는 서울특별시가 아니라 새로 생긴 서울의 위성도시 같은 인상이었다. 버스 속이 한결 헐렁해졌다. 그러나 차창 밖의 풍경은 똥물로 키운 콩나물시루와 비유하기엔 천부당만부당하게 깔끔해 나는 다시 안절부절못하기 시작했다. 이런 내 눈치를 챘는지 차장은 "다음다음이에요" 하고 내가 내릴 곳을 알려주었다. 차장은 이제 졸고 있지 않았고 뜻밖에 친절했다.

다음다음 정류장은 완만한 오르막길을 넘어선 곳에 있었다. 그곳에 내리자 나는 안도감을 느꼈다. 눈에 들어오는 마을 풍경이 내게 옳게 찾아왔다는 걸 말해주고 있었기 때문이다.

나는 친구가 자세하게 그려준 약도를 펴들고 산자락에 오막살이들이 암초에 따개비처럼 악착같이 달라붙은 비탈동네로 파고들었다. 집집마다 방문이 곧 대문이었다. 그리고 골목은 비오는 날 우산을 펴 들 수나 있을까 싶잖게 좁았다. 때마침 한여름이라 집집마다 대문 겸 방문을 활짝 열고 구더기 밑살처럼 보잘것없는 속사정을 염치없이 드러내고 있었다. 그 속에서 입을 벌리고 낮잠을 자는 여편네도 있었고 설익은 수박을 먹고 있는 노파도 있었고, 라디오를 크게 틀어놓고 배꼽 밑을 긁적대고 있는 살찌듬 좋은 남자도 있었다. 무엇보다도 아이들이 많았다. 어떤 아이는 비닐주머니에 든 원색의 빙과를 쪽쪽 빨고 있었고, 어떤 아이는 그것을 뚫어지게 바라보며 군침을 삼키고 있었고, 전봇대 밑에선 한 떼의 남자아이들이 다방구를 하고 있었고, 쓰레기통 앞에선 계집애들이 째지는 소리로 패싸움을 벌이고 있었다.

나는 남의 동네의 이런 풍경들을 구경하고 있는 게 아니라 이런 풍경들이 넝마자루를 거꾸로 세운 것처럼 내 앞으로 쏟아져내리는 것처럼 느꼈다.

처녑 속처럼 첩첩하고 좁은 골목길은 오르막길이었고 날씨는 복중이었다. 나는 이 고장의 농축된 더위와 내가 하고 있는 궁상맞은 짓에 대한 혐오감으로 숨이 막힐 것 같았다.

나는 여섯 벌이나 되는 치마저고릿감을 갖고 있었고 그것은 종로의 이름난 주단가게에서 끊은 고급의 본견 은조사였다. 시어머님의 회갑잔치를 맞아 여러 동서와 시누이가 같은 계통의 한복을 해 입고 잔을 드리기로 합의를 보아 같이 모여서 한 벌씩 끊은 것까지는 좋았는데 주단가게에서 말하는 깨끼옷의 삯이 엄청나자, 나는 나도 모르게 내가 그 반값으로도 솜씨가 뛰어난 곳을 알고 있는 것처럼 말하고 말았다. 동서들은 얼씨구 하고 그들의 옷을 삯 주는 일까지를 나에게 떠맡겼다. 나 역시 그곳을 직접 알고 있는 게 아니라 한복을 입을 일이 많은 친구로부터 들어서 알고 있을 뿐이었다.

그렇다고 내 성격이 특별히 오지랖이 넓은 건 아니었다. 다만 넉넉지 못한 집에 맏며느리로 들어가 여러 시동생 시누이 시집 장가 보내 자수성가하는 사이에 한 푼을 쪼개어 두 푼으로 쓰는 일에 도통하고 나니 일종의 권위마저 지니게 됐을 뿐이었다.

나보다 넉넉하고 씀씀이가 헤픈 동서까지도 내가 말한 값싸고 솜씨 좋은 데 모개로 맡기는 일에 말없이 따랐던 것도 나의 이런 권위를 감히 거스르지 못했기 때문이지 결코 돈을 아끼기 위해선 아니었을 것이다.

그러나 나는 땀을 뻘뻘 흘리며 삯바느질 집을 찾기 위해 그 이상한 동네의 갈피에 깊숙이 파고들수록 그 권위란 게 실상은 얼마나 구질구질한 궁상이었나를 어쩔 수 없이 깨닫고 있었다.

친구가 가르쳐준 삯바느질 집은 그 동네에서도 잘 알려져 있는 모양으로 약도가 불분명한 데선 동네 사람한테 물어보면 모르는 사람 없이 잘 일러주었다. 그 집은 이 동네에선 드물게 대문이 있는 집이었고, 대문엔 친절하게도 '삯바느질 집'이란 달필의 먹글씨가 붙어 있었다.

대문은 소리 없이 가볍게 열렸고 두 발짝도 못 되게 가까운 거리에 마루가 있었다. 마루의 구식 발재봉틀에 올라앉아 흰 모시적삼의 도련을 박고 있던 깡마른 여자가 흘긋 나를 쳐다보았다. 그 여자는 무표정했다.

나는 마루 끝에 보따리를 놓고 걸터앉아 땀을 씻었다. 마당에 있는 수도 고동은 한껏 비틀어 올려진 채였지만 꼭지는 습기조차 없이 메말라 있었다. 나는 심한 갈증을 느꼈다. 그러나 터무니없는 오기가 물을 얻어먹고 싶지 않게 했다. 나는 서둘러 보따리를 끌렀다. 여자가 동그란 나무의자에서 내려앉아 바느질거리를 하나하나 살폈다. 깡마른 손이 철사처럼 강인해 보였다.

"하나같이 고급 천이네요."

여자가 처음으로 말을 했다. 여자의 이미 체념해버린 듯한 선망의 빛이 나를 적당히 기분 좋게 했다.

"네, 시어머님 회갑 때 동서끼리 잔 드릴 때 입을 거라서요. 이 옥색은 시어머님이 입으실 거구요."

"참 복 많은 분이군요. 회갑이 언제신데요?"

나는 속으로 재빨리 그 여자가 간접적으로 바느질을 끝마쳐야 할 날짜를 묻고 있다고 판단하고, 일주일쯤 앞당겨서 말했다. 나는 장사꾼이나 삯일을 하는 사람들을 믿지 못했기 때문에 그들과의 흥정에 있어선 그들보다 한술 더 뜨게 약아야 된다는 교활성이 몸에 배어 있었다.

"그렇겐 안 되겠는데요. 워낙 일거리가 많이 밀려서요."

여자는 아주 섭섭한 듯 그러나 조금도 빌붙으려는 기색 없이 딱 잘라 말했다. 나는 당황했다. 그렇다고 당장 에누리한 날짜를 실토하기도 자존심 상하는 일이었다.

"아, 날짜를 다투지 않는 옷은 좀 뒤로 미루면 될 거 아녜요."

나는 퉁명스럽게 말했다.

"이 복중에 한복 맞추는 사람치고 혼인이니, 회갑이니, 해외 나들이니 날짜 다투지 않는 사람이 있어야죠."

여자는 타이르는 것처럼 부드럽고 조심스럽게 말했다.

"이 구석까지 그런 일거리가 그렇게 많이 들어오나요?"

나는 한풀 꺾여서 그렇게 말하고 새삼스럽게 좁은 마루를 둘러보았다. 마주 바라뵈는 벽의 선반 위에는 색깔이 다른 보자기에 싸인 일거리가 차곡차곡 쌓여 있었고 마루 한가운데를 가로지른 나일론 줄엔 완성된 치마저고리들이 바람에 살랑이고 있었다. 나는 바람이 불어오는 방향을 따라 무심히 고개를 돌려 뒤를 돌아보았다.

나의 뒤쪽은 작고 침침한 방이었고, 방 속에선 신품의 작은 선풍기가 모터 소리도 내지 않고 약하게 돌고 있었으며 그 앞에 한 소녀가 그림책을 앞에 놓고 이쪽을 보고 있었다. 소녀는 공주처럼 성장을 하고 있었다. 어른이고 아이고 남루나마 꼭 가려야 할 데만 아슬아슬하게 가리고 사는 이 동네 풍습에 익숙해진 내 눈에 소녀의 성장은 매우 비현실적으로 보였다. 성장도 이만저만 성장이 아니었다. 비취빛 시폰의 원피스는 이야기 속의 공주님의 야회복처럼 가슴이 깊이 패이고 허리는 잘록하고 치마폭은 넓어 주름이 풍부하고, 역시 주름이 풍부한 통 넓은 긴 소매끝은 같은 비취빛의 공단 바이어스로 마무리를 해 곧

푸드덕대며 날아오를 날개처럼 보였다. 깊게 패인 앞가슴에 모조품이겠지만 진주목걸이를 늘이고 있었고, 날개 같은 소매끝으로 내민 병적으로 가냘픈 손끝엔 매니큐어까지 곱게 칠해져 있었다. 가슴은 풍만했지만 방심한 것 같기도 하고 천진한 것 같기도 한 표정 때문에 나이를 짐작할 순 없었다.

소녀가 먼저 웃었다. 꽃이 벌어지는 것처럼 아름답고 무의미한 웃음에 나는 섬찟하면서 얼른 고개를 돌렸다. 여자가 내 옷감을 차곡차곡 챙겨 보자기에 싸고 있었다.

"따님이세요?"

나는 어색하게 웃으면서 물었다. 여자가 나를 똑바로 쏘아보면서 전혀 엉뚱한 소리를 했다.

"강남여고 나오셨죠?"

나는 내기에 진 것만큼이나 억울하고 낭패스러웠다. 나도 그 여자가 강남여고 출신이란 걸 처음부터 알고 있었다. 너무 평범한 학생이었든지, 같은 반이었던 적이 한 번도 없었든지 이름은 생각나지 않았지만 동창이란 건 처음부터 긴가민가할 여지도 없이 확실했었다.

그러나 내 눈엔 그녀가 동창이란 것보다 그녀의 영락한 처지가 먼저 눈에 들어왔고 영락한 친구를 모르는 척해주는 걸 마치 크게 인심 쓰듯이 생각하고 있었던 것이다. 그러나 그녀는 당돌하게도 나의 이런 선심을 배반하고 나에게 정면으로 알은체를 하고 나섰다. 나는 그것이 불의의 도전처럼 당황스러웠다.

"그렇습니다만……"

나는 표정을 굳히고 시침을 떼었다.

"강남여고 25회 아니세요?"

"그렇습니다만……"

나는 속으로 뭔가 조바심하면서도 더욱 정중하고 더욱 냉담하게 시침을 떼었다.

"나 김순복이야. 오숙경이 아냐?"

"그래? 이를 어쩌지. 나는 아직도 잘 생각이 안 나네."

나는 약점을 감추듯이 한사코 내가 그녀를 알고 있었다는 걸 감추려 들었다.

"그럴 거야. 고생하느라 내 꼴이 말이 아니어서……. 숙경인 고대로야. 하나도 안 늙고 어쩌면 그렇게 고와?"

순복이는 우리가 동창생끼리라는 걸 터놓고, 말까지 놓고 나서부터 오히려 아부하는 것처럼 비굴하게 굴었다. 나는 그게 싫지 않았다.

"아아 그래, 김순복, 생각나. 아마 미술반이었던가?"

순복이는 대답하지 않았다. 그리고 이미 꼭꼭 싸놓은 보자기의 매듭만 만지작거리더니 우울하게 말했다.

"어떡허지. 모르는 사이도 아닌데. 바느질을 해줄 수가 없게 돼서……. 깨끼는 손이 오죽 가야지. 밤을 새도 그때까진 힘들어."

"주단가게선 그전에라도 문제없이 해주겠다고 붙드는 걸 여기 단골인 친구가 하도 바느질 얌전하다고 선전하는 바람에 힘들게 찾아왔는데 낭패다 얘. 동창을 만나서 반갑긴 하다만."

"그런 큰 가게서야 일손이 여럿 있으니까 그럴 수 있지만 이까짓 데야 어디 그러니. 하루만 일찍 왔더라도 내가 저 혼수 바느질을 안 맡을 텐데. 미안해서 어떡하지."

"실은 말야……."

그제서야 나는 선심을 쓰듯이 아껴가며 말했다.

"실은 말야. 아까는 내가 일주일쯤 에누리를 했단다. 남의 일 하는 사람들이 어디 다 너 같아야 말이지. 기일 안 지키는 데 하도 속아서 말야."

"그래? 어쩌면 일주일씩이나……. 그렇지만 잘됐다 얘. 그 정도만 더 있으면 해줄 수 있어."

순복이가 난감하던 표정을 단박 누그러뜨리고 감지덕지했다.

나는 치수를 적은 쪽지를 꺼내 치수와 옷감과를 짝 맞춰주고 행여 헷갈리는 일이 없도록 당부했다.

순복이네 집은 매우 더웠다. 볼일은 끝났겠다. 일어날 차례였다. 20년 만에 만난 동창이라지만 현재의 처지가 다르고 회포를 풀 만한 공동의 추억도 없는 사이의 만남이란 아주 모르는 사이보다 더 어색하게 마련이다. 그러나 나는 선뜻 일어나질 못했다. 내 등 뒤의 작은방의 환상적인 소녀에 대한 궁금증 때문이었다. 돌아다보면 내가 본 게 감쪽같이 사라져버릴지도 모른다고, 자신이 터무니없이 못 미덥기조차 했다. 그럴 수밖에 없게 순복이의 태도는 내가 본 것을 완강하게 묵살하고 있었다.

"엄마아."

소녀의 목소리는 응석부리는 것 같으면서도 어딘지 절박했다. 나는 다시 소녀를 돌아다볼 수 있었다. 소녀는 웃고 있었다.

"알은체해주렴. 우리 딸이야, 혜나라고. 널 좋아하나봐. 혜나는 좋아하는 사람은 아주 좋아해, 싫어하는 사람은 아주 싫어하고. 가엾은 애야. 소아마비야, 뇌성. 팔다리가 다 부실해. 왼쪽만. 심하진 않아. 지능도 떨어져. 심하진 않아. 마음은 착해, 천사처럼."

순복은 마치 줄을 타고 흐르던 빗물이 한군데 모여 아래로 떨어지듯이 또박또박 일정한 간격을 두고 조용히 말했다.

"안녕, 혜나야. 예쁘기도 해라."

나는 마치 자선에 이골이 난 귀부인처럼 익숙하게 굴었다. 그리고 아직도 눈을 내리깔고 있는 순복이에게 물었다.

"여러 가지로 어렵겠구나. 몇 살이니?"

"열일곱."

"학교엔?"

"국민학교는 나왔어. 한글도 쓸 줄 알아. 한문도 많이 아는걸. 그렇게 바보는 아냐. 그렇지만 숫자에 대해선 아주 바보야. 아무리 해도 열 이상은 가르칠 수가 없어."

"아이는 저 애 하나뿐이니?"

"아니, 쟤 위로 아들이 있고, 쟤 밑으로 남매가 있어."

"그럼 모두 사 남매가 되겠구나. 아빠는?"

"죽었어."

잘 드는 칼로 무를 자르듯이 상쾌하게 말했다.

"저런 힘들겠구나."

나는 죄지은 것처럼 위축돼서 속삭였다.

"난 쟤 땜에 살아."

순복이가 느닷없이 서슬이 시퍼레지면서 대들듯이 말했다. 난 오한처럼 기분 나쁜 혐오감을 느꼈다. 그것은 순복이에 대해서도 혜나에 대해서도 아닌 그들 모녀의 관계에 대한 혐오감이었다.

나의 이런 최초의 혐오감이 그 후에도 그들 모녀의 관계에 어쩔 수 없이 영향을 끼치게 되었고 마침내는 혜나를 희망원에 보내는 데까지 순복을 설득할 수 있었는지도 몰랐다.

회갑 전날 바느질한 것을 찾으러 가면서 나는 시장에 들렀다. 혜나를 위해 뭔가 사가지고 가야 할 것처럼 생각했지만 그녀의 공주 같은 성장이 떠올라 흔한 과일이나 웬만한 과자부스러기는 눈에 차지 않았다. 나답지 않게 마음이 허황하게 돌아가고 있었다. 시장을 몇 바퀴 돌다가 수박, 참외 등 흔한 제철 과일 다 제쳐놓고 큰맘 먹고 바나나를 한 다발 샀다.

"혜나야, 잘 있었니?"

나는 순복이를 제쳐놓고 혜나한테 먼저 알은체를 했다.

순복이는 유약을 바른 것처럼 땀으로 번들대는 얼굴로 틀일을 하고 있었고, 혜나는 여전히 성장하고 선풍기 앞에 거품처럼 가볍게 앉아 가위로 노닥거리고 있었다. 여름옷감에서 떨어진 것이라 종이처럼 빳빳하고 잠자리 날개처럼 섬세한 형겊으로 오린, 꽃도 아닌 새도 아닌 곤충도 아닌 자유롭고 정교한 모양들과, 어쩔 수 없이 드러난 어줍은 왼손놀림을 나는 감동스럽게 지켜보았다.

"어쩌면 우리 혜나는 재주도 좋네!"

나는 마음으로부터 감탄했다. 그러나 순복이는 내 앞에서 야박스럽게 혜나의 가위를 빼앗았다. 혜나가 울상이 되자 나는 부랴부랴 사가지고 간 바나나를 혜나에게 내밀었다. 그러나 순복이는 그것까지 빼앗더니 껍질을 까서 혜나의 바른손에 쥐어주는 것이었다. 무엇을 하든 왼손도 거들어야 되고 그때마다 드러나는 왼손의 약점을 남이 보는 걸 순복이가 지나치게 꺼리고 있다는 걸 비로소 나는 눈치챘다.

상식에 어긋나게 거추장스럽고 화려한 혜나의 옷도 수치감을 은폐하기 위한 거였구나 하는 생각은 순복이에 대한 연민보다는 분노가 됐다. 나는 짓궂게, 까지 않은 또 하나의 바나나를 혜나에게 내밀었다. 순복이가 다시 중간에서 가로채려고 했다.

"내버려둬. 우리 혜나는 바나나쯤 혼자서 벗겨먹을 수 있어."

나는 엄격하게 말했다.

"우리 혜나, 우리 혜나 하지 마. 쟨 내 혜나야."

순복이는 뜻밖에도 애원하는 것처럼 가냘프고 슬프게 말했다.

"그래, 네 혜나다. 제발 네 혜나를 병신 만들지 말아."

"우리 혜나 듣는 데 병신 소리 하지 마. 큰아들도 툭하면 동생한테 병신 소리를 해서 내쫓아버렸어. 알겠니? 내가 혜나를 병신 만들었다고? 남의 가슴에 못 박는 소리 작작해. 혜나는 병신으로 태어났어. 뇌성이야."

순복이는 침착하게 말했지만 히스테리로 세포 하나하나 떨고 있는 것처럼 위태로워 보였다.

"미안해."

나는 위기를 넘기듯이 눈 딱 감고 사과를 먼저 했다.

혜나는 우리들의 언쟁에 아랑곳없이 바나나 껍질을 익숙하게 벗겼다. 오른쪽 손놀림은 정상적이었고, 바나나를 쥔 왼손도 약간 불확실해 보일 정도로 미리 알고 눈여겨보지 않으면 불구를 눈치챌 것 같지 않았다.

나는 순복이가 혜나를 병신 만들고 있다는 심증을 한층 굳혔다.

순복이의 바느질 솜씨는 듣던 바와 같이 빼어났다. 전체적인 맵시도 우아했지만 은은하게 비치는 솔기는 세필(細筆)로 그은 것처럼 가냘프고도 유려했다.

나는 찬사를 아끼지 않았고 친구로부터 미리 들어서 알고 있는 것보다 후한 바느질삯을 아낌없이 내놓았다. 순복은 구태여 사양하지 않았다. 삯을 덜 주었어도 그랬을 것 같은 일종의 무관심한 태도가 비위에 거슬렸지만 돈에 대한 그런 무관심이 나에 대한 그녀의 마지막 자존심이려니 봐주고 싶은 나의 우월감은 여전했다.

나는 여섯 벌의 깨끼 한복을 싸고 나서 혜나에게 말했다.

"혜나야, 아줌마에게 오리기 한 것 몇 개만 주지 않을래? 아줌마네 아이들한테 갖다 보여주면 좋아할 거야."

혜나는 밝게 웃으면서 약간 혀 짧은 소리로 다 가져도 좋다고 또렷하게 말했다. 나는 좀 과장해서 고마워하면서 그것들을 조심스럽게 챙겼다. 나는 혜나가 만들어낸 아름다운 여러 모양을 통해 그녀의 풍부한 상상력을 생각하면서, 기를 못 펴게 하는 순복의 태도에 지글지글 화가 났다. 그러나 실제로 화를 낸 건 내가 아니라 순복이었다. 그녀는 내가 챙기려는 혜나의 오리기를 왁살스럽게 빼앗았다.

"혜나를 귀여워해주는 건 고맙지만, 쟤 손재주를 치켜세우진 말아줘."

왁살스러운 몸짓과는 다르게 그녀의 말씨는 곧 울 것처럼 흔들리고 있었다.

"왜, 그러면 안 되는 거지?"

나는 싸울 각오 같은 걸 하고 만만찮게 대들었다.

"넌 이걸 정말 잘했다고 생각하고 있는 게 아냐. 병신이 한 것치곤 제법이라고 생각하는 거지. 넌 이걸 갖다가 네

성한 아이들한테 보여주면서 병신 솜씨라는 걸 강조하고 싶은 거지? 그래야만 약간이나마 너희 아이들이 신기해할 테니까."

"너 정말 왜 이러니?"

나는 순복에 대한 혐오감을 구태여 감추기 싫어 얼굴을 일그러뜨리고 말았다.

"내가 지나쳤으면 미안해. 그렇지만 난 우리 혜나가 손재주 있는 게 싫어."

순복이 쉽게 풀이 죽어 쓸쓸하게 말했다.

"왜?"

"바느질 배울까봐."

"하필 왜 바느질에 대해서만 생각하니?"

"맨날 보는 게 그 짓뿐이니까."

"그걸 배우면 왜 안 되니?"

"뭐라구? 그럼 넌 우리 혜나가 바느질품이나 팔아먹게 되길 바라니?"

순복이 이빨을 허옇게 내밀었다.

"혜나도 뭘 할 수 있어야 된다고 생각해. 바느질품이든 딴 일이든."

"안 돼. 우리 혜나는 손끝 하나 까딱 안 하고 호강하고 살아야 돼."

"정말이지 넌 한심한 애로구나."

"내가 누구 때문에 이 고생인데."

"네 가슴에 못 박을 소리 또 한 번 하고 싶어 입이 근질 대서 죽겠다. 혜나는 네가 병신 만들고 있어."

"혜나는 병신으로 태어났어."

"병신이 별거니. 제 힘으로 아무것도 할 수 없으면 병신 이지."

"병신 아닌 것들도 아무것도 안 하고 호강하고 잘만 살 더라."

나는 순복의 참혹한 열등의식과 그것을 필사적으로 엉 구고 있는 모성애와 그런 것에 넌더리가 났다. 나는 보따 리를 들고 일어섰다. 그리고 전혀 엉뚱한 짓을 했다.

"혜나야, 안녕. 아줌마 가는데 마루까지 나와서 배웅해 줘야지."

혜나가 말없이 일어났다. 약간 긴 듯한 원피스 밑으로 크기가 완연히 다른 두 개의 종아리가 드러났다. 혜나는 티 없이 웃으며 부실한 쪽 다리를 작대기처럼 끌고 마루 로 나왔다. 엄마가 그렇게 은폐하려는 수치감을 깨끗이 체 념한 상태가 나에겐 도리어 아름답게 보였다. 나는 혜나 에게 애정을 느꼈다. 그동안 나를 노려보고 있는 순복의 적의의 낌새가 더욱 내 애정을 절실하게 했다.

"아줌마, 나 그림도 잘 그린다."

혜나가 인사 대신 그렇게 뽐냈다.

"저런, 우리 혜나는 재주도 가지가지네. 아줌마가 요다음에 올 땐 꼭 그걸 보여줘야 된다. 알았지?"

나는 일부러 순복을 무시하고 혜나하고만 수작을 하고 그 집을 물러났다.

그 후 나에겐 순복이네를 자주 드나들 일이 잇따랐다. 그것은 순복이의 바느질 솜씨가 누구 눈에라도 들게 빼어나고 또 우리 집안네가 번족(繁族)한 때문이었을 것이다. 순복이한테 처음으로 해간 여섯 벌의 한복이 좋은 본보기가 돼서 동서의 친정, 시누이의 시댁 등 사돈댁은 물론 사돈의 사돈, 외가의 외가에서까지 그 삯바느질 집을 가르쳐달라는 문의가 쇄도했다. 나 역시 한가한 몸도 아니고 순복이네가 가까운 것도 아니어서 나에게 그 집을 일러준 친구처럼 약도나 그려줄 수도 있었으련만 나는 그러지 않고 꼭 앞장을 섰다. 아무리 바쁠 때라도 그렇게 해야만 직성이 풀렸다.

불원천리 특별히 잘하는 삯바느질 집을 취하는 사람은 한두 벌의 나들이옷이나 해 입으려는 사람보다는 혼인이나 회갑, 해외 이주 등으로 여러 벌의 한복을 한꺼번에 맞추려는 사람이 대부분이어서 그런 사람을 데리고 갔을 때 여간 생색이 나는 게 아니었다. 더군다나 나는 순복이한테 사전에 한마디 의논도 없이 바느질삯을 시내 중심가 수준으로 올려놓고 있었다. 나를 만난 후 순복이의 영업은 급속히 번창하고 있다고 봐도 틀림없었다.

그러나 내가 마치 윤락가의 뚜쟁이 소년처럼 손님만 붙잡았다 하면 어떡하든 목적지까지 앞장서서 인도해야만 직성이 풀렸던 것은 순복이한테 생색을 내기 위해서만은 아니었다. 혜나 때문이었다. 혜나를 조금씩 조금씩 밖으로 끌어내는 재미 때문이었다. 어쩌면 그것은 재미 이상의 것이었다. 내 나름의 휴머니즘 같은 거라고나 할까. 그러나 실상 나는 내 휴머니즘을 가장 믿지 못했다. 나의 사람됨을 엉구고 있는 잡다한 것들 중에서도 그거야말로 개떡 같은 거였다.

나는 꽤 괜찮은 지방대학의 특수아동교육과를 나왔지만 특수아동교육에 종사할 기회를 스스로 포기한 경력을 갖고 있었다. 실습 삼아 한 달 간 특수아동교육의 현장을 본 게 전부였다. 그러고 나서 그것을 전공한 것만 가지고 그것에 종사할 수 있는 게 아니라고 판단했고, 그런 판단이야말로 내 나름의 휴머니즘이라고 생각했었다.

그런 과를 나왔다는 학력만 남고 그런 과에서 배운 것에 대해선 아무것도 남아 있지 않을 만큼 세월이 흐른 뒤에 혜나를 만난 것이다. 혜나를 만나자 엉뚱스럽게도 나는 내가 그런 과를 나왔기 때문에 그녀를 공주의 가면 속에서 끌어내는 일을 하지 않으면 안 될 것처럼 느끼고 있었다.

그렇다고 혜나를 한 발짝이라도 마루 끝보다 더 밖으로 나오게 할 수 있었던 것은 아니다. 나는 혜나를 벽장 속의 공주로부터 넓으나 넓은 성한 사람들 세상에서의 불구아로 끌어내는 일을 몰래몰래 진행시키고 있었다.

눈치가 빠르고 또 오로지 혜나를 공주처럼 대접하고 가꾸기 위해 사는 순복이 앞에서 그런 일이란 음모처럼 조마조마한 일이었다. 그러나 순복이에겐 그런 음모를 알고도 모르는 척할 수밖에 없는 약점이 있었다. 순복은 혜나를 위해 돈을 많이 벌 필요가 있었고, 나는 순복으로 하여금 돈을 어느 때보다도 많이 벌게 할 수 있는 행운의 사자였다. 순복이는 나를 괄시할 수가 없었다.

나는 혜나가 방 속에서 손재주 부린 것을 순복이 알게 모르게 조금씩 얻어 가질 수가 있었고 그것을 내 아이들이나 조카들한테 보이고 들은 칭찬을 혜나한테 전해줄 수도 있었다. 칭찬만 아니라 못했다고 흉보는 소리도 그대로 전했다. 불구아의 솜씨치곤 괜찮더라는 평도 감추지 않았다.

나는 혜나가 공주의 환상에서 벗어나기 위해선 우선

자기가 할 수 있는 일을 찾아야 한다고 생각했지만, 자기의 능력에 대해 환상을 갖는다면 그게 그거라고 생각했다. 그래서 나는 혜나하고 얘기할 때 불구라는 말도 서슴지 않고 썼다. 남 듣기엔 힘 안 들이고 예사롭게 그 소리를 써먹는 것 같았지만 실은 내 아이 중의 하나는 근시라는 말을 할 때처럼 예사롭게 들리도록 그 말을 하기란 세심한 기술을 요하는 일이었다.

그래 그런지 순복이도 그런 소리를 듣고도 불쾌해하는 기색만 보였지 그 자리에서 대들진 못했다. 순복이의 처지는 이제 나한테 꼼짝 못 하게 돼 있었다. 그녀는 이미 삯이 비싼 고급의 일거리가 그칠 걱정이 없는 생활에 길들여져 있었고, 나하고 친해지고 나서 하루하루 생기가 돋보이는 혜나를 봐서도 나 하는 짓을 못 본 척할 수밖에 없었다.

그러나 거의 일 년을 넘어 걸려서도 나는 순복과 혜나를 그 이상 변경시키진 못했다.

순복의 수입은 나 때문에 많이 늘어나고 신역(身役)도 편해졌건만 혜나의 옷과 먹을 것이 사치스러워졌을 뿐 혜나 외의 자녀들에 대한 무관심은 조금도 나아지지 않았다.

혜나를 병신이라고 구박했대서 내쫓겼다는 큰아들은 가끔 들러서 행패를 부리고 다시 훌쩍 떠나갔지만 순복은 냉담했다. 혜나 밑의 동생들도 혜나와는 대조적으로 남루했고 늘 못 얻어먹은 것처럼 걸근거렸고, 엄마와 누나에 깊이깊이 앙심먹은 것처럼 이지러지고 귀염성스럽지 않아 보였다. 보나마나 걔네들도 자라면 맏아들 꼴이 될 게 뻔했는데도 순복이가 걔네들에 대해 걱정하는 걸 한 번도 듣지 못했다.

내가 기회 있을 때마다 그녀의 편애가 아이들을 삐뚜로 나가게 하는 데 대해 충고를 하면 그녀의 대답은 늘 일정했다.

"삐뚜로 나가봤댔자야. 쟤네들은 몸이 성한데 어디 가서 제 한 몸 못 살라구."

그녀의 편애는 이렇게 자신만만했다. 다소나마 남의 말이 받아들여지는 것도 혜나의 문제에 한해서였다.

그러나 내가 벼르고 별러 혜나의 문제의 핵심을 건드렸을 때 순복의 반발은 생각보다 더 드셌다.

내가 혜나를 집으로부터 떼어내어 신체나 정신이 남만 못한 아이만 모아서 교육시키는 특수교육기관에 보내야 된다는 말을 처음 한 날, 순복의 발작은 거의 광적이었다. 그랬으면 좋겠다고 조심스럽게 운만 떼었을 뿐인데도 그녀는 나를 흉칙한 납치범 노려보듯 살기등등하게 노려보며 혜나를 와락 껴안았다. 그리고 입에 게거품을 물고 부들

부들 떨면서 덤볐다.

"아무리 남의 자식이라도 어쩌면 그렇게 모질게 말할 수가 있니?"

과장된 몸짓과는 판이하게 목소리가 너무 가냘파서 도리어 측은했다.

"남의 자식이라서 그러는 게 아냐. 나도 자식 기르는 사람이 왜 네 마음을 모르겠니?"

나는 될 수 있는 대로 차근차근 타이르려고 했다.

"네가 병신 자식 둬봤어? 네가 병신 자식 둬봤어?"

순복은 눈을 꼭 감고 목에 힘줄을 세우고 째지는 소리로 악착을 떨었다. 그녀가 그렇게 나오는데 나도 호락호락할 수만은 없었다.

"병신 자식 둔 거 가지고 너무 세도 부리지 마."

나는 경멸하는 것처럼 거만하게 말했다.

"세도? 이 비참한 걸 세도라고?"

순복이 핏발 선 눈을 부릅떴다.

"그래 세도다. 그런 비참한 걸 자기니까 겪고 견딜 수 있다고 생각하는 것이 세도 아니고 뭐니? 너 말고도 병신 자식 둔 사람 얼마든지 있어. 혜나를 위해서보다는 네가 그것을 알기 위해서라도 혜나를 그런 아이들을 모아놓은 데로 보내야 돼."

"그건 네가 혜나에 대해서 아무것도 몰라서 하는 소리야."

순복이 자제하는 것처럼 가쁜 숨을 삼키더니 한결 가라앉은 소리로 말했다.

"뭘 모른단 소리니?"

"우리 혜나는 한시도 나를 떠나서 사회생활을 할 수 없는 아이야."

"그걸 네가 한 번이라도 시켜나 보구?"

"시켜봤어. 난 애를 일곱 살 되던 해에 국민학교에 보냈어."

"그래, 그건 나도 알아. 혜나는 국민학교를 졸업했다며? 그것만으로도 혜나는 자기가 사회생활을 할 수 있다는 걸 증명한 셈이 되지 않을까?"

"너한테는 미안한 얘기지만 혜나는 그때 사회생활을 할 수 없는 아이라는 걸 증명했을 뿐이야. 걘 6년 동안 아무하고도 안 사귀고 내 무릎 위에서 공부했거든. 선생님 말씀도 내가 듣고 다시 전해줘야 알아듣지, 직접은 한마디도 알아들으려 하지 않았어. 나는 6년 동안 모든 집안일을 전폐하고 걔한테만 매달려 살았댔지. 그때만 해도 애 아빠가 살아 있었게 망정이지 지금 같으면 떼거지 날 뻔했지. 그때 내 정성은 세상이 다 알아. 여북해서 졸업식날

개근상, 공로상, 장한 어머니상, 상이란 상은 모조리 내가 휩쓸어 탔겠어. 공부 배울 땐 혜나를 무릎에 앉히고 배웠지만 상 탈 땐 혜나를 등에 업고 탔어. 그동안도 걘 나하고 떨어져 혼자 있질 못했으니까."

순복이가 창백한 얼굴을 곤추세우고 자랑스럽게 술회했다.

"그건 네 탓이야. 네가 처음부터 그렇게 길들였기 때문이야."

나는 그 끔찍한 여자를 노려보며 치를 떨었다.

"아냐. 절대로 아냐. 난 처음부터 혜나가 학교 가는 데 대해 너무 많이 기대했었어. 그래서 남들이 신입생 따라다니는 것만큼만 따라다니다가 혼자서 보내기 시작했지. 그랬더니 웬걸, 허구한 날 얻어맞고 놀림감이 되는 거야. 병신이니 못난이니 하고. 그러니 그 어린 게 학교에 가려 들겠어? 그래도 난 마음 모질게 먹고 아침이면 그 병신 다리까지 사정없이 회초리로 때려가며 학교로 쫓았지. 생각해봐? 그 얼뜨고 약한 게 집에서 맞고 학교에서 맞고……"

말끝을 흐리며 순복의 핏발 선 눈이 반짝거렸다.

"어느 날, 밤새도록 헛소리를 하면서 경기를 하더라. 그날 밤 우리 혜나 꼭 놓치는 줄 알았어. 만일 그때 우리 혜나 놓쳤으면 나도 살아 있지 않았을 거야. 다음 날부터 졸업시킬 때까지 꼬박 내가 붙어 있게 된 거야. 그래도 넌 내가 잘못했다고 할 수가 있니?"

나는 아무 말도 할 수가 없었다. 그러나 지난 일을 나무랄 수가 없었을 뿐, 앞으로 하고 싶은 일에 대해선 아직도 할 말이 많았다. 나는 잠자코 순복이가 평정을 회복할 때까지 기다렸다가 부드럽게 말했다.

"그런 일이 너나 혜나에게 얼마나 큰 충격이 됐었다는 건 이해하고도 남는다. 그렇지만 그런 일로 혜나를 사회생활을 할 수 없는 아이로 단정해버린 건 옳지 못했어."

"네가 뭘 안다구. 걔한테는 사회생활 같은 거 필요 없어. 걔는 나만 있으면 돼."

"아냐, 걘 사회생활을 원하고 있어. 자기 손으로 만든 잗다란 것들을 나한테만 보이는 것만 갖고는 모자라서 나를 통해 딴 사람들한테까지 보이고 싶어 했어. 너도 봤지? 걔가 그런 방법으로 자기를 조금씩 바깥세상으로 흘려보내면서 얼마나 생기가 있어졌나를. 그건 바로 걔가 제대로 사람 구실을 하기 위해 사회생활을 원하고 있다는 표시야."

"흥, 그까짓 병신들끼리의 사회생활? 난 싫어."

"너보고 하라는 게 아냐, 혜나보고 하라는 거지. 혜나는 불구야. 넌 그걸 인정해야 돼."

"병신으로 태어난 것도 분한데 뭣하러 병신들하고만 섞여 살라 해? 안 돼."

"제발, 이건 중요한 문제야. 그렇게 감정적으로 벽창호같이 굴지 마. 우선 끼리끼리 사귀는 일에 익숙해져야 끼리끼리를 떠나서 사귀는 일도 해낼 수가 있어. 혜나가 생전 불구자들끼리만 살란 법은 없어. 그리고 또 생전 불구자들끼리만 살면 또 어떠니?"

"악담하지 마."

순복이 다시 살기등등해졌다.

"넌 어쩌면 그렇게 혜나의 불구만 장하고 남의 불구는 경멸하니? 네가 남의 불구에 대해 그렇게 폐쇄적이면서 어떻게 혜나의 불구는 정상인에게 받아들여지길 바라니?"

"내가 언제 그걸 바랐어? 난 안 바래. 난 혜나의 불구가 아무의 신세도 지길 바라지 않아. 혜나에겐 나만 있으면 돼."

"아니, 혜난 네 신세도 안 지게 되는 게 좋을걸."

"왜? 내가 누구 땜에 사는데……"

"아무리 그래도 넌 마흔 살이고 혜난 열일곱 살이야. 혜난 혼자 힘으로 살 수 있어야 되고, 엄마 아닌 남들과 어울려 살 수도 있어야 돼."

"나하고 혜나는 한날한시에 죽을 거야."

순복인 그렇게 모질게 말했지만 완연히 풀이 죽었다. 나는 그때를 놓치지 않고 내가 그동안 알아본 신체 및 정신장애아를 위한 특수교육기관에 대해 친절하게 설명하기 시작했고 순복인 말없이 귀를 기울였다. 내 말이 끝나자 그녀는 비시시 웃으면서 이런 인사치레까지 하는 것이었다.

"어쩌면 그동안에 그렇게 많이 알아봤니? 나하고 혜나하고 갈라놓으려고 수고 많이 했다."

그렇지만 내가 그걸 알아보기 위해 순복이 생각한 것처럼 그렇게 많은 수고를 한 건 아니었다. 그런 교육기관이 서울에 여럿이 있는 것도 아니었고, 그중에서도 어느 정도 마음 놓고 맡길 만한 데는 서너 군데밖에 안 됐다. 내가 특수아동교육과 출신이니만큼 그 서너 군데엔 나의 동기 아니면 후배들이 한두 명씩은 퍼져 있어서 가만히 앉아서 전화 몇 통으로 그 방면의 정보를 소상히 얻어낼 수 있었다.

그렇다고 혜나를 그런 교육기관 중의 하나에 수용시키는 걸 낙관할 수는 없었다. 순복이를 설득시키는 것보다 더 어려운 문제가 수용기관마다 가로놓여 있었다. 그런 기관으로 크게 신체장애아를 수용하는 데와 지능장애아를 수용하는 데로 나눌 수 있었다. 그런데 혜나는 이 두 가지를 겸하고 있었다. 신체장애아만 수용하는 데서는 지능장애아를 꺼리고 있었다. 지능장애아를 수용하는 기관에는 신체 장애와 지능 미달이 겸한 아동이 많아 혜나의 경우가 크게 문제되지 않았지만 그런 기관의 지능미달아는 거의 백치 수준이어서 숟갈로 밥 먹고, 변소에서 똥 누는 것부터 가르치고 있는 형편이었으니 혜나를 보낼 수는 없었다. 혜나는 수(數)에 대한 관념만 저능하지 읽고 쓸 정도의 기억력이 있었고 수준급의 손재주와 특이한 미적 감각이 있었다.

내가 혜나를 위해 처음부터 마음에 두고 있는 곳은 희망원이었다. 그곳에선 비교적 친하게 지냈던 대학 후배가 결혼에 실패하고 기숙사 사감으로 일하고 있어서 구경 삼아 가본 적이 있는데 주로 농아, 지체부자유자를 모아 직업교육을 시키고 있었다.

설립자인 이사장이 워낙 국내외에 덕망이 높은 종교계 인사라서인지 세계 각국의 종교 기관을 통해 기증받은 좋은 기재로 철저한 직업교육을 시키고 있는 모습이 퍽 믿음직스러워 보였고, 그밖에 오락시설이나 기숙사 시설, 의료시설도 수준급이었다. 기술도 가르치고 공부도 가르치고 먹여주고 입혀주고 재워주고 병나면 치료까지 해주면서도 각자가 한 달에 부담하는 비용은 1만 5천원 정도였다. 그 1만 5천원도 한 가지 기술을 익혀 그 제품이 팔려 수입이 생기면 그 수입에서 제하게 돼 있고, 넘치는 수입은 각자에게 지급하게 돼 있었다.

그렇게 뒷받침을 잘해주니까 졸업해서 사회에 나갈 무렵엔 1급 기술자가 돼 있고, 수업료를 제한 알토란 같은 수입만도 사, 오만원씩은 된다는 거였다. 이렇게 원생의 수입을 원생에게 돌려준다는 것은 원생의 자활 의욕을 높이는 데 매우 효과적인 방법이라는 것은 누구나 다 알 수 있었지만, 누구나 다 할 수 있는 일은 아니었다. 그것 한 가지만 봐도 희망원이 재정적으로 얼마나 튼튼한지 짐작할 수 있었다.

그러나 사감인 내 후배의 말에 의하면 유형의 재원(財源)은 아무것도 없고, 오로지 무형의 재원인 이사장 개인의 인덕과 사교적인 수완에 의지하고 있다고 했다. 이사장이 1년이면 7, 8개월을 해외 나들이로 보내는 것도 남 보기엔 화려해 보일지 모르지만 실속은 희망원생 잘 먹이고 잘 가르치기 위한 국제적 거지 행각이라는 거였다.

그러나 희망원도 지능미달아는 꺼리고 있었고 또 한 가지 입교할 수 있는 연령 제한을 열다섯 살 미만으로 못박아놓고 엄격하게 지키고 있는 것도 문제였다. 혜나는 열일곱 살이란 실제의 나이보다 육체적으로 훨씬 조숙했다.

다행히 새로 여자 원장이 취임했는데 그분이 대학 선배여서 사감을 통해 미리 청을 드리는 한편, 순복이 최종적인 결정을 내릴 수 있도록 희망원을 선전하는 일도 게을리하지 않았다.

그렇게 하기를 다시 반년이나 끌고 나서 희망원이 교외에 신축한 넓은 새 교사로 옮기게 된 것을 계기로 혜나의 입학이 허락됐고, 좋은 일이 겹치느라 순복이도 혜나 일은 나에게 일임하겠다는 식으로 나왔다.

그만하면 만사가 다 잘된 셈인데도 나는 어딘지 흡족하지가 않아 순복이하고 또 한바탕 옥신각신했다. 모로 가도 서울만 가면 된다는 식으로 생각하며 혜나를 희망원에 보내게 된 것으로 내 일은 끝난 거나 마찬가지였다. 그러나 나는 혜나를 희망원에 보내기로 결정할 때의 순복이의 태도가 매우 마음에 안 들어 트집을 안 잡을 수가 없었다. 그녀는 말끝마다 혜나를 위해서가 아니라 내 소원을 풀어주기 위해 혜나를 희망원에 보내는 것처럼 말하면서 엉뚱스럽게 나에게 생색까지 내려고 들었다.

나는 순복이의 그런 병신 자식 둔 세도인지 어리광인지에 멀미가 날 지경이었다. 여북해야 혜나가 희망원에 들어가는 날, 여지껏의 정리로 봐선 동행해서 축복해줄 만도 했지만 모르는 척했다. 희망원에 걸어들어가는 마지막 행동이나마 남에게 업혀 들어가는 게 아닌 그들의 자발적인 것으로 하고 싶어서였다. 그 후 사감으로 있는 후배인 현 선생으로부터 혜나가 순조롭게 희망원 원생이 됐다는 연락을 받았고 그 후 나는 의식적으로 순복이네하고 멀리하려 들었다.

이제 내가 손님을 데리고 앞장서지 않아도 일거리에 궁색하지 않을 만큼 순복이네 삯바느질 집이 자리가 잡힌 때문이기도 했고, 어려운 일을 끝냈으면 됐지 뭐 뒤치다꺼리까지 하고 싶진 않기 때문이기도 했다. 내가 꺼리는 뒤치다꺼리란 순복이가 혜나 보고 싶어 상성(喪性)하고, 울고 짜는 걸 달래는 일이었다. 시간이 지나면 만사가 잘되려니 믿고 순복이네 일엔 그만 관여하는 게 피차를 위해 좋을 성싶었다. 혜나 때문에 가까스로 참았기 망정이지 순복이는 나에게 뭔가 지긋지긋했다.

그러나 나의 이런 무관심은 오래 가지 못했다. 내가 관심을 가지려 해서가 아니라 순복이가 사흘이 멀다 하고 희망원과 혜나에 대한 보고를 해오기 시작한 것이다. 처음엔 단순한 보고에 지나지 않았지만 차츰 비난으로 바뀌기 시작했다.

"이사장이 원조 받아오는 걸 중간에서 누가 다 떼어먹나봐. 원장도 떼어먹고 서무과장도 떼어먹고, 사감도 떼어먹고, 아래로 내려오면서 차례차례 떼어먹으니 아이들한테 돌아가는 게 뭐가 있겠니?"

이렇게 시작해서 이 엄동설한에 기숙사에 불을 한 시간밖에 안 때준다느니, 부식은 맨날 냉동태국 아니면 콩나물국이라느니, 밥은 통일미 반 보리쌀 반이라 꼭 굵은 모래알 같다느니 희망원 살림까지 하나하나 간섭하고 나섰다.

그러나 그것뿐이면 못 참아줄 것도 없었다. 애지중지 끼고 돌던 자식일수록 그 자식을 처음으로 단체생활에 맡길 때, 비록 그 자식이 병신 자식이 아니더라도 부모는 그 정도의 거부반응을 단체생활에 나타낼 수 있다는 것쯤은 알고 있었다. 그런 보편적인 거부반응은 대개 고비가 있어 그 고비만 넘기면 가라앉게 마련이었다. 그러나 순복은 그 고비를 못 넘기고 마침내는 혜나를 데려와야겠다고 벼르기 시작했다.

"암만해도 혜나를 데려와야겠어. 애가 아주 못쓰게 됐어. 뭘 얻어먹어야 살지. 개가 생전 그런 악식(惡食)을 어디 해보던 애니? 게다가 그까짓 것도 단체생활이라고 아침에 늦잠을 자게 하나, 낮에 낮잠을 자게 하나. 비쩍 말라서 눈만 남은 커다란 눈에 눈물이 글썽해가지고 내 치마꼬리를 붙들고 놓질 않는 걸 억지로 떼어놓고 돌아서는 내 심정이 어떻겠니? 네 체면을 봐서 여지껏 참고 참았다만 안 되겠어. 요다음엔 꼭 데려오고 말 거야."

데려갈 때도 내 핑계더니만 못 데려오는 것도 내 핑계였다. 데려오건 말건 네 딸 네 마음대로 하라고 딱 잘라 말해줬건만 그 후에도 데려왔단 소식은 없고, 데려올 거라는 공갈조의 하소연만 계속됐다. 보낼 때도 반년을 넘어 끌더니 데려올 때도 그만큼은 끌 모양이었다. 아무튼 내가 순복이네와 발을 끊은 후에도 그녀와의 관계는 끈끈이처럼 이어지고 있었다.

그 무렵 현 선생으로부터도 연락이 오기 시작했다.

"언니, 혜나 어머니 때문에 큰일이에요. 한 달에 한 번 면회날도 있고 외박날도 있는데 그분은 그런 걸 무시하고 무상 출입을 하니 말예요. 사흘이 멀다 하고 교실이고 실습실이고 기숙사고 혜나가 있는 데는 아무 데나 들이닥쳐서 옆에 붙어앉아 뭐가 먹고 싶지 않느냐, 일이 고되지 않느냐, 선생님이 차별하지 않느냐, 온갖 것을 다 물어보고 나서 맨 나중엔 집에 가고 싶지, 응? 너 집에 가고 싶지? 바른대로 말해야 한다고 귓속말을 해대니 혜나가 무슨 수로 취미를 붙이겠어요? 언니가 좀 혜나 엄마를 타일러주세요. 이왕 믿고 맡긴 김에 마음 모질게 먹고 혜나를 좀 내버려두라고요."

그 다음 순복이가 혜나를 데려오겠다고 하기에 넌지시

그 얘기를 꺼냈더니 그녀는 길길이 뛰면서 현 선생 욕을 퍼부었다.

"내가 혜나를 더 놓아둘려도 현 선생 꼴 보기 싫어 못 놔두겠다니까. 사감 노릇은 에미 노릇이나 마찬가진데 생전 자식 한 번 못 낳아본 주제에 제가 사감이라고. 자식 못 낳아본 여자는 어디가 달라도 다르더라니까. 아이들 대하는 태도가 근본적으로 틀려먹었어. 인정은 손톱만큼도 없고 그저 규칙밖에 몰라. 우리 혜나를 팔다리 멀쩡한 애들하고 똑같이 방청소시키고, 빨래시키고, 실수하면 야단치고. 난 그런 독종은 세상에 처음 봤다니까. 너도 생각해봐라. 내가 우리 혜나를 어떻게 길렀다고. 생전 자식 한 번 못 낳아본 독종한테 맡기고 모르는 척할 수가 있겠니? 제가 아이들을 그렇게 모질게 다루면서도 모르는 척하라는 게 벌써 틀려먹은 수작이야. 자식을 못 낳아봤으니까 그런 말이 나오는 거라구. 너만 해도 그래. 너도 거기 가서 직접 눈으로 보면 절대로 나 나무라지 못한다."

순복이뿐 아니라 현 선생도 내가 한 번 희망원에 와주길 바라는 눈치였다. 이런 일도 있었다.

"언니, 혜나 어머니 땜에 정말 속상해 미치겠어요. 언니의 부탁도 있고, 또 혜나처럼 집에서 너무 응석만 부리고 자란 애는 단체생활에 적응하기가 어려운 예를 많이 봐왔기 때문에 처음엔 혜나를 좀 특별 취급을 했었거든요. 걘 지체가 부실하니까 청소당번이라든가 식사당번 때는 몸 성한 농아 아이들이 대신해주거나 도와주도록 말예요. 원 칙적으론 안 되게 되어 있는 거지만 여기선 기숙사가 가정 과 마찬가지니까 제 권한으로 그 정도의 융통성은 허락했 던 거죠. 기숙사에 먼저 정들게 하지 않으면 새로 들어온 아이들 제대로 길들일 수가 없어요. 그랬더니 혜나는 실 습실에서도 연장을 떨어뜨리면 제가 줍지 않고 농아들한 테 시키고 심지어는 일부러 기물을 던지거나 넘어뜨리고 는 농아들한테 집어오게 하거나 바로잡아놓게 하고는 생 글대면서 구경을 한다지 뭐예요. 보다 못해 젊은 편물선 생이 제 일은 제가 하라고 야단을 치고, 딴 아이들한테도 도와주지 않는 게 도와주는 거라고 엄하게 타일렀대요. 그랬더니 혜나가 말도 못하게 난동을 피운 모양이에요. 기 물을 집어던지고 선생들한테 막 욕지거리를 하고 제 분을 제가 못 이겨 제 옷을 갈기갈기 찢어내기까지 했대니까요. 여북해야 원장선생님이 당장 긴급 직원회를 소집해서 대 책을 논의했겠어요. 저는 그 자리에서 다 제 잘못이라고, 제가 기숙사에서 버릇을 잘못 들여놓은 때문이라고 제 잘못을 인정했죠. 그랬더니 선생님마다 입을 모아 그게 아 니라, 걔 어머니 때문이라는 거예요. 사흘이 멀다 하고 나타나서 걔 옆에 붙어서 온갖 시중을 다 들고 섬기다시피 하는 걔 어머니 때문이라는 거죠. 결국 혜나 어머니의 도움 없인 혜나의 그 버릇을 고칠 수 없다는 결론들을 내리고 혜나 어머니한테 정식으로 금족령을 내리기로 했죠. 이런 일은 희망원이 생기고 나서 처음 있는 일이었어요. 못 믿으시겠지만 불구아를 갖다 맡긴 부모들 정말 너무한다 싶게 안 들여다보거든요. 한 달에 한 번 소집일을 둔 것도 너무 안 들여다보니까 한 달에 한 번이라도 들여다보게 하려고 둔 거지, 자주 와서 덜 오게 하려고 둔 게 아니었으니까요. 병신 자식이란 데리고 있으면 귀찮고 남부끄럽고, 떼어놓고 안 보면 아주 없는 척하고 싶은 애물 아녜요? 혜나 어머니의 경우만 빼고 말예요. 혜나 어머니가 오셨길래—요즘 더 자주 오시니까요—직원 몇이서 함께 우리 애로를 털어놓고 알아듣도록 도움을 청했죠. 즉시 도움을 주긴 줬는데 어떤 도움을 줬겠어요? 생각할수록 기가 막혀서……. 글쎄 과자하고 사탕을 사서 일일이 따로따로 포장을 해서 원생들한테 몰래 나누어주면서 앞으로도 혜나 시중 잘 들어주고 혜나가 잘못한 거 선생님한테 고자질하지 말라고 부탁한 거예요. 그 순진한 아이들한테 소위 '와이로'를 쓴 거죠. 이런 형편이니 언니 어떡하면 좋겠어요? 한번 만나뵙고 이런저런 상의 드리고 싶은데 한

번 안 나오시겠어요? 여기 신축 교사는 공기도 좋고 경치
도 그만이에요."

순복이가 원생들한테 소위 '와이로'를 썼다는 얘기는 나
를 더 이상 참을 수 없게 했다. 그렇지만 분풀이를 위해
순복이네를 찾아갈 만한 성의도 남아 있지 않았다. 혜나
를 희망원에 보낸 후 나는 순복이와 한 번도 만난 적이 없
고 여지껏 들은 얘기는 다 전화질을 통한 그녀의 일방적
인 하소연이었다. 그건 현 선생의 경우 마찬가지였다.

나는 뱃속에서 지글지글하는 울화를 전화를 기다리는
것으로 달랠 수밖에 없었다.

오래 기다리지 않아 순복이로부터의 전화는 있었고 나
는 그녀의 용건은 듣기도 전에 그녀가 한 잘못에 대한 비
난을 퍼붓기 시작했다. 그녀는 내가 제풀에 가라앉을 때
까지 듣기만 했다. 그러고 나서 핑하고 코웃음을 치고 나
서 말했다.

"희망원은 다 좋은데 그게 틀려먹었다니까. 원장 이하
나이 많은 것들은 한 번도 자식새끼 못 낳아본 것들이고
공부나 기술 가르치는 젊은 것들은 시집도 안 간 애송이
들이니 한심하고 답답할 수밖에. 우리 혜나처럼 팔다리
부실한 애를 사지가 멀쩡한 벙어리들이 시중 좀 들어주면
또 어때? 우리 혜나가 얼마나 눈치 빠르게 벙어리들 헛바

닥 노릇을 해주고 있는데, 그건 왜 못 하게 하지 않구. 그리고 명색이 학부형이 제 자식 친구한테 과자 좀 사서 노나줬기로서니 그게 무슨 대역죄나 되는 것처럼 몇 시간씩 회의를 할 건 또 뭐람. 희망원보다 더 무서운 감옥소에도 사식 들이려면 인정상 여럿이 나눠 먹을 만큼 들이지, 혼자 먹게는 못 들인다던데. 아무튼 자식 하나 못 낳아본 것들 인정 없고 융통성 없는 건 알아줘야 한다구. 그나저나 숙경아, 어쩌면 그렇게 우리 혜나를 모르는 척하니? 한 번만 같이 가봐줘라, 애. 네가 우리 혜나를 얼마나 귀여워했니? 그러다가 별안간 모르는 척하니까 혜나가 뭐래는 줄 아니? 집에 나가 있으면 그전처럼 아줌마 만날 수 있을까 하고 물어보는 거야. 까딱하단 아줌마 보고 싶단 핑계로 희망원에 안 있으려고 할지도 몰라. 꼭 한 번만 나하고 같이 가봐줘라 애."

순복이 나중 말이 정말인지 거짓말인지는 알 수 없었지만 공갈과 애원을 겸하고 있다는 것을 알 수 있었다. 또 내가 희망원에 같이 가주는 게 혜나를 위한 일에 도움이 될지 안 될지는 몰라도 순복이가 병신 엄마 노릇을 혼자서 하기가 벅차고 외로워 간섭받고 싶어 한다는 것도 알 수 있었다.

현 선생의 부탁도 있고, 혜나가 어떻게 지내나 마음으로

부터 궁금하기도 해 마침내 희망원에 같이 가주기로 약속을 하고도 두 번이나 순복이를 허탕치게 한 것이었다.

만나기로 한 개봉역에 내렸을 때는 비가 이슬비로 바뀌고 먼산 위의 구름은 누더기처럼 해져서 하늘이 그 청자빛 속살을 드러내고 있었다.

순복이가 먼저 와 기다리고 있었다. 젖은 합섬의 원피스가 몸에 감겨 깡마른 어깨의 선이 그대로 드러난 중년의 여인이 보기 싫고 가여워 나는 짐짓 시무룩해졌다.

"길이 나빠 어떡허지?"

그녀는 앞서 계단을 내려가며 말했다. 역사(驛舍) 바로 앞에 시외버스 정류장이 있어서 그런지 그 근처가 제법 번화가이건만 포장이 안 돼 시뻘건 진흙에 발이 빠진 사람들이 쩔쩔매는 게 내려다보였다.

"괜찮아."

난 좀 철 이르게 맨발에 샌들을 신은 발을 쳐들어 보이며 무뚝뚝하게 말했다. 순복은 스타킹을 신고 굽 낮은 비닐구두를 신고 있었다.

시외버스를 타려고 진흙탕으로 들어서려는 순복을 만류하며 말했다.

"택시를 타자꾸나."

"길이 나빠서 운전수들이 싫어해."

순복인 죄지은 것처럼 쩔쩔매며 말했다. 나는 별수 없이 진흙탕에 빠져가며 순복을 따라가 버스에 올랐다.

버스에 흔들리는 동안 순복이는 쉬지 않고 희망원 욕을 했다. 욕이래야 별것도 아니었다. 자식 낳아보지 않은 것들이 남의 자식, 그것도 병신 자식을 거두니 오죽하겠느냐는, 귀에 못이 박이도록 들었던 그 얘기였다. 나는 차마 귀를 틀어막을 순 없었지만 못 들은 척했다. 순복이 말대로라면 희망원의 원장도, 사감도, 교사도 다 순복이 혼자 밖에 해먹을 사람이 없을 것 같았다.

자식 문제를 떠나서도 일의 분업에 대해 그런 막힌 생각을 갖고 있는 사람이 왕왕 있고, 그런 사람을 상대하긴 고역스러운 일이었다.

저만치 황량한 들판 한가운데 짓다 만 아파트의 골조가 빗속에 방치된 게 중세의 유적처럼 이국적으로 을씨년스러워 보이는 곳에서 우리는 내렸다.

이슬비는 한층 가늘어져 먼지 같은 물방울이 되어 공기 중에 차 있어서 우산을 받으나마나 후줄근하게 옷을 적셨다.

버스는 떠나가고 우리 두 사람 외엔 아무도 눈에 띄지 않았다. 나는 상계동 지나 당고개 마을에서 여기까지 머나먼 거리를 사흘이 멀다 하고 드나든 순복이의 극성에 연민과 혐오감을 동시에 느꼈다.

순복인 버스길을 버리고 푸성귀가 자라고 있는 밭 사이로 난 오솔길로 접어들었다. 오솔길은 길지는 않았지만 매우 미끄러웠다. 아마 거기서부터가 운전사가 싫어한다는 나쁜 길인 모양이었다.

낡은 초가집 몇 채와 슬레이트 지붕의 창고 같은 건물이 있는 퇴락한 마을을 지나 민둥산으로 뻗은 오르막길로 접어들었다. 고개를 넘자 바로 희망원이 보였다. 희망원은 여지껏 민둥산에 가려져 있었기 때문에 갑자기 나타난 것처럼 보였다.

제법 견고해 보이는 두 채의 이층 건물이 T자로 배치된 여백의 한쪽은 잔디밭이고 한쪽은 여러 가지 운동틀이 오밀조밀 들어앉은 운동장이었다.

때마침 만개한 라일락이 농아들의 아우성처럼 소리 없이 시끄러워 보였다.

순복은 긴 건물의 추녀 밑을 말없이 통과해서 그 건물이 새로운 건물과 만나는 데 있는 현관으로 들어섰다.

"여기가 기숙사야."

"이렇게 막 들어가도 되니?"

나는 따라 들어가면서도 뒤가 켕겨 이렇게 중얼댔다.

순복은 대답하지 않았지만 마치 주인처럼 당당하게 행세했다. 기숙사 안은 비어 있는 것처럼 썰렁했다. 현관을 지나 긴 복도 쪽으로 꺾이는 모퉁이의 방문이 열리고 현 선생이 나왔다. 현 선생은 순복이한테 노골적인 경멸의 일별을 던지고 내 손을 잡았다.

"여러 가지로 수고를 너무 끼쳐서 어떡하지."

나는 여러 가지 뜻을 함께 포함시켜서 애매하고 무난한 인사를 했다.

밖에서 가끔 만날 때는 몰랐는데 막상 일터에서 만나 본 현 선생은 순복이의 상투어인 '자식 한 번 못 낳아본 사람'답게 차고 편협해 보여 속으로 고소를 금치 못했다.

순복이가 서슴지 않고 어떤 방문을 열고 들어갔다. 나하고 현 선생도 따라 들어갔다. 현 선생은 시종 입가에 비웃는 듯한 웃음을 띠고 있었고 순복은 아예 현 선생은 안중에도 없다는 듯이 행동했다. 서로 경멸하고 있다는 것을 과시하고 싶은 두 사람 사이에 낀 내 입장이 난처했지만 둘의 화해를 주선해야 된다고는 생각하지 않았기 때문에 나는 나대로 무관심하게 굴었다.

열 평 정도의 기숙사 방은 한가운데 신 신고 드나들 수 있는 양회바닥의 통로가 있고 양쪽에 신 벗고 올라가게 돼 있는 서너 평 정도의 온돌방이 있었다. 온돌방의 장판은 얼굴이 비치게 매끄럽고 정갈했고, 한쪽 벽은 옷장 겸 이불장 겸 책장을 겸하게 기능적으로 설계된 붙박이장이었다. 책장으로 설계된 벽은 책이니 인형이니 라디오니 스탠드니 꽃병이니 책상시계니 아기자기하게 꾸며놓은 게 여느 꿈 많은 소녀들의 방과 다르지 않았다.

순복이 이불장을 열고 여러 채의 이부자리 중의 한 개를 꺼내 다시 개켜서 얹고 옷장 서랍 중의 하나를 열어 내복과 양말을 애무하듯이 검사하고 반듯이 개켜서 다시 집어넣었다. 나는 혜나의 소유물에 대한 순복의 병적인 애착이 민망해 외면하고 현 선생과 마주보게 걸터앉았다.

"참 좋은 방이야. 한 방에서 몇 명씩이나 자지?"

"여덟 명이에요. 한쪽에 네 명씩이니까요."

"이런 방이 몇 개나 되는데."

"부대시설 말고 방만은 동쪽으로 열 개, 서쪽으로 열 개 도합 20실인데, 동관은 여자용이고 서관은 남자용이에요."

"그 여러 식구를 혼자서 돌보나?"

"아뇨. 전 동관 사감이고, 서관 사감은 남자분이죠. 제 방을 같이 쓰는 여선생이 두 분이나 있으니까 동관도 저 혼자 돌본달 순 없어요."

우리가 이런 사무적인 화제를 떠나서 정말 하고 싶은

이야기로 좁히기도 전에 순복은 제 볼일 다 봤다는 듯이 우리를 무시하고 방을 나가려고 했다. 그녀는 얼마 안 되는 빨랫거리를 뭉쳐 들고 있었다.

"안 됩니다. 혜나 어머니."

현 선생이 심상치 않은 기색으로 벌떡 일어서면서 말했다.

"아유 선생님도 뭘 그러셔. 여지껏도 잘 봐주시고서……"

순복이 뜻밖에도 비굴하게 웃으며 빨래 뭉치를 뒤로 감추었다.

"이제부턴 봐주지 말라는 원장선생님의 엄명이십니다."

"혜나는 딴 건 몰라도 빨래는 못 해요. 생각해보세요. 그 손으로 빨래를 어떻게 주무르겠어요?"

"혜나는 빨래를 아주 잘합니다."

"선생님이 그걸 어떻게 아세요? 혜나는 빨래를 한 번도 안 해봤을 텐데요. 제가 제때제때 빨아줬거든요."

"빨래하는 날 혜나만 할 일이 없길래, 정말 제 빨래도 주무를 수 없이 불편한 애의 빨래를 혜나한테 시켜봤습니다."

"뭐라구요? 우리 혜나한테 남의 집 아이 빨래를 시켰다구요?"

순복이 얼굴이 무섭게 일그러졌다.

"정말 참자 참자 하니 누군 배알도 없는 줄 아나? 선생님, 사람을 이렇게 차별해도 되는 겁니까? 남의 애가 우리 혜나 시중 좀 들어줬다고 우리 모녀를 망신 주고 직원회의를 열고 법석 떨 땐 언제고, 우리 혜나한테 남의 새끼 빨래를 시키다니요? 병신들 모아놓고 사람 만들어준다고 꼬시고 나서 한다는 짓이 겨우 그겁니까?"

"우린 혜나를 위해 옳다고 믿는 대로 하고 있을 뿐입니다."

"어째서 그게 옳은 일이에요? 길을 막고 물어보세요. 보통 애들하고 같이 배우는 학교 다닐 때도 이런 차별 대우는 안 받아봤는데 병신들만 모아놓은 데서 이런 억울한 대접을 받을 줄이야. 우리 혜나 어디 미운털이 박혔담."

말끝을 제대로 맺지 못하고 순복이의 일그러진 얼굴이 눈물로 얼룩졌다.

"혜나 어머니, 너무 흥분하지 마시고 마음 좀 가라앉히세요. 그리고 제 부탁 좀 들어주세요. 이왕 혜나를 우리한테 맡기신 이상 우리가 혜나의 교육을 위해 옳다고 믿는 대로 하도록 내버려두세요. 부탁입니다."

현 선생이 침착하고 열의 있게 말했다. 순복이의 흐트러진 모습과는 대조적으로 현 선생의 이런 태도는 매우 홀

룽해 보였다.

"당신들끼리 짜고서 우리 혜나를 종노릇을 시켜도 내버려두란 말인가요?"

순복이가 분노로 새로운 전의(戰意)를 가다듬는 것처럼 시비조로 나왔다.

"그렇게 감정적으로 말씀하시면 어떡해요."

현 선생이 가까스로 지탱하고 있던 것을 포기해버린 것처럼 맥없이 말했다.

"사감선생한테 말해서 될 일이 아니죠. 원장선생을 만나봐야겠어요."

순복이 좀 더 기승스러워져서 선언하듯 말했다.

"네, 참 그러시는 게 좋겠어요. 그렇잖아도 원장선생님께서 꼭 한번 혜나 어머니를 뵈어야겠다고 벼르고 계신 중이랍니다."

현 선생이 어려운 일에 뜻밖에 돌파구가 생겼다는 듯이 다행스러워했다.

"같이 가요, 언니도. 우리 원장선생님 아시죠?"

"그럼 우리한텐 대선배시잖아. 그렇잖아도 뵙고 가려고 했어."

우리 세 사람은 기숙사를 나와 본관 건물로 향했다.

"흥, 원장이 보겠다고 누가 겁낼까봐."

순복이 우리보다 앞서가며 이렇게 으스댔다.

아담하고 정갈한 원장실에서 원장은 어떤 귀부인과 담소를 즐기고 있었다. 나는 순복이보다 먼저 자기소개를 했다.

"저 58학번의 오숙경이에요. 전번에 혜나 좀 맡아주십사 하고 현 선생을 통해 떼만 쓰고 한번 찾아뵙지도 못하고…… 여지껏 혜나 일로 심려만 끼쳐드려서 어떡허죠."

그러고 나서 순복을 소개했다. 제발 순복이 원장한테만은 무례하게 굴지 말았으면 하는 마음으로 나는 입술이 탔다.

이때였다. 방 안 가득 은은한 향기를 채우고 있는 것처럼 우아한 귀부인이 우리에게 알은체를 했다.

"어머머, 너희들 강남여고 25회 아니니? 나 윤혜림이야. 대대장 하던 윤혜림."

대대장 하던 윤혜림을 모른다면 강남여고 25회가 아니었다. 윤혜림은 그만큼 유명한 재원이었다. 학교 때만 유명했던 게 아니라 그 후 우리나라에서 열 손가락 안에 드는 큰 부잣집으로 시집을 가서 잘사는 것으로 계속 우리들 사이에서 화제가 됐다. 그러나 그저 그만그만 밥걱정이나 안 하고 사는 우리들하곤 처지가 달라 만날 기회가 없었다.

"몇 년 만이니? 반갑다 애, 정말 반갑다."

우리는 혜림이가 반갑다는 말을 되풀이하는 데 따라 시름없이 맞장구를 쳤지만 정말은 반가운지 만지 했다. 동창을 만난 반가움보다는 그 화려한 동창 앞에서 펼쳐놓아야 할 우리의 구질구질한 용건에 대한 열등감 때문에 위축되고 있었다.

"윤여사님하고 여기 이분들하고 여고동창이시라구요? 그럼 어떻게 되나? 우리 세 사람은 대학동창, 여기 세 분은 여고동창 사람은 모두 다섯 사람인데 셋씩이니. 아 참 오숙경, 네가 여고동창, 대학동창을 다 해먹어서 그렇게 되는구나."

원장이 별로 복잡할 것도 없는 다섯 사람의 관계를 복잡하게 꼬다가 풀면서 너털웃음을 웃었다. 나는 원장의 해석에 따라 내가 갑자기 중요한 인물이 된 것처럼 느껴졌다.

"혜림이가 이런 데 웬일이니?"

나는 원장이 윤여사님으로 공대하는 혜림의 이름을 부를 수 있는 것에 약간의 쾌감 같은 걸 느끼며 물었다.

"윤여사님은 우리 희망원에 은인이시랍니다. 다달이 막대한 금액을 희사해주시죠. 아마 국내 분 중에선 윤여사님이 우리 희망원에 가장 큰 도움을 주시고 계실 겁니다."

원장이 엄숙하고 자랑스럽게 말했다. 혜림은 다만 우아할 뿐 잘난 척하는 기색도 겸손해하려는 기색도 없었다.

그런 태도가 한결 그녀를 돋보이게 했다.

"너희들은 웬일이니?"

이번엔 혜림이가 물었다. 나는 뭐라고 대답해야 될지 몰라 우물쭈물 순복의 눈치부터 봤다. 고맙게도 그 대답은 순복이가 해주었다.

"우리 딸이 여기 와 있어. 가엾은 애야. 소아마비야. 뇌성. 팔다리가 다 부실해, 왼쪽만. 심하진 않아. 지능도 떨어져. 아주 바보는 아냐. 마음은 아주 착해, 천사처럼."

순복이 나를 처음 만나 혜나에 대해 말해줄 때처럼 또 박또박 일정한 간격을 두고 조용히 말했다. 그리고 어깨를 늘어뜨리고 눈을 내리깔았다. 제발 울지만 말아다오. 나는 기도하는 심정으로 이렇게 빌었다.

이때 뜻밖의 일이 생겼다. 순복이 아니라 혜림이가 눈물을 보인 것이다. 혜림의 우는 모습은 조용하고 고상했다. 이윽고 눈물을 닦고 난 혜림은 순복이한테로 다가가 그녀의 깡마른 어깨를 안았다.

"네 마음 내가 안다. 네 마음 내가 안다……."

그건 위로의 말치곤 좀 특이해서 나는 어리둥절했다.

"내 마음은 아무도 몰라. 병신 자식 둬보지 않은 사람은 아무도 몰라."

순복이 혜림을 퉁명스럽게 밀치면서 그녀의 못된 버릇

인 병신 자식 둔 세도를 부리기 시작했다.

"나도 병신 자식 둬봤단다. 우리 애도 뇌성소아마비였어. 천사 같았지. 몇 년 전에 잃고 말았지만."

혜림이 담담하게 말했다.

"그 후부터 윤여사님은 불구아들을 도울 수 있는 사업에 이렇듯 열정적이시랍니다. 물질적으로뿐만 아니라 정신적으로 개네들을 위해서라면 아낌없이 주시죠. 그 바쁘신 중에도 시간 나시는 대로 우리 원아들을 방문해서 놀아주시고 격려해주시고…… 크고 작은 행사 때마다 꼭 참석해 빛내주시고……. 돈이 있다고 누구나 그럴 수 있는 것도 아니고, 불구아를 둬봤다고 누구든지 할 수 있는 일도 아니죠. 모성애를 박애정신으로 승화시킨 윤여사님의 거룩한 마음씨에 우린 그저 감격하고 있을 따름이죠."

원장이 장황하게 보충설명을 했다. 순복이 혜림의 가슴에 몸을 던졌다. 그리고 격렬하게 흐느껴 울기 시작했다. 나는 그녀가 통곡하는 걸 보면서 봇물이 터진 것을 보는 것 같은 일종의 통쾌감을 맛보았다.

그로부터 우리가 안고 간 문제들은 저절로 해결되고 모든 사태는 급격하게 호전됐다.

순복은 구태여 혜나 문제로 원장한테 항의하거나 애걸할 필요가 없었다. 사감은 순복의 비협조적인 태도에 대해 원장한테 고자질할 필요가 없었다. 원장도 순복을 나무라거나 충고할 필요가 없었다. 나 역시 이 세 사람을 원만하게 화해시키기 위해 서툴게 설득하고 사과하고 눈치 보고 할 필요가 없었다.

"어쩌면 네 딸이 우리 희망원생이라니, 이건 정말 보통 인연이 아니다. 너도 그렇겠지만, 나도 희망원을 만났다는 건 큰 행운으로 알고 있어. 돈을 아무리 유용하게 쓰고 싶어도 유용하게 써줄 사람을 만나기란 쉽지 않은 일이거든. 내 돈이 희망원을 만난 게 큰 복인 것처럼, 네 딸이 희망원을 만난 것도 큰 복이야. 좋은 일을 하려도 돈이 없어 못 한다고들 말하지만 나 보기엔 사람 부족이 더 심각해. 자선사업 한답시고 제 뱃속이나 채우는 엉터리 기관이 얼마나 많다구. 우리 아이들이 왜 병신이니? 우리 아이들은 천사야. 천사는 천사끼리 모여 사는 데 있어야 하고 이용당하지 않고 보호받아야 해. 천사들은 천사 대접해 제대로 돌보는 데 희망원밖에 없어. 너도 여기저기 알아보고 나서 여기다 맡겼겠지만, 나도 적지 않은 돈을 다달이 아무 데나 내던질 수 있니? 더구나 애 잃고 나서 애 대신 정 붙일 곳을 찾으려니 오죽했겠니. 여긴 정말 좋은 곳이야. 시설도 좋지만 이사장님 이하 전 직원이 어쩌면 그렇게 한결같이 헌신적이고 신념과 사랑에 넘치고 있는지. 그뿐이 아냐. 이런 특수교육 분야에 전문적인 지식까지 갖추고 있으니 그야말로 금상첨화지. 애를 떼어놓은 지 얼마 안 되는 것 같으니까 아직은 잘 모르겠지만, 곧 너도 알게 될 거야. 아이를 여기 맡긴 게 얼마나 잘한 일인가를. 애가 눈에 보이게 달라질 테니까. 그동안은 견디기를 아이도 힘들어하지만 부모들이 더 힘들어하지. 왜 안 그렇겠니. 난 그 마음 알아. 그렇지만 더 큰 사랑으로 참아야지 어쩌겠니."

혜림의 부드러운 손길이 순복의 철사처럼 깡마른 손을 어루만지면서 이렇게 위로했다. 이 따뜻한 위로의 말은 우리 모두가 혜나를 위해 해야 할 어려운 일을 대신해주고도 남았다.

순복이 우는 것도 같고 웃는 것도 같이 입가를 씰룩대며 말했다.

"나도 알아. 나도 다 알아. 알면서 괜히 그랬어. 괜히 한 번 그래봤어. 이제 안 그럴 거야."

원장이 고개를 끄덕이며 의미심장하게 웃었다. 천층만층의 인간을 천층만층으로 대접할 수 있을 것같이 능수능란한 원장이 잘돼가는 일의 결말을 한층 행복하게 할 수 있는 적시(適時)를 놓치지 않고 나서주었다.

"자아, 이제들 일어나시죠. 윤여사님이 아이들을 만나보실 시간인데 우리 모두 같이들 가십시다요. 제가 특별히 우리 희망원을 구석구석 보여드리죠. 혜나 어머님이 아무리 자주 우리 희망원을 드나드셨대도 제대로 희망원에 대해 알고 계신 건 아마 아무것도 없을걸요."

이렇게 해서 우리는 과람하게도 원장의 안내로 희망원의 시설과 아이들이 받고 있는 직업교육의 현장을 참관할 수가 있었다. 그동안 시종 혜림은 순복과 팔짱을 끼고 친밀감을 과시해 모든 교직원으로부터 구박받던 순복의 신분을 갑자기 돋보이게 했다.

아무리 심한 불구아나 휠체어도 오르내리기 편하도록 한껏 경사를 완만하게 한 회랑을 통해 지하로 내려가면 실습실이 있었다. 실습실은 목공실, 전자실, 편물실로 나뉘어 있었고 목공실과 전자실에선 주로 소년들이 일하고 있었고 나머지는 소녀들 차지였다.

목공을 가르치는 교사 중 한 사람은 외모가 성하고 나머지는 목발을 짚고 있었고 전자실에는 휠체어에 앉아 가르치는 교사도 있었다.

일의 종류에 따라 교실을 분류하고 있을 뿐 기능의 숙련도에 따른 분류는 없이 뒤섞여 있어 실습실의 분위기는 산만했다. 끌하고 나무토막하고 들고 앉았다뿐, 나무토막에보다는 자기 손에 생채기를 내는 데 여념이 없는, 두 손이 다 어줍은 소년이 있는가 하면 남대문을 그대로 축소

해놓은 것 같은 정교한 조각물에 페이퍼 질을 하고 있는 청년도 있었다.

이런 뒤죽박죽의 현상은 전자실에서도 곧장 눈에 띄었다. 어디서 그렇게 많이 모아들였는지 구식 라디오와 텔레비전의 내장인 듯싶은 진공관, 쇠붙이, 나팔 등이 고물 리어카를 뒤엎은 것처럼 함부로 산적해 있는 사이에서 쩔쩔매고 있는 것처럼 뭔가를 하고 있는 교사와 원생이 있는가 하면, 작은 모터를 하나씩 차지하고 코일을 감는 단순 작업을 하고 있는 소년들은 일당에 쫓기는 소년들처럼 일사불란했다.

놀고 있거나 일하고 있거나 간에 소년들은 갑자기 들이닥친 손님에 한눈팔지 않고 제 할 일만 하고 있는 것 같았지만, 우리도 왕년에 겪어본, 장학관이 나오던 날, 수업 시간처럼 어딘지 어색해 보였다.

혜림은 지도교사들과 일일이 악수를 나누어 그 수고를 위로했고, 몸의 불구가 특별히 눈에 띄는 원생한테는 개별적으로 말을 시켰고 농아와는 수화도 몇 마디 했다.

목공실과 전자실을 돌아보고 나오면서 나는 원장에게 물었다.

"지도교사들이 대개 몸이 불편한 분들이더군요?"

"네, 거의 우리 희망원 출신들이니까요. 과부 사정은 과부가 안다지 않아요? 어떻게나 아이들을 아끼고 사랑하고 또 열심히 가르치는지……. 또 아이들 편에서 보더라도 저희들도 잘만 하면 선생님처럼 될 수 있다는 희망을 갖게 되고, 이래저래 좋은 학습 효과를 올리고 있죠."

혜나는 편물실에 있었다. 초보자와 숙련공이 섞여 있기는 편물실도 마찬가지였다. 10여 대의 편물기 앞에 앉은 소녀들은 우리가 들어가도 거들떠도 안 보고 색깔만 다르고 질이 같은 털실로 쓰윽싸악 쓰윽싸악, 경쾌한 소리를 내며 널빤지 모양을 직조해내고 있었고, 또 소녀들은 그것을 뜯어 맞춰 바늘로 꿰매 스웨터 모양을 만들고 있었다. 어떤 소녀는 조는 것처럼 느리고 맥없이 코바늘을 놀려 빨랫줄처럼 한없이 긴 끈을 뽑아내고 있었다.

눈부시게 빠른 코바늘뜨기로 우아한 숄을 뜨고 있는 소녀 옆에서, 굼뜨게 작은 모티프를 엮고 있던 혜나가 나를 보자 반색을 하며 일어섰다. 아기의 눈처럼 순하고 맑은 눈에 눈물이 고이는 걸 보면서 나는 혜나를 끌어안았다.

"아줌마, 나 집에 가고 싶어."

혜나가 나만 들을 수 있게 작은 소리로 속삭였다.

"그럼 쓰나. 여기 있으면 친구도 많고 좋은 기술도 배울 수 있는데."

이때 내 품의 소녀가 순복이 딸이라는 걸 눈치챈 혜림

이 가로채듯이 혜나를 빼앗아 자기 품에 안았다.

"네가 혜나니? 반갑다 혜나야. 세상에 귀엽기도 해라. 아줌마는 너희 엄마하고는 제일 친한 친구란다. 앞으로 친하게 지내자, 우리."

혜림은 우선 이렇게 혜나에 대한 특별한 관심을 나타내고 나서 교직원들한테 혜나를 각별히 돌봐줄 것을 부탁했다. 교직원들은 황공해하면서 모두 한마디씩 혜나에 대한 칭찬을 해서 혜림을 즐겁게 해주었다. 혜림은 또 일에 열중하고 있는 소녀들한테까지 일일이 혜나의 좋은 친구가 돼달라고 당부했고, 농아들한테는 수화로 같은 부탁을 하는 등 그녀가 그들 한 사람 한 사람과 얼마나 마음이 통하는 사이인가를 과시했는데 그게 조금도 어색하지 않았다.

그동안 신통하게도 순복은 한마디도 거들지 않고 멀찍이서 구경만 하고 있다가 편물실을 나올 때 딱 한마디, "엄만 이제 소집일 날에나 올 거다. 알았지?" 하고는 뒤도 안 돌아보고 앞장을 섰다.

수예실에서는 역시 솜씨의 정도가 판이한 소녀들이 제각기 뭔가를 하고 있었다.

백날 그래 봤댔자 생전 뭐가 될 성싶지 않게 어줍잖고 심란한 솜씨로 동그란 수틀에 건 나일론 천에 괴발개발

수실을 소모하고 있는 소녀가 있는가 하면, 대문짝만 한 수틀의 비단 천에 난만한 꽃밭을 수놓고 있는 소녀의 솜씨는 꽃의 훈향까지 재현할 것처럼 신묵했다. 전통적인 자수도 상업성이 있으련만 기계화될 수밖에 없었던지 미싱 자수를 하는 쪽은 훨씬 활기가 있었고 기업적인 분위기였다. 열 대가 넘는 미싱이 비로드 비슷한 천에 환상적인 꽃무늬를 수놓고 있었고 이미 일을 끝낸 같은 천이 산적해 있었다. 중동에 나갈 보세 가공품이라고 했다.

"요즈음 이사장이 외국 다니시면서 하시는 일은 구걸이 아니라 주로 이런 것을 주문 맡으시는 일이랍니다. 이제 우리나라도 경제대국으로 알려져서 거저 달래긴 염치가 없으시대요. 또 주지도 않구요."

원장이 바삐 돌아가는 미싱자수반을 대견한 듯이 돌보며 말했다.

"우리의 불쌍한 아이들을 남의 나라에서 구걸해다 먹이다니 말이나 됩니까. 잘살고 재벌 많기로 소문난 나라에서……"

혜림이 분개했다.

"글쎄 말예요. 재벌이 모두 윤여사님만 같다면야 무슨 걱정이 있겠어요. 우리가 국내의 유명한 호텔 중 몇 군데에 우리 아이들이 만든 것을 팔기 위한 매장을 갖고 있는

데 거기서도 고객은 대부분 외국 관광객이랍니다. 우리나라 사람은 불구아들이 만든 물건이라면 신통해하기는커녕 이크, 바가지 쓰겠군 하고 도망가기 일쑤인데 외국사람은 안 그렇대요. 딴 물건 사는 덴 그렇게 똑똑하고 이악하다가도 우리 물건이라면 단박 대견해하고 후해진다지 뭐예요."

나는 괜히 미안해져서 어설프게 웃을 수밖에 없었다.

지하에는 실습실 말고도 양호실, 오락실, 특별활동실과 대식당이 있었다.

"시간이 좀 늦었습니다만 점심을 함께 하시죠."

원장은 대식당을 보여주고 나서 이렇게 말하더니 우리의 승낙도 받지 않고 주방으로 들어갔다.

"이래도 되는 거니?"

순복이 몸 둘 바를 모르게 황공해하며 나에게 물었다.

"괜찮아. 나는 올 때마다 여기서 원장님하고 식사하는 게 관례로 돼 있는걸."

혜림이 대신 대답하고 우리를 자리에 앉게 했다. 원장이 주방에서 나와 합석하자 곧 주방아줌마가 식사를 날라왔다. 일인분의 반찬과 밥을 함께 담을 수 있는 양은 식기에 보리밥과 시금치나물과 동태조림과 짠지가 심란스럽게 꾸드러져 있었다.

"여기 밥은 왜 이렇게 맛있나 몰라."

혜림이 먼저 수저를 들면서 말했다. 나는 깜짝 놀라면서 의무적인 식욕을 느꼈다. 형편없는 조식(粗食)이었으나 혜림이 그렇게 말함으로써 그건 성찬이었다. 혜림이 짠지쪽 하나 안 남기고 일인분의 식사를 깨끗이 비우는 걸 곁눈질하며 나와 순복이도 그렇게 했다.

혜림의 식사하는 태도는 아이들의 실습실을 참관할 때와는 또 다른 소탈한 모습으로 우리에게 친근감을 주었다. 죽자꾸나 하고 돈을 모았댔자 2년에 백만원짜리 계 하나 붓기가 고작인 겨우겨우 사는 살림 형편에 혜림이 같은 부자는 실로 아득했다. 친히 접촉해볼 기회도 없이 막연히 느낀 아득한 거리감은 때때로 울컥 치미는 난폭한 적의가 되기도 했었다.

우리가 2년 동안 꼬박 식구들의 건강과 즐거움을 희생해가며 모은 돈을 하룻밤의 유흥비는커녕 한 계집의 팁으로도 모자란다는 족속에 대해 어찌 적의라도 품지 않을 수 있으랴. 그러나 적이 워낙 적수가 아니게 어마어마했기 때문에 그 적의는 허황하고 막연한 것일 수밖에 없었다. 실상 막연한 건 적의가 아니라 그 자첸지도 몰랐다. 우린 한 번도 우리가 적의를 품고 있는 대상을 만나보지 못한 채 소문으로만 알고 있었기 때문이다.

그런 막연한 적 중의 하나가 갑자기 친구로 나타났고 친구로 접촉해본 그는 소문으로 듣던 바와는 딴판으로 돈을 유용하고 아름답게 쓰고 있었고 식은 꽁보리밥을 우아하게 맛있게 먹고 있었다. 나는 내심 혼란을 겪었고, 곧 혜림을 경애하는 마음이 우러나고 있었다.

오히려 순복에겐 나만큼의 거부반응도 없어 보였다. 그녀가 남하고 화합하지 못하도록 굳은 장벽을 만들었던, 병신 자식 둔 열등감과 오기를 수월하게 무너뜨리고 혜림은 나타난 것이다. 순복은 처음 맛본 동료 의식에 도취해서 그들 사이에 가로놓인 천양지차의 빈부의 차 같은 건 아예 느끼고 있는 것 같지도 않았다.

식사를 끝마치고 1층으로 올라와 이사장실 직원실 서무실 상담실 등을 둘러보고 원장의 정중한 배웅을 받으며 현관을 나섰다.

"그렇게 자주 드나들었어도 여기 이런 게 있는 걸 오늘 처음 보네."

순복이 혼자서 처지면서 현관 안쪽의 한쪽 벽면을 장식한 것들 앞에서 발을 멈추었다. 우리도 돌쳐와서 그것을 구경했다.

방문객의 눈에 잘 띄도록 벽면을 장식하고 있는 것들은 학교의 행사 때마다 찍은 기념사진들과 원생 작품인 그림들이었다. 그 위 높직한 곳엔 알 만한 기업체나 명사의 명의가 든 희망원 신축교사 낙성을 축하하는 쟁반 모양의 놋쇠 장식품이 훈장처럼 주렁주렁 달려 있었다.

"우리 희망원이 여기 이렇게 훌륭한 건물을 갖도록 물심 양면으로 큰 힘이 돼주신 기업체나 명사분들의 은혜를 감사하고 자랑하기 위한 기념품들이죠."

원장이 놋쇠 장식물에 대해 이렇게 설명했다.

"그런데 왜 윤혜림 건 없나요?"

순복이 이상하다는 듯이 물었다.

"왜 없긴요. 맨 처음 거, 칠성물산 명의로 된 게 윤여사 님을 위한 거죠. 윤여사님이야 워낙 겸손한 어른이라 이런 데 이름 내걸길 좋아하셔야죠. 그래서 저희가 함부로 부군의 사업체 명의를 도용했죠."

혜림은 못 들었는지 어떤 그림에 정신이 팔려 있었다. 나도 그리로 갔다.

"농아의 그림이야. 기막힌 재능이지?"

꽃잎마다 빛깔이 다른 이상한 꽃들과 호랑나비를 그린 크레파스화였다. 크레파스를 하도 두껍게 짓이겨 발라 그림이라기보다는 부조(浮彫) 같은 느낌을 주었다. 음향 대신 색채로 뭔가를 강렬하게 부르짖는 것처럼 시끄러운 그림에 나는 전율을 느꼈다.

행사 때마다 찍은 기념사진에는 원장과 함께 또는 이사장과 함께 혜림의 모습이 빠져 있는 게 없었다. 여북해야 순복이 '윤혜림 명예이사장님'이라고 농을 할 지경이었다.

혜림이 자기 차로 우리를 시내까지만이라도 바래다주마고 했다. 우린 굳이 사양하지 않았다.

"희망원은 내 종교야."

혜림이 승용차의 안락한 시트에 깊숙이 파묻히며 정말 종교적인 얼굴로 말했다. 차는 우리가 걸어온 꼬부랑길과는 반대 방향의 포장도로로 빠져서 곧장 고속도로로 진입했다. 시내 적당한 곳에서 내리려는 우리를 혜림은 억지로 신문로에 있는 자기 집까지 데리고 갔다. 정원이 아름다운 아담한 저택이었지만 우리가 소문으로만 듣고 상상하던 재벌의 대저택은 아니었다. 우리가 지나다니면서 저 정도의 집에 한번 살아봤으면 하고 감히 꿈꿔볼 수 있는 정도의 집이었다. 소문대로라면 재벌은 감히 우리가 꿈꿔볼 수도 없는 집에 살아야 했다. 돈이 많되 자기를 위해선 검약하고 어려운 남을 위해선 후한 혜림의 부자 노릇에 대한 우리의 경애심은 한층 확고부동해졌다.

혜림은 문갑 위의 사진틀 속의 그녀의 죽은 딸을 우리에게 소개했다. 그리고 사진한테 말했다.

"미리야, 오늘은 네 덕에 엄마의 옛 친구들을 만났단다.

오늘도 네 덕에 기쁜 날이었단다……."

우린 옆에서 몸 둘 바를 몰랐다. 간단한 다과를 대접받고 곧 물러나려는데 혜림은 자기 차를 내주었다. 사양했지만 자기만의 전용차니 사양 말라고 했고 그때 마침 학교에서 걸어서 돌아온 아들에게 우리를 엄마의 동창으로 소개해 깍듯이 예의 바른 인사를 시켰다.

순복은 차 속에서 편안한 얼굴로 졸기 시작했다. 나는 순복이 혜나를 떼어낸 날이 혜나를 희망원으로 보낸 날이 아니라, 바로 오늘 혜림을 만난 날이 되리라고 생각했다. 지긋지긋한 일이 일단락 진 것처럼 시원섭섭했다.

혜림과 우리와의 사연은 그날로 끝나지 않았다. 툭하면 차를 보내 순복이와 나를 만나고 싶어 했다. 대개는 둘이 같이 초대되어 차는 먼저 우리 집에 들렀다 순복이네로 갔다. 당고개 마루턱에 차를 세워놓고 운전기사가 그 처념 속 같은 골목 속으로 순복이를 모시러 들어가면 나는 차 속에서 패션잡지를 뒤적이며 기다리고 있었다. 더러운 철거민촌 어귀에 고급 승용차를 세워놓고 친구를 기다리는 맛은 잘못 맛들인 미제 드롭스의 맛처럼 거역할 수 없이 감미로웠다.

그렇게 해서 세 사람이 모이는 곳은 처음엔 혜림의 집이었다. 그리고 대개는 순복을 위한 삯바느질거리가 마련

돼 있을 때였다. 혜림은 자주 한복을 한두 벌씩 해 입었고 그럴 때마다 천을 뜨는 일은 내가 도와주길 바랐고, 바느질은 순복이가 해주길 바랐다. 또 자주는 아니었지만 가끔 친구를 소개하기도 해서 엄청난 바느질삯을 받아내 주기도 해서 순복의 얼을 뺐다.

이렇게 일이 있어 어울리다보니 일이 없을 땐 서로 궁금해서 어울리기 위해 어울리기도 했다.

"너희들 왜 이렇게 따분해 뵈니? 내가 통풍 좀 시켜줘야 할까보다."

이러면서 혜림은 우리를 승용차에 태워가지고, 차 가진 사람 아니면 감히 넘볼 수 없게 교통이 불편한 곳을 골라서 들어앉은 호사스런 호텔에 가서 커피도 사주고, 가끔 그런 데서 파는 프랑스 요리나 중국 요리를 사주기도 했다. 또 그런 곳의 지하실의 양품점이나 귀금속, 일용품을 파는 데에 동행해서 이것저것 살 것처럼 만져보고 입어보고 하는 데도 익숙해졌다. 그런 일이야 실상 땡전 한 푼 안 드는 일인데도 돈 없는 사람에겐 감히 엄두가 안 나는 일이었다.

혜림은 나의 근검절약도 순복의 가난도 얕잡지 않고 긍정해주었지만, 가끔 그런 식의 통풍마저 없다면 너무 안됐다고 생각하는 눈치였다. 혜림의 생각은 옳았다. 우린 오랫

동안 응달에서만 살다가 양달에 나앉은 것처럼 처음엔 눈도 제대로 못 뜨다가 차츰 눈을 뜰 수가 있었고 눈 뜨니 새 세상 만난 것처럼 생기가 났고 한술 더 떠서 저만치 번쩍거리는 보석을 주렁주렁 달고 앉아 있는 여자가 귀부인인가 갈보인가를 분간할 수 있을 만큼 여유만만해졌다.

그걸 분간할 수 있을 때쯤, 우리는 소위 매너라고 하는 돈 있고, 교양 있고, 외국물 먹은 사람들의 걸음걸이, 차 마시는 법, 담소하는 법, 웨이터 다루는 법 등까지 웬만큼 흉내 내게 되었다.

혜림이 같은 부자 친구가 있다는 건 참 좋은 일이었다. 그녀의 차로 그녀의 돈으로 서울서 내로라하는 돈 있는 사람들이 만나서 먹고 마시고 시간 보내기에 쾌적한 호사스러운 장소는 대충 다 눈요기를 하고 다녔건만, 그녀를 모시고 다닌다거나 그녀의 신세를 진다거나 하는 비굴감 없이 어디까지나 그녀와 동등한 입장에서 그런 분위기를 즐길 수가 있었다. 그것은 우리가 특별히 뻔뻔스러워서가 아니라 그녀의 인품 때문이었다. 희망원 식당에서 다 식은 보리밥에 짠지를 일미라고 칭찬하며 싹싹 훑어먹는 걸 보고 느낀 그녀의 인덕에 대한 신뢰감 때문이었다. 부자 티 안 내고 악식(惡食)을 감사히 받을 줄 아는 그녀와 더불어 이기에 우리도 가난뱅이 티 낼 것 없이 떳떳하게 사치스러운 분위기를 즐길 수가 있었다.

그녀의 헤픈 씀씀이가 때로는 우리의 양식에 어긋날 때도 있었지만, 그녀가 다달이 희망원을 위해 바치는 거액의 돈을 생각하면 얼마든지 용서할 수가 있었다.

그녀는 돈을 얼마든지 헤프게 써도 되는 신분이었고 때로는 헤프게 쓰기도 했지만, 결코 씀씀이가 심한 족속의 편이 아니라 그것을 야유하고 경멸하는 편에 서 있는 것처럼 보였다. 무엇보다도 그녀의 이런 점 때문에 우린 그녀와 흉허물 없이 어울릴 수가 있었다.

그 무렵 우리하고도 자연히 친하게 된 운전기사의 입을 통해 혜림이 희망원에 다달이 기부하는 돈이 실은 그녀 단독의 지출이 아니라 그녀가 주동이 된 부잣집 마나님들끼리의 자선단체에서 다달이 추렴한 돈이라는 것과 그녀의 집이 재벌의 집답지 않게 조촐하고 아담한 것은 그 집이 복가(福家)이니 그 복이 다할 때까진 이사를 가면 안 좋다는 단골 무당의 말을 따른 미신 때문이라는 것을 알게 됐다.

그렇다고 이미 철석같이 굳은 우리 우정에 금이 갈 리는 없었다. 그녀가 지닌 미덕에 그 정도의 약점이 있는 게 오히려 친밀감이 더했다. 완전하지 않은 인격이 바로 혜림이의 미덕이라고까지 우리는 생각했다.

이렇게 우리가 혜림의 모든 것에 반해 있을 때, 혜림이 순복이를 위해 놀라운 제안을 했다.

그것은 칠성물산의 방계회사인 칠성토건에서 건립한 아파트단지 내의 쇼핑센터의 특별히 좋은 자리를 순복이한테 분양해줄 테니 거기다 한복집을 차리라는 거였다. 순복이의 그 좋은 바느질 솜씨를 언제까지나 빈촌의 삯바느질 집이나 하게 두긴 너무 아깝다는 혜림의 의견엔 나도 전적으로 동감이었다.

같은 솜씨 가지고도 장소에 따라 얼마나 차이 나는 대접을 받는가는 미장원이고 양장점이고 비싼 값에 겁내지 않고 그저 중심가로 몰리는 것만 봐도 알 수가 있었다.

그동안 혜나는 희망원에 정을 붙이고 코바늘뜨기에도 특이한 솜씨를 보여 곧 자립할 수 있는 날도 머지않았겠다, 순복이도 초년고생 중년고생 다 끝나고 말년 복이 터질 차롄가 싶었다.

순복이는 이 감격을 "쥐구멍에도 볕들 날이 있다더니……"로 표현했다. 그러나 실제적인 문제는 그렇게 수월하지만은 않았다. 한 점포가 세 평 기준으로 보증금이 자그마치 천만원이라고 했다. 그러나 쇼핑센터의 위치가 워낙 고급 아파트단지의 중심부에 있어서인지 벌써부터 상인들끼리 좋은 자리다툼이 붙고, 권리금으로 거래되는 자리까지 있다는 소문이 나돌고 보니 분별없이 구미부터 동하는 건 당연한 이치였다.

더군다나 마음대로 골라잡으라니 혜림이 같은 친구를 둠으로써 누릴 수 있는 크나큰 특혜가 아닐 수 없었다. 특혜란 굴러들어온 좋은 기회였고, 좋은 기회를 호락호락 놓칠 수는 없는 일이었다. 말년복이 저절로 올 리는 없었다. 기회는 오는 것이 아니라 잡는 거였다. 그러나 그동안 순복이가 혜나를 끝끝내 공주처럼 키우겠다고 이를 악물고 모은 돈은 고작 3백만원뿐이었다. 그 돈도 혜나의 시중이 덜어지고, 또 나하고 혜림이가 열심히 비싼 바느질거리를 얻어댔기 때문에 그만큼이나 모였을 것이다. 거기다 집을 팔아서 보태기로 했지만 아직 불하가 안 나와 권리금으로 거래되는 철거민촌의 여덟 평짜리 집은 권리금을 받아봤댔자 큰 보탬이 안 될 것은 뻔했다. 또 집을 팔면 당장 들어앉을 곳을 새롭게 마련해야 한다는 것도 큰 문제였다. 어차피 오르지 못할 나문데도 쉽게 단념이 안 됐다. 특혜를 놓친다는 건 어리석은 일이었다. 이렇게 미련을 못 버리는 건 혜림이한테 기대는 마음 때문이었다.

드디어 내가 나서서 혜림이한테 통사정을 했다. 이왕 네가 친구 한번 봐주는 김에 조금만 더 밀어주라고.

며칠 후 혜림이한테서 복음이 왔다. 보증금을 반절로

접어 5백만원으로 해주고 그 대신 나머지 반절의 이자를 월 2부씩만 계산해서 월세에 첨가할 수 있다는 거였고, 거처할 집 문제는 운전기사가 쇼핑센터에서 가까운 서민 아파트단지의 열네 평짜리 아파트에 사는데, 방 둘 중의 하나를 월세를 놓겠다니 거기 들면 여러 가지로 편할 거라고 했다.

순복이와 나는 그렇게 하면 월세가 얼마나 불어나고 그걸 다 지불하고 세금 내고 기타 비용 제하고도 수입을 올릴 수 있을 것인가 하는 꼼꼼한 계산보다는 2부 이자에 현혹됐다.

"세상에 고맙기도 해라. 요새 세상에 2부 이자가 어디 있담. 이건 꼭 은행돈 쓰는 셈 아냐?"

순복이와 나는 사채가 아닌 은행돈 써서 사업하며 돈 벌긴 땅 짚고 헤엄치기라고 미신처럼 믿고 있었다.

그래도 순복이 가진 돈은 모자랐다. 또 세 평의 매장의 시설비로 들여야 할 돈도 생각해야 했다. 고급 쇼핑센터답게 벌써부터 으리으리한 장치들을 하는데 횃댓보나 하나 매고 한복 몇 벌 걸고, 구식 재봉틀이나 내다놓을 순 없었다. 적어도 천만원짜리 매장의 체면이라는 게 있지.

나는 또다시 순복이를 위해 혜림이하고 의논을 했고, 어찌어찌하다 보니, 내가 남편 모르게 모은 돈이 2백만원쯤 있다고 실토까지 하게 되어 결국은 혜림이가 2백, 내가 2백, 도합 4백만원을 꾸어주기로 했다. 이자는 2부 5리만 받자고 혜림이가 말했다. 나도 아직 부어야 할 곗돈도 있고 해서 4부, 5부까지도 받고 싶었지만 혜림이가 이왕 친구 도와주는 김에 그러자니 내 속셈이 슬그머니 부끄러워졌다.

"쥐구멍에도 볕들 날 있다더니……."

순복은 이사를 하고 매장을 꾸미고 하면서 연방 그 소리를 하면서 즐거워했다. 철거민촌을 떠나는 순복을 보고 이웃사람들이 자가용으로 데리러 오는 친구 만나더니 금시 발복했다고 부러워하더란 소리도 했다.

나는 속으로 흥, 자가용 차 가진 친구만 제일인가, 애는 내가 더 많이 썼는데, 하고 토라지는 마음이 없지 않아 있었지만, 순복이 잘되는 게 누구보다도 즐거웠다.

그러나 순복의 사업은 그 후 도무지 순조롭지가 않았다.

쇼핑센터를 전체적으로 볼 때 그런대로 번창하는 편이었지만 한복집은 순복이네 거 말고 또 있었고 그곳이 하도 요란스럽게 차려놓아 순복이네는 처져 보였다. 순복은 우리의 전통적인 조촐한 한복에 대한 고집이 대단했고 그쪽은 한복치마에 페티코트까지 껴서 짓는 국적 불명의 새로운 의상을 고안해서 눈길을 끌었고 순복이네 두 배도 되는 넓은 점포에 궁중의상이니 혼례의상이니 하는 호사스러운 비단옷을 입은 마네킹까지 세워놓고 있었다.

나는 순복이 날로 초췌해지는 꼴이 불쌍했고 또 물린 돈도 있고 해서 그쪽의 상술을 흉내 내보도록 충고했지만 그것만은 막무가내였다. 그러다보니 자주 언쟁을 하게 되고 이자도 밀려갔다. 자연히 나도 집에서 순복의 그 한심한 가게에서 집세와 이자를 합해서 한 달에 얼마나 빼내야 하나를 계산해보게 되었고, 가슴이 덜컥 내려앉을 수밖에 없었다.

나야 남의 일이니까 그럴 수도 있었지만 순복인 뭣에 홀려서 그런 기초적인 계산조차 안 해보고 쇼핑센터로 나앉으면 저절로 떼돈이라도 벌듯이 저금 털고 집까지 팔아 덤볐더란 말인가. 당고개 그 더러운 빈촌에서 삯바느질하던 주제에 쇼핑센터가 아랑곳인가. 뭐 '혜나의 집?'(그것은 순복이가 붙인 한복집 이름이었다) 웃기고 있네.

그나저나 순복인 분수를 모르고 날뛴 벌로 망해도 할 수 없고 또 혜림은 그까짓 2백만원쯤 푼돈이지만 내 2백만원은 어떡한다지? 나는 새삼스럽게 내가 그 정도의 돈을 남편 몰래 모으기까지 얼마나 고생고생 하루하루를 쥐어짜듯이 살아왔나를 생각하고 미칠 것 같았다.

나는 매일같이 순복이네 한복집을 드나들며 빚쟁이 노

릇을 해왔지만 결국 의만 상하고 나가떨어질 수밖에 없었다. '혜나의 집'은 누가 보기에도 회생할 수 없을 지경에 이르러 있었다.

순복이도 그랬지만 나 역시 처음부터 너무 낙관한 것은 쇼핑센터가 칠성토건 것이라는 걸로 막연히 믿고 의지하는 마음이 있어서였다. 보증금을 절반으로 해줬던 것처럼 좀 밀려도 봐줄 수 있으려니, 장사가 안 되더라도 설마 망하게 해서 내쫓진 않겠거니 응석 부리는 마음에서였다. 그러나 대기업의 경영이 그렇게 허술하게 돼 있는 게 아니었다. 더군다나 칠성토건은 곧 쇼핑센터의 경영권을 딴 데로 넘기고 말았다.

나는 체중이 8킬로나 줄고 입속이 온통 부르트도록 빚쟁이 노릇을 하다가 결국 순복이로부터 손을 떼었다. 끝까지 지켜보았댔자 빚을 받기는커녕 내 눈앞에 떼거지 나는 꼴을 보고 한 푼이라도 보태주게 생겼으니 일찌감치 손을 떼는 게 현명할 것 같았다.

그동안 혜림이하곤 아무런 연락도 없이 지냈다. 셋이서 어울려 다니다가 순복이 그 꼴이 된 때문도 있었고 혜림이의 외아들이 건강이 좋지 않아서 시골 농장에 요양 가 있어 거기 따라가 있는 동안이 많은 때문도 있었다. 그러나 무엇보다도 내가 의식적으로 혜림을 피한 때문이었다.

만일 내가 순복의 사업의 부진을 혜림이한테 연락해서 둘
이 같이 빚쟁이가 된다면 서로 힘은 되겠지만 몇 푼씩이
나마 받아내는 대로 반분해야 된다는 약아빠진 계산 때
문에 나는 혜림이를 일부러 멀리했었다.

나는 어떡하든 나만이라도 받아내고 싶었다. 나에겐 거
액이지만 혜림이에겐 푼돈이기 때문에 조금도 양심에 가
책을 받을 필요가 없었다.

빚을 받아내는 것을 아주 단념하고 나서야 동병상련격
의 위로라도 주고받기 위해 전화를 걸었다.

"어머나 그 돈을 아직 못 받았어? 난 벌써 받았는데,
어쩌면 그럴 수가 있니? 걔가 널 아주 우습게 봤구나. 순
복이 걔 그렇게 안 봤더니 질이 아주 안 좋은 애로구나."

내 말을 다 듣고 난 혜림의 투명하도록 쌀쌀한 대답이
었다.

세상에 이럴 수가! 온몸의 피가 머리로 역류하는 것처
럼 일순 골치가 화끈하면서 아무 생각도 할 수가 없었다.

걔가 널 아주 우습게 봤구나, 겨우 그 한마디가 생각나
면서 나는 순복이가 세든 아파트로 택시를 몰았다. 지금
거기 안 살지도 모르지만 어디로 이사간 것 정도는 알아
낼 수 있으려니 싶었다.

가는 날이 장날이라고 마침 순복이네는 이사를 가려던

중이었다. 이삿짐을 다 내놓고 두 남매를 데리고 차를 기다리고 있었다.

"너 잘 만났다. 너 이래도 되는 거니?"

"뭘?"

그녀가 멍청하다 못해 해맑은 얼굴로 시침을 떼었다.

"남의 돈 떼어먹고 이대로 줄행랑을 쳐도 되는 거야?"

"나 아무 데도 안 가."

"그럼 이 이삿짐은 뭐니?"

"몰라, 집세가 너무 밀려서 내모니까 내쫓겼을 뿐이야."

"그럼 갈 데도 안 정했단 말이지?"

"갈 데가 어디 있어? 정말이야."

"거짓말. 날 너무 우습게 알지 마. 나도 이제 더는 안 속아. 방 한 칸 얻을 돈이 없는 애가 그 부잣집 돈을 갚았다구? 말도 안 돼."

"보증금에서 집세랑 관리비랑 밀린 거 제하고 나니 겨우 혜림이 돈 갚을 거밖에 안 남았어. 정말이야. 그게 서로 딱 맞아떨어지고 난 무일푼이 됐어. 그뿐이야."

"거짓말, 거짓말. 이렇게까지 되고도 빚을 갚아야 한다면 혜림이 빚보다는 내 빚을 먼저 갚아야 옳았을 거야. 안 그래? 너는 걔 처지와 내 처지를 빤히 알고 있잖아?"

"미안해, 어쩔 수가 없었어. 정말 어쩔 수 없이 그렇게 되고 말았어."

"어쩔 수 없이 그렇게 되고 말았다니, 너 정말 끝끝내 날 이렇게 우습게 알 거니?"

나는 그녀의 머리채를 꺼들고 싶은 걸 참느라 부들부들 떨었다. 치가 떨린다는 말을 이때처럼 실감해본 적도 없었다.

"제발 그렇게 무서운 얼굴 하지 마. 제발. 내 다 얘기할게. 사실은 나중에 조금씩 갚아줄 작정하고 걔 돈이고 네 돈이고 다 떼어먹을 작정이었어. 차용증서 쓰고 빌린 돈도 아니겠다, 그만큼 친한 친구겠다, 그 돈 떼어먹는다고 내 모가지 베어가진 않겠지 하는 배짱이 생기더라. 근데 어느 날 느닷없이 혜림이한테서 편지가 온 거야. 그때 혜림이는 시골 농장에 있을 땐데 편지에 뭐라고 했느냐 하면 급히 써야 할 일이 생겼으니 꿔준 오백만원을 갚아달라는 거야. 이게 무슨 소리니? 청천벽력이더라. 내가 걔한테 꾼 돈은 분명히 이백만원인데 편지엔 아무리 눈 씻고 봐도 오백만원인 거야. 차용증서 없이 꾼 게 후회되더라. 나는 당장 꾼 돈은 이백만원이란 답장을 썼지. 행여 걔가 뭘 착각하고 있으면 바로 깨우쳐주려고, 어느 날 몇 시 어디서 보수 몇 장과 현금 얼마로 받았다는 것까지 내가 기억할 수 있는 건 총동원해서 답장을 썼지. 아무런 회신이 없길래 착각을 깨달았거니 했더니, 얼마 후 혜림의 대리인이라는 신사가 찾아와 언제까지 빚을 갚지 않으면 소송을 하겠대. 물론 오백만원이 아니라 이백만원에 대해서지. 오백만원은 이백만원이라는 내 회답을 얻어내기 위한 트릭이었어. 내 회답이 차용증서의 구실을 해서 소송이 가능해진다는 거야. 잘은 모르지만 나는 떨렸어. 분하기도 했지만 부자하고 재판질하는 것도 겁났어. 우리 아버지가 생전에 엄히 경계하신 두 가지 말씀이 있는데, 빚보증 서지 말아라, 부자하고 재판질하지 말아라였어. 이 두 가지는 우리 가난한 집의 가훈 같은 거였어. 그래서 갚았던 거야. 너한테 정말 미안해. 어떡하든 죽기 전에 갚아줄게. 그렇지만 지금 난 아무것도 없어. 이 구질구질한 세간들은 다 버려도 그만이지만 이 어린것들하고 당장 밤을 드샐 방도 없어."

순복이 이상하도록 해맑은 얼굴로 말했다. 나는 그녀의 너무나 해맑은 얼굴 때문에 혜림의 간계에 대한 분노도 잠시 잊을 지경이었다.

"그걸 믿어도 되니?"

"응 믿어."

"그렇게 알거지가 된 애가 어쩌면 이렇게 태연할 수가 있니?"

"난 지금 아주 편안해. 신기하도록 편안해. 가난하게 살긴 했지만 이렇게 한 푼도 없어보기도 처음이야. 이렇게 편해보기도 처음이야. 혜림인 아마 모를 거야. 사람에게 이렇게 편안하고 정결한 경지가 있다는 걸. 이 기분을 모르는 인간에겐 이 기분을 베풀어주고 싶을 만큼 이 기분은 좋아. 혼자서 간직하기엔 아까운, 마치 신선 같은 기분이야. 혜림이 같은 애에겐 이 기분으로 세례라도 주고 싶어."

"너 미쳤구나, 가엾게도. 정신 차려야지, 아이들하고 장차 어쩔 셈이니?"

"참, 나 아주 무일푼은 아냐. 요전에 혜나가 외출 나왔다가 이만원을 주고 갔어. 걔가 글쎄 돈을 벌어 날 주게 됐지 뭐니. 우리 혜나가 코바늘뜨기를 특이하게 잘해서 직영매장마다에서 인기가 대단하대. 아직 솜씨가 좀 느린 게 흠이지만 앞으로 나아질 테고 수입도 점점 더 오를 거래. 우리 혜나가 글쎄 자립을 하게 됐지 뭐야. 앞으로 교사가 될지도 모른대. 걔가 글쎄 나한테 이만원을 주고 갔어. 제가 번 돈이라고. 나는 지금 이만원이 있어."

목이 길고 눈이 크고 엄마 닮아 살결이 까만 계집애가 순복이 치마꼬리에 매달려 배고프다고 칭얼댔다. 사내애는 거리에 나앉은 세간을 뒤져 고물 트랜지스터를 찾아내서 틀었지만 약이 다 닳았는지 쩍쩍대는 소리만 크고 가냘픈 유행가 가락이 뚝뚝 끊기면서 흘러나왔다. 사내애는 몸을 흔들면서 따라 불렀다.

나는 그들을 빨리 안 보는 게 수다 싶어 도망치듯이 물러나 큰길로 나왔다. 큰길 건널목에서 몇 번이나 파란불을 놓치고 그냥 서 있었다. 용달차가 빈차 표시를 올리고 가까이 오고 있었다. 나는 손을 번쩍 들어 용달차를 세우고 올라탔다. 그리고 방금 떠나온 아파트 이름을 댔다.

우리 집엔 남아도는 빈방이 하나 있었다.